KB274762

벽천십뢰

碧天十雷

신가 新무협 판타지 소설

벽천심뢰 4

신가 新무협 판타지 소설

초판 1쇄 찍은 날 § 2007년 7월 20일
초판 1쇄 펴낸 날 § 2007년 7월 30일

지은이 § 신가
펴낸이 § 서경석

편집장 § 문혜영
편집책임 § 서지현
편집 § 심재영

펴낸곳 § 도서출판 청어람
등록번호 § 제1081-1-89호
등록일자 § 1999. 5. 31
어람번호 § 제2-1255호

주소 § 경기도 부천시 원미구 심곡1동 350-1 남성B/D 3F (우) 420-011
전화 § 032-656-4452 팩스 § 032-656-4453
http://www.chungeoram.com
E-mail § eoram99@chollian.net

ⓒ 신가, 2007

ISBN 978-89-251-0809-4 04810
ISBN 978-89-251-0633-5 (세트)

신가 新무협 판타지 소설
新무협 판타지 소설
FANTASTIC ORIENTAL HEROES

벽천십뢰

碧天雷

4
십뢰파곤

도서출판 청어람

碧天十雷

목차

제一장　환우의 무공　| 7

제二장　돌쇠와의 만남　| 35

제三장　진정한 천뢰무위공　| 67

제四장　복호비창(伏虎秘槍)　| 103

제五장　마교 육대호법　| 141

제六장　두 자루의 용아천뢰검　| 191

제七장　소민의 무공　| 229

제八장　조우　| 265

제九장　환우의 신위　| 295

第一章

환우의 무공

사람이 아니야… 사람일 리 없어. 그래, 동방의 하늘에서 내려온 천신(天神)일 거야. 틀림없어.

해동에서 온 백의의 사내. 한 번의 손짓에 열 개의 벼락이 떨어지고, 마교의 혈사는 그 앞에 침묵한다. 열 개의 벼락을 중원에 남겨두고 홀연히 떠났다.

그리고 오십 년후. 다시금 중원이 어지러워지려 할 때 그의 후예가 중원으로 향한다.

푸른 하늘에 열 개의 벼락이 다시 떨어지는 순간 천하는 그 앞에서 무릎 꿇으리라.

　한줄기 강바람이 환우와 석도해 사이를 지나갔다. 환우의 머리칼이 바람에 휘날렸다. 그리고 입가에 맺힌 한줄기 미소.
　그 모습을 보고 있는 단목휘경은 자신도 모르게 가슴이 콩닥거리는 것을 느꼈다.
　'어, 어머. 내, 내가 왜 이러지.'
　단목휘경은 스스로도 알 수 없었다.
　조금 전만 하더라도 저 파렴치한 무뢰한에게 치욕을 당할 뻔하지 않았던가. 그것도 지금 한창 분위기 잡고 있는 저 인간을 유혹하려다가 당할 뻔한 봉변이다.
　결국 모두 저 인간이 원인이라는 소리다. 물론 그것은 단목휘경만의 생각이지만 말이다. 어쨌든 불상사의 원인이 된 인간이 나타났으면 그 일을 해결하는 것은 당연한 것이다. 그런데 그것을 지켜보는 자신의 가슴은 왜 이리 콩닥거린단 말인가. 이런 일은 처음이었다. 대체 왜 그러는지 도무지 알 수가 없었다.

환우는 그런 단목휘경의 변화를 아는지 모르는지 서늘한 미소를 지으며 석도해를 지켜보고 있었다.

"네놈은 누구냐?"

거의 다 끝나가는 마당에 갑자기 난입한 불청객이 반가울 리 없었다. 석도해가 두 눈 가득 살기를 띤 채 환우를 노려보며 물었다.

환우가 처음 나타났을 때 보였던 당황의 기색은 이미 사라지고 없었다. 과연 흑마대의 대주를 맡을 만한 능력은 있는 듯했다.

"말했잖아, 신환우라고."

"네놈의 이름을 물은 것이 아니다."

석도해의 두 눈이 차갑게 빛났다.

'이놈이 근처에서 다가오는 기척을 전혀 느끼지 못했다. 이놈 고수다.'

그랬다. 아무리 자신이 단목휘경의 미모에 넋이 나가 있다고 해도 이렇게 가까운 거리에 다른 사람이 접근하도록 아무것도 느끼지 못할 리 없다. 만약 있다면 그것은 자신의 능력을 훨씬 상회하는 고수다.

"방금 저 엉덩이에 뿔 난 망아지가 나보고 오라비라고 부르는 소리 못 들었어?"

환우가 단목휘경을 가리키며 말했다.

"오라버니!"

엉덩이에 뿔 난 망아지란 말에 단목휘경이 뾰족한 목소리로 외쳤다.

"흥. 그 말을 믿을 것 같으냐?"

그랬다. 지금 단목휘경이 환우를 보는 눈빛은 친혈육을 바라보는 그것이 아니었다. 석도해는 그 정도는 알아볼 수 있었다.

"믿든 말든. 어쨌든 이 늦은 밤에 내 여동생을 괴롭힌 대가는 치러야겠지?"

환우의 미소가 짙어졌다.

석도해는 긴장했다. 상대의 몸에서 풍겨져 나오는 기운이 변한 것을 감지한 것이다. 본디 밀정으로 훈련된 그들이다.

상대의 변화를 읽는 데는 뛰어난 이들이다. 석도해 다섯 명의 부하 얼굴에도 긴장이 어렸다. 그들도 눈앞의 상대가 엄청난 고수라는 것을 느끼고 있었던 것이다.

석도해의 명령이 없었음에도 그의 부하들은 한발한발 움직여 환우를 둘러쌌다. 혼자서는 절대 감당하지 못할 고수라는 것을 느끼자 본능적으로 그렇게 움직인 것이다.

그 모습에 환우의 미소가 더욱 서늘하게 변했다.

"그래도 실력은 조금 있는 모양이군."

환우가 한 걸음 움직였다.

석도해를 비롯한 여섯이 움찔했다.

이미 상대의 기도에 압도당하고 있는 상황인 것이다.

"훙. 그딴 목단검으로 우리를 어찌할 수 있을 것 같으냐?!"

석도해의 시선이 환우의 양손을 향하더니 발악하듯 외쳤다. 스스로의 두려움을 감추려는 행동이었다.

그는 스스로를 이해할 수 없었다.

어찌 대마교의 흑마대주인 자신이 이렇게 두려움에 떨 수 있단 말인가. 상대는 자신을 바라보며 그저 웃고 있을 뿐이다. 그 미소가 만년빙정의 그것처럼 차갑다고는 하지만.

환우의 시선이 단목휘경을 향했다. 옷 여기저기가 잘려 하얀 속살이 드러나 있다. 어두운 밤이지만 달빛만으로도 환우는 그 모습을 똑똑히 볼 수 있었다. 멀쩡한 부분보다 잘린 부분이 더 많았기에 가리려 해도 가릴 수도 없었다.

붉게 물든 얼굴로 자신을, 시선을 외면하는 단목휘경의 자태가 환우에게 묘한 감흥을 불러 일으켰다.

'예쁘다… 아니, 아름다워.'

진심이었다.

중원에 들어온 그 어떤 여인보다도 아름다웠다.

하지만 환우의 입에서 튀어나온 말에는 그런 심정은 전혀 담겨 있지 않았다.

"쯧쯧. 그렇게 나보고 비무를 하자고 졸라대더니 겨우 이런 실력이었냐? 내 그럴 줄 알고 피한 거야. 겨우 이런 허약한 녀석들에게 이게 무슨 꼴이냐?"

환우의 말에 단목휘경의 눈에 불꽃이 확 튀었다. 그 모습에 환우의 얼굴이 찔끔했다. 과연 그녀의 성격에 어떤 말이 튀어나올지 알 수 없었기 때문이다.

하지만 환우가 대비한 그런 반응은 없었다.

'응?'

단목휘경의 눈에 튄 불꽃에 슬쩍 고개를 돌렸던 환우가 곁눈질로 그녀를 보았다.

'응?'

조금 전과는 다른 의미다. 곁눈질이지만 환우는 똑똑히 보았다. 새빨갛게 물든 단목휘경의 눈동자를, 그리고 그녀의 뺨을 타고 흐르는 눈물을.

가슴이 싸했다.

설마 눈물을 흘릴 줄은 몰랐다. 여인이 눈물을 흘리는 것을 본 적이 없는 것은 아니다. 하지만 이런 느낌은 처음이다.

왠지 자신이 엄청나게 나쁜 짓을 저지른 느낌이다.

"네놈! 우리 말이 말 같지 않으냐?"

어디서 그런 배짱이 나온 것일까? 환우가 단목휘경에게 신경 쓰는 사이 무시당했다고 느낀 석도해가 외쳤다. 환우의 시선이 그에게 홱 돌아갔다.

마침 잘 됐다.

일단 이 녀석들을 손봐주는 것이 먼저다.

당황스러운 자신의 감정을 잠시 외면할 핑계가 생겼다.

"네놈들은 벽조목검도 아까워."

환우가 피식 웃으며 그들을 향해 한 걸음 더 다가갔다.

석도해는 움찔했다.

그와 동시에 움찔한 부하들은 대주인 석도해를 원망했다. 가만히 있는 놈을 왜 자극해서 움직이게 만드느냐 그런 원망이다.

환우가 손을 펼쳤다.

그러면 응당 손에 쥐고 있던 목단검들이 떨어져야 할 터. 그런데 떨어지지 않았다. 아니, 오히려 공중으로 두둥실 떠올랐다.

석도해의 두 눈이 찢어질 듯 부릅떠졌다.

"사, 사술이다……."

석도해의 부하 중 하나가 중얼거렸다.

'마교도인 우리가 이런 말을 하게 될 줄이야…….'

그 와중에도 석도해는 어이가 없었다. 정파의 무인들이 항상 자신들을 향해 사술을 부린다고 몰아붙였다. 자신들은 그저 열심히 익힌 무공을 펼치는 것뿐인데 정파인들은 마공이라고, 사술이라 매도했었다.

그런데 설마 마교도의 입에서 사술이라는 말이 튀어나올 줄이야.

하지만 허공에 떠 있는 열 자루의 목단검은 그런 생각이 들게 하기에 충분했다.

"너희도 똑같군. 뭐 수준이 그 정도라는 소리지만."

이미 수없이 들은 말이다. 유별날 것도 없었다.

단지 눈물을 흘리던 단목휘경이 멍한 시선으로 열 자루의 벽조목검을 바라보고 있을 뿐이다.

그녀의 눈에도 그것은 굉장한 모습이었다.

"그럼 이제 슬슬 놀아볼까?"

환우가 밝게 웃으며 말했다. 미소만 어려 있던 입매가 밝은 웃음을 만들어냈다.

그것은 저승사자의 웃음이었다.

"에잇! 쳐라!"

가만히 있으면 아무것도 못한 채 당할 거라는 느낌이 강렬하게 들었다.

석도해의 명령에 다섯은 검을 뽑아 들고 환우를 향해 달려들었다. 석도해도 검을 치켜들고 환우를 베어갔다.

환우의 얼굴에 조소가 어렸다.

제법 실력이 있는 이들 같았지만 자신에게는 어림없는 수준이었던 것이다.

일 수에 끝내기로 마음먹었다.

“육뢰난무(六雷亂舞).”

작은 중얼거림과 함께 손을 앞으로 쭉 내밀었다. 그의 손을 따라 여섯 자루의 벽조목검이 어지러운 곡선을 그리며 날아가면서 벼락이 되었다.

여섯 줄기의 벼락이 유려한 곡선을 그리면서 쏘아져 나갔다.

있을 수 없는 일이다.

패력(覇力)의 상징이나 다름없는 벼락이 유려한 곡선이라니 말도 안 되는 소리다.

갈지자를 그리며 엄청난 기세로 한 번에 번쩍이는 것이 벼락이다. 벼락에는 오직 패력만이 존재할 뿐이다.

그런데 환우의 손짓에 따라 날아간 벼락은 분명 유려한 곡선을 그리고 있다. 가만히 보고 있으면 황홀경에 빠져들 정도로 아름다운 모습이다.

흑마대 여섯은 검을 휘두르면서도 멍하니 그 모습을 바라보았다. 어떻게 손쓸 도리가 없었다. 보았다 싶은 순간 이미 온몸을 휘감는 격렬한 극통.

오직 그것만을 느낄 뿐이다.

다른 어떤 것도 알 수가 없었다.

그저 고통만이 몸을 지배할 뿐이다.

“싱겁군.”

환우가 작게 중얼거렸다.

"응?"

돌아선 환우는 깜짝 놀랐다.

언제 눈물을 흘렸냐는 듯 단목휘경이 반짝거리는 선망의 눈빛을 환우에게 보내고 있었던 것이다.

"너, 왜 그러냐?"

환우가 더듬더듬 물었다.

"멋져요. 엄청나요. 대단해요. 오라버니."

단목휘경이 넋 나간 얼굴로 중얼거렸다.

한 걸음 한 걸음 환우를 향해 다가오는 그녀의 모습은 그야말로 황홀경에 빠져 있는 듯했다.

한마디로 제정신이 아닌 것이다.

그런 그녀를 보는 환우는 얼굴이 붉게 물들었다. 그리고 심장이 쿵쾅거리면서 뛰기 시작했다.

'내가 왜 이러지?'

알 수가 없었다.

내심 당혹한 환우는 슬쩍 고개를 돌렸다. 어쨌든 이 상황은 피하고 봐야 했다. 그렇지 않으면 어떤 일이 벌어질 지 알 수 없었다.

"크흠. 나를 똑바로 보고 다가오기에는 네 옷이 좀 그렇구나."

환우의 헛기침에 이은 말.

그 말에 단목휘경은 정신이 번쩍 들었다.

그 파렴치한 놈과 싸우면서 자신이 당한 공격이 모두 떠올랐다. 그리고 지금 현재 자신의 상태가 머릿속에 또렷이 그려졌다.

"꺄악! 변태! 색골! 색마!"

단목휘경은 양팔로 자신의 몸을 감싸 안으며 주저앉았다. 비명과 함께 울린 세 단어는 비수가 되어 환우의 가슴을 찔렀다.

'구해준 건 난데…….'

섭섭했다.

섭섭함이 사무쳤다. 억울했다. 자신은 그저 빨리 달려와 그녀를 구해준 것이 전부다. 정말이다. 그게 전부다.

사실 어떻게 하나 조금 구경하기는 했다. 계속해서 자신에게 비무를 요구하는 그녀의 실력을 잠깐만 보려고 했다. 정말이다.

그런데 졸지에 변태에 색골에 색마가 되었다.

이건 탕아란 말보다 더욱 듣기 싫은 소리다. 불쾌한 정도로는 끝나지 않는다.

환우의 고개가 홱 돌아갔다. 그의 시선의 끝에는 자신의 공격에 기절한 석도해가 있었다.

'모두 네놈 때문이야.'

환우가 석도해를 향해 빠른 걸음으로 다가갔다.

"응?"

쪼그리고 앉아 고개를 무릎 사이에 파묻고 눈을 감고 있던 단목휘경은 무언가가 머리를 덮는 느낌이 들었다.

"일단 그거라도 입어."

환우의 목소리에 그녀의 손이 머리를 덮은 것을 살짝 만진다. 옷이었다.

이상했다.

환우는 청삼을 입고 있었지만 그 위에 두른 옷은 없었다. 자신에게 벗어줄 옷이 없는 것이다. 어디에서 난 것일까? 단목휘경은 고개를 살짝 들어 환우를 보았다.

"헙!"

단목휘경은 숨을 들이켰다.

아름다웠다.

뒷모습밖에 볼 수 없었지만 잘 단련된 무인의 등은 아름다웠다. 탄탄한 근육들이 그리는 곡선은 절로 아름답다는 생각이 들었다.

'어머, 내가 무슨 생각을……'

깜짝 놀란 단목휘경이 얼굴이 새빨개져서 고개를 푹 숙였다.

석도해에게 다가가는 와중에 환우는 입고 있던 윗옷을 벗어 그녀에게 던져 준 것이다. 덕분에 환우의 상반신이 달빛 아래 드러났다.

석도해와 그의 수하들은 환우의 공격에 정신을 잃고 쓰러졌다. 환우가 그들을 물끄러미 내려다보았다.

수상했다.

이런 한적한 촌락에 이 정도 수준의 무인이라니, 무언가 있는 것 같았다.

게다가 석도해에게서 이미 한 번 느껴본 적이 있는 기운이 느껴졌다. 어디선가 부딪친 적이 있는 것 같은 익숙함이 있었다.

단지 언제 그와 비슷한 기운을 느꼈는지 기억이 나지 않을 뿐이다.

석도해를 내려다보고 있는 환우의 머릿속은 그 기억을 뒤지느라 맹렬히 회전하고 있었다.

'멋있다…….'

그런 사정을 알 리 없는 단목휘경은 멍한 눈으로 환우를 바라보았다. 달빛을 받으며 쓰러뜨린 상대를 고고히 내려다보는 무인. 게다가 훤히 드러난 상반신의 근육까지 절로 취하게 만드는 그런 모습이었다.

단목휘경은 환우의 모습에 완전히 넋이 나가 있었다.

물론 환우는 그런 것에는 전혀 신경을 쓰지 않았다. 언제 비슷한 기운을 상대했었는지를 떠올리는 것이 중요했기 때문이다.

"쩝."

아무리 생각해도 떠오르지 않았다.

자신이 생각하기에 자신의 머리는 그리 나쁜 편이 아닌데 어째서 생각이 나지 않는 것인지. 스스로가 잠깐 동안 실망스러웠다.

어쩔 수 없었다. 기억이 나지 않는다면 물어보면 될 일이다.

환우의 발끝이 석도해의 혈을 두드리고 지나갔다.

"으윽……."

혈을 자극받은 석도해가 가는 신음 소리를 흘리면서 조금씩 정신을 차렸다. 강한 충격에 의해 기절한 것이기에 이런 자극 정도로도 깨울 수 있었다.

"넌 누구지?"

상대의 정신이 어느 정도 들었다 싶은 순간 환우의 질문이 날아갔다.

"무, 무슨……."

하지만 아직 정신이 완전히 들지 않은 석도해는 환우의 물음을 제대로 알아들을 수 없었다.

그때 환우의 발이 어지러운 그림자를 그리며 그에게 날아갔다.

"으아악!"

달빛 고고한 밤 강가에서 비명이 울렸다.

"꺅!"

갑작스러운 환우의 행동에 깜짝 놀란 단목휘경이 짧은 비명과 함께 고개를 돌렸다.

거친 사내의 커다란 비명과 아름다운 여인의 작은 비명이 잠시 울렸다. 환우의 귀에도 단목휘경의 비명이 들렸을 텐데도 환우는 그쪽으로는 고개도 돌리지 않았다.

"넌 누구지?"

"그, 그게……."

석도해가 즉시 대답을 하지 않자 환우의 발길질이 다시 한 번 날아갔다.

'이런 놈들은 정신을 차리기 전에 다그쳐야 제대로 된 대답이 나오는 법이지.'

이미 예전의 경험으로 이런 부류의 인간들을 다루는 방법을 어느 정도 터득한 상태다. 이런 놈들은 생각할 여유를 주면 안 된다.

'훗. 그놈이랑 똑같아.'

환우는 융중산에서 자신을 습격했던 무리들의 대장을 떠올렸다.

'잠깐… 그놈이잖아!'

환우는 순간 예전에 어디서 비슷한 기운을 느꼈는지 기억해 낼 수 있었다.

이런 부류의 인간을 다루는 경험을 갖게 해준 인물. 적마대주 구양병이었다.

"젠장. 이런 바보 같으니."

스스로에게 하는 말이다.

이번만큼은 스스로가 한심하고 바보 같았다. 어찌 그 기운을 잊을 수가 있단 말인가.

자신을 죽음 직전까지 몰고 갔던 구양천의 기운이야 워낙 강대하여 이런 놈과는 비교할 수 없어 비슷함을 느끼지 못했다 하더라도 어찌 그놈을 잊을 수가 있단 말인가.

"마교."

환우가 작은 목소리로 중얼거렸다. 그의 음성에는 분노가 스며 있었다.

마교라는 한마디에 경련을 일으키던 석도해의 몸이 딱 멈췄다. 그 말에 대번에 정신을 차린 것이다.

"네, 네놈은 누구냐?"

석도해가 떨리는 목소리로 물었다. 어떻게 자신이 마교라는 것을 안단 말인가.

하지만 그의 물음에 대한 대답은 없었다. 대신 무자비한 발길질이 시작되었을 뿐이다.

일단 마교도인 걸 알았으니 자비를 베풀 필요는 없었다. 환우의 무자비한 구타가 시작되었다.

단목휘경은 귀를 막고 고개를 돌리고는 두 눈을 꼭 감고 있었다. 하지만 막은 귀 사이로 간간이 들려오는 구타 소리와 석도해의 신음 소리에 몸을 흠칫흠칫 떨었다.

아무리 자신을 욕보이려 했던 사내라지만 차마 보고 들을 수 없을 만큼 환우의 구타는 잔인했다.

그렇게 얼마나 시간이 흘렀을까. 구타음이 멎었다.

환우가 차가운 눈으로 석도해를 내려다보고 있었다.

"그래, 마교 놈들이 이곳에 온 이유가 뭐지?"

그의 목소리에서는 살기가 풀풀 흘렀다. 대답하지 않으면 알아서 하라는 그 분위기에 석도해는 전신을 떨었다. 이 순간만은 흑마대의 대주라는 것이 무색해졌다.

'어떻게 마교의 인물이 이곳에 올 수가 있지?'

환우의 모습에 고개를 돌리고 있는 단목휘경이었지만 그녀의 머릿속에도 그런 의문이 떠올랐다. 당연히 단 한마디의 말도 놓치지 않겠다는 듯 귀도 쫑긋 세웠다.

이곳은 조용한 마을이다. 마교의 인물들이 나타날 만한 곳이 아니다. 게다가 현재의 마교는 조용히 잔뜩 몸을 웅크리고 있지 않은가. 그런데 이 마을에 마교의 인물들이 나타나다니, 어인 일인지 알 수 없었다.

기실 자신을 습격한 인물이 마교의 사람이라는 것에 놀라기보다 마교가 왜 이런 작은 시골 마을에 나타났는가에 대한 궁금함을 더 크게 느끼는 단목휘경이었다.

석도해의 입은 열리지 않았다. 아직 환우에 대한 두려움보다는 교에 대한 충성심이 더 큰 모양이었다. 그 모습에 환우는 빙그레 웃었다. 마치 그럴 줄 알았다는 듯한 모습이다.

"그렇지. 너무 쉽게 대답하면 재미가 없지. 네놈들이 어떤 놈들인데. 그럴 줄 알았어."

그 말과 함께 다시 환우의 양발이 현란하게 움직였다. 무자비한 구타가 다시 시작된 것이다.

환우는 차가운 얼굴로 석도해를 내려다보며 그를 마구 찼다. 그 모습에 단목휘경은 다시 고개를 돌려야 했다. 이번에는 조금 전보다 더욱 심했다. 석도해는 비명을 지르거나 신음을 흘릴 여유조차도 갖지 못했다.

환우의 발끝에 실린 힘이 점점 커져 갔다.

석도해는 그야말로 죽을 맛이었다. 아니, 죽고 싶었다. 비명을 지를 새도 없는 무자비한 구타를 당하느니 깔끔하게 죽고 싶은 것이다. 하지만 상대는 그럴 생각이 없는 것 같았다.

무자비한 구타로 보였지만 참으로 절묘하게 위험하지는 않으면서 극한의 고통을 주는 부위로만 골라서 찼다. 그 치밀한 행동에 절로 이가 갈렸다. 사실 이를 갈 기운도 없었다. 그는 점차 환우의 구타에 지쳐 가고 있었다.

그랬기 때문인가. 석도해는 점차 이 고통에서 벗어나는 것을 포기하게 되었다. 그러자 차분히 머리가 정리되었다. 온몸을 찢는 듯한 고통 속에서 오히려 상대의 정체를 짐작할 수 있었다.

'그래. 그건 분명 말로만 듣던 그것이었다. 사술이 아니었어. 살아 있었군. 살아 있는 놈의 시체를 뒤지니 나올 턱이 있나.'

자신들이 찾고 있던 시체의 주인에 대한 간략한 정보. 그곳에는 단검을 이기어검과 비슷한 수법으로 부린다는 내용도 있었다. 자신과 자신의 수하들이 당한 수법이 바로 그것이었다. 처음에는 너무 당황하여 사술인 줄로만 알았다. 얼마나 멍청한 일인가. 명색이 마교 사마단의 흑마대주인 자신이 그러하다니.

환우는 그런 석도해의 변화를 고스란히 느낄 수 있었다. 얼굴 표정이 변했기 때문이다. 너무 고통스러워서 죽고 싶다는 생각을 해도 모자랄 판에 그의 얼굴은 조금씩 편해져 가고 있는 것 같았다.

환우의 얼굴에 주름이 늘었다. 그리고 발길질의 강도가 더욱 강해졌다. 조금씩 몸의 기운이 발로 모여들고 있었다.

"큭."

강해진 만큼 속도를 조금 줄였기 때문인가. 처음으로 석도해의 입에서 신음 소리가 새어 나왔다.

갑자기 온몸을 울리는 고통에 석도해는 정신이 번쩍 들었다. 아픔을 느낄 새도 없이 이어지던 구타 때문에 잠시 잊었던 고통이 더욱 심하게 찾아온 것이다.

다시 석도해의 머리가 하얗게 비워지기 시작했다.

어떻게든 이 고통에서 벗어나고픈 생각만이 가득했다. 그런 그의 변화를 알아본 환우의 입가에 그제야 만족의 미소가 걸렸다.

그렇게 한참 동안 구타가 계속됐다. 이윽고 환우의 발이 가만히 땅에 붙었다.

덕분에 석도해는 어느 정도 정신을 수습할 수 있었다. 지옥 같은 구타가 사라지자마자 극력한 고통이 온몸에 찾아왔다. 그래도 직접 구타를 당할 때보다는 덜했다.

"말해봐."

환우가 짧게 말했다.

그리고 가만히 석도해를 내려다보았다.

죽는 것은 두렵지 않았다. 하지만 다시 한 번 저 무지막지한 놈의 발길질 아래에서 고통을 겪고 싶지는 않았다. 온몸이 부르르 떨린다. 고통 때문이 아니다. 두려움 때문이다.

"그, 그건……."

결국 석도해는 마교 교도의 자긍심을 버리고 고통에서 벗어나는 길을 택하려 하였다.

하지만 그 순간 죽음이라는 두 글자가 머리를 스쳤다.

'죽음. 그래…….'

자신의 자긍심을 지키고 고통도 겪지 않는 손쉬운 방법이 존재했다. 그것도 너무나 간단한 방법이다. 너무나 지독한 환우의 손속에 그만 잠시 잊고 있었다.

말을 하려던 석도해는 입을 다물었다. 그의 두 눈이 독하게 빛났다.

환우가 그런 변화를 몰라볼 리 없다. 환우의 두 눈빛이 차갑게 변했다. 그런가 싶은 순간 환우는 순식간에 석도해의 곁으로 다가가 자신의 손바닥을 그의 정수리에 올려놓았다.

"큭."

짧은 신음과 함께 석도해는 온몸을 부르르 떨었다. 지금까지의 떨림과는 전혀 다른 떨림이다.

"허튼짓하지 마라. 네놈도 그놈처럼 그렇게 뒈져 버리려고? 처음이면 모르지만 두 번은 나에게 안 통해."

환우가 차가운 목소리로 말했다.

'제, 제길… 그렇다면 누군가가…….'

그제야 석도해는 눈앞의 상대가 이미 다른 마교의 무사들을 이렇게 고문한 경험이 있다는 것을 알아차렸다. 그리고 그는 분명 마교의 비전 수법으로 스스로의 목숨을 끊었을 것이다.

그랬기에 상대가 이렇게 자신을 제압한 것이다.

신기했다.

혈도를 제압당한 것이 아니다. 그저 상대의 손바닥이 자신의 백회혈에 놓여 있을 뿐이다. 그곳으로부터 찌릿찌릿한 기운이 흘러들어 와 자신의 몸을 지배했다. 그 어떤 것도 석도해 스스로의 의지로 제어할 수 없었다.

"지금 네가 멀쩡히 사용할 수 있는 것은 그 머리통에서 굴러다닐 생각과 주둥이뿐이다. 말해라."

상대가 말하지 않아도 석도해는 이미 자신의 몸 상태를 충분히 느끼고 있었다.

"우리는 시체를 찾고 있다."

"시체?"

석도해의 말에 환우는 고개를 갸웃거렸다.

"그렇다. 구양 호법의 손에 맞아 죽은 애송이 놈의 시체를 찾고 있는 중이다. 죽기 직전 미련하게 절벽에서 뛰어내려 강에 휩쓸려 우리를 이렇게 고생시키는 바보 같은 애송이 놈이지."

석도해는 이미 자신들이 찾고 있는 시체의 주인이 자신을 제압하고 있는 신환우라는 인물인 것을 알고 있다. 그런데도 이렇게 말한 것은 자신이 할 수 있는 단 하나의 반항이었기 때문이다.

"크악!"

머리를 통해 흘러들어 오던 찌릿찌릿한 느낌의 기운이 거세게 용틀임했다. 석도해는 자신의 내부에서 온몸을 뒤흔드는 고통을 느꼈다.

"뚫린 주둥이라고 함부로 놀리지 마라."

환우의 음성에는 깊은 분노가 서려 있었다.

석도해 덕에 잠시 기억 한 켠에 묻어놓았던 기분 나쁜 것들이 떠오른 때문이다.

"몇 놈이나 나왔지?"

석도해는 온몸을 부르르 떨었다. 그의 물음에는 항거할 수 없는 힘이 깃들어 있는 듯했다.

"나, 나도 정확한 인원은 모른다. 다만 이쪽 지류로는 우리 흑마대가 나왔다."

흑마대라는 말에 환우의 얼굴이 찌푸려 들었다. 하나의 대라면 그 인원이 결코 작지 않을 터. 그런데 그런 인원이 겨우 지류 하나를 뒤지는데 동원이 되었다는 말이다.

'놈들이 단단히 마음을 먹은 모양이군.'

마음에 안 들었다.

하지만 걱정도 되었다. 자신은 아직 두 자루의 용아천뢰검을 의지대로 다루지 못한다. 구양천과의 대결 이후 도통 말을 들어먹지를 않는다. 이런 상황에서 구양천과 같은 고수를 만난다면 반드시 죽음을 맞을 것이다.

환우가 잠시 상념에 잠겨 있는 사이 석도해는 눈알을 데룩데룩 굴렸다. 어떻게 이 상황을 헤쳐 나갈 방법이 없나 궁리하고 있는 것이다. 하지만 아무런 방도가 없었다.

검집이 이제는 요동을 치고 있다. 돌쇠가 검집을 꽉 훔켜잡는 것도 힘겨울 지경이었다.

그럴수록 돌쇠의 얼굴은 희열로 물들어 가고 있었다.

'드, 드디어 행님을 만난데이.'

지금 돌쇠의 머릿속은 오직 그 생각으로 가득 차 있었다.

무진 진인은 그런 돌쇠의 변화를 보면서 더욱 호기심이 동했다. 대체 어떤 인물을 찾아가기에 저렇게 간절하게 서두른 단 말인가.

돌쇠의 걸음이 점점 더 빨라졌다. 전력을 다해 달리고 있었다. 오직 모든 힘들 달리는 것에 쏟는 듯했다. 덕분에 무진 진인은 경공을 최대한 펼쳐 돌쇠를 따라야 했다.

'허어. 참으로 신기한 일이로구나. 돌쇠 공자에게서는 내공이라고는 전혀 느껴지지 않는데 내가 경공을 펼쳐서야 겨우 따라갈 수 있으니.'

그 모습에 무진 진인은 다시 한 번 돌쇠라는 인물에게 감탄했다.

주변의 경물이 휙휙 지나갔다.

하늘에 뜬 달빛만이 두 사람의 앞길을 비춰주고 있었다. 돌쇠는 똑바로 나아갔다. 길이든 아니든 상관없었다.

춤을 추는 검집을 꽉 움켜 잡은 채 두 눈을 빛내며 전력으로 달렸다.

그렇게 한참을 달렸다.

그러자 검집에서 변화가 일었다. 거짓말처럼 떨림이 멈춘 것이다. 마치 조금 전까지는 아무 일도 없었다는 듯 그저 평범한 검집으로 돌아갔다.

하지만 돌쇠는 그런 변화에 놀라지 않았다. 오히려 무진 진인이 의아해하며 물었다.

"이보게, 돌쇠 공자. 검집이 갑자기 떨림을 멈추다니 길을 잘못 든 것 아닌가?"

무진 진인도 지금까지 돌쇠와 함께 하면서 돌쇠가 신주단지 모시듯 하는 검집의 신묘함을 알게 되었다. 그리고 검집의 떨림이 무엇을 의미하는지도 알았기에 걱정스러운 얼굴로 돌쇠를 바라보았다.

하지만 돌쇠는 미소를 짓고 있었다.

"아, 아니에요. 제, 제대로 왔어요."

발을 멈춘 돌쇠가 웃으며 말했다. 돌쇠의 시선은 오직 한곳을 향해 멈춰 있었다. 익숙한 기운이 느껴지고 있다. 너무나 친숙한 기운이다. 돌쇠의 입가에 잔잔한 미소가 어린다.

드디어 만나게 된 것이다.

눈가에 잔경련이 일었다.

무진 진인의 시선의 돌쇠의 눈빛을 따라 움직였다.

멀찍이 잔잔한 강물의 움직임이 보인다. 참으로 평화로운 도습이다. 그리고 그 강가에 서 있는 인영이 보였다.

무진 진인은 그가 돌쇠가 먼 길을 마다 않고 간절히 만나기를 바라며 찾아온 이라는 것을 알 수 있었다.

돌쇠의 곁에 서 있던 무진 진인은 의아했다. 멀찍이 인영이 보이는 그곳의 분위기가 심상치 않았던 것이다. 정확히는 알 수 없었지만 그의 감각은 결코 평안하지 않은 분위기라는 것을 말해주고 있었다.

환우는 고개를 갸웃거리면서 자신을 바라보는 두 사람 쪽으로 시선을 돌렸다. 이미 저들이 이곳을 향해 빠른 속도로 다가올 때부터 기척을 느끼고 있었다. 하지만 적의가 없었기에 그냥 두었다.

가만히 서서 자신을 바라보는 두 사람의 몸에서는 익숙한 기운이 풍긴다.

"한 명은 무당인가?"

무당을 떠난 지 얼마 되지 않았기에 명확히 알 수 있었다. 무당파에서 느꼈던 도사들의 기운이 그에게서도 느껴지고 있었다. 한 가지 차이라면 훨씬 정제된 기운이라고 할까? 무당에 있던 이들 중 청로 진인을 제외하면 그만큼 강한 사람은 없을 듯했다.

다른 한 인물의 기운은 너무나 친근하고도 그리운 기운이었다. 하지만 이곳에서 느낄 수 있을 리 없었다.

그래서 혼란스러웠다.

환우의 손은 여전히 석도해의 정수리에 올려진 상태다.

"응?"

그때 환우는 품속의 세 자루의 용아천뢰검의 변화를 느꼈다. 세 자루 모두 가늘게 떨고 있었던 것이다.

이런 변화를 보이는 경우는 단 한 가지다.

주변에 다른 용아천뢰검이 있을 때 서로 공명하여 이런 떨림을 보였던 것이다.

"하지만 좀 다른걸……."

지난번의 떨림과는 무언가 조금 달랐다. 같은 검을 만나서 기뻐한다기보다는 무언가 그리운 것을 갈구하는 듯한 떨림이다.

용아천뢰검의 의지를 느끼기 위한 수련을 하였기에 이제 그런 차이도 구분할 수 있게 되었다.

"이쪽보다는 저쪽인가?"

아마도 새로이 나타난 인물들 때문에 용아천뢰검이 변화를 보인 것 같았다.

당연히 환우의 관심이 옮겨갔다. 환우에게는 용아천뢰검이 더욱 중요했다. 더군다나 지금은 벽에 막혀 있는 상황 아니던가.

"넌 잠시 자고 있어야겠다."

석도해는 눈앞의 괴물의 입에서 그 말이 떨어진 순간 벼락에 맞은 듯 몸을 떨었다. 그리고 정신을 잃고 바닥에 풀썩 쓰러졌다.

환우는 미련없이 몸을 돌렸다.

"오, 오라버니!"

단목휘경이 환우의 갑작스러운 행동에 다급히 그 뒤를 따랐다.

第二章 돌쇠와의 만남

사람이 아니야… 사람일 리 없어. 그래, 동방의 하늘에서 내려온 천신(天神)일 거야. 틀림없어.

해동에서 온 백의의 사내. 한 번의 손짓에 열 개의 벼락이 떨어지고, 마교의 혈사는 그 앞에 침묵한다. 열 개의 벼락을 중원에 남겨두고 홀연히 떠났다.

그리고 오십 년 후. 다시금 중원이 어지러워지려 할 때 그의 후예가 중원으로 향한다.

푸른 하늘에 열 개의 벼락이 다시 떨어지는 순간 천하는 그 앞에서 무릎 꿇으리라.

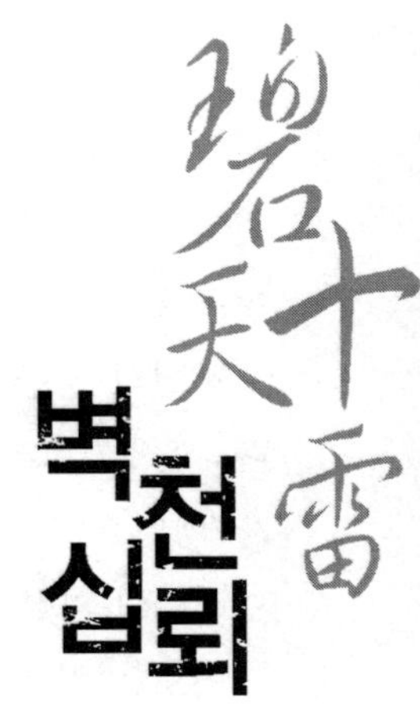

　돌쇠는 자신을 향해 다가오는 형님의 모습을 똑똑히 볼 수 있게 되자 눈가에 눈물이 맺혔다.

　드디어 일 년이 넘는 시간을 지나 형님을 만나게 된 것이다.

　자신을 향해 다가오는 형님을 마중하기 위해 돌쇠도 천천히 걸음을 옮겼다. 무진 진인은 과연 어떤 인물일까라는 기대를 가지고 돌쇠의 뒤를 따랐다.

　"응?"

　환우는 자신을 향해 다가오는 인물에게서 너무나 익숙한 기운을 느꼈다. 그리고 너무나 익숙한 얼굴이 눈에 들어왔다.

절대 이곳에 있을 수 없는 얼굴이다. 그런데 자신의 눈에 보이고 있다.

자신의 눈은 잘못되지 않았다. 아무리 보아도 그가 맞았다. 하지만 그는 이곳에 있을 리가 없었다.

"행님요!"

커다란 외침이 귀에 들린다.

귀도 멀쩡했다. 똑똑히 들리는 해동 말이다. 게다가 사투리다. 이제는 확신할 수 있었다.

절대 이곳에 있을 수 없었지만 이곳에 있다는 것을.

자신을 친형처럼 따르던 동생 돌쇠가 중원에 와 있음은 인정할 수 있었다.

환우의 얼굴 가득 미소가 맺혔다. 함박웃음이다.

"돌쇠야!"

환우도 기껍게 자신의 동생을 불렀다.

곧 둘은 마주 보고 섰다.

"행님요!"

돌쇠는 같은 말을 반복했다. 그리고 아무런 말도 못하고 그저 환우를 바라보고 있을 뿐이다.

아무 말도 입에서 나오지 않았다.

그것은 환우도 마찬가지다.

둘은 이미 말이 필요 없는 사이가 아니던가.

그런 두 사람을 묵묵히 바라보던 무진 진인은 고개를 끄덕였다.

"돌쇠 공자, 그토록 만나려 하던 그분인가?"

무진 진인의 물음에 그제야 돌쇠는 정신을 차리고 무진 진인을 돌아보았다.

"네. 우리 형, 형님이세요. 행님, 이 도사 분이 행님을 찾아오는데 참말로 많이 도와주셨다 아인교. 무당파라는 곳의 무진 진인이라 합디다."

첫말은 중원 말이었고 뒷말은 해동 말이었다.

환우는 무진 진인을 바라보았다.

"제 불민한 동생을 도와주셨다니 감사합니다. 신환우라 합니다."

환우의 입에서 너무나 유창한 중원 말이 흘러나왔다. 하지만 무진 진인은 그의 유창한 말보다 그의 이름에 더욱 놀랐다. 이미 환우의 이름은 어느 정도 중원 땅에 퍼져 있었다.

사실 그렇게 사고를 치고도 이름이 없으면 그것이 또 이상한 일 아닌가.

"아, 소문의 신 소협이셨군요. 뵙게 되어 반갑습니다. 전 무당의 무진이라 합니다."

아직 무당에서의 일은 소문이 나지 않았기에 무진은 환우에게 별다른 적의를 보이지 않았다. 소림사에서의 일은 들었지만 그것은 자파의 잘못도 있었기에 크게 탓하지 않았다.

"그다지 좋은 소문은 아닙니다."

소문을 들었다는 말에 환우는 쓴웃음을 지었다. 무림에 자신의 소문이 어찌 나 있는지는 무당을 방문했을 때 알게 되지 않았던가.

동방탕아라는 별호.

절로 쓴웃음이 나올 만한 말이다.

환우의 눈에 이채가 어렸다.

무진 진인이라면 분명 치호가 말한 천하십대고수 중 검성(劍星)이라는 무진 진인일 것이다. 돌쇠가 어쩌다가 그런 대단한 인물과 함께하게 되었는지 신기했다.

무진 진인은 돌쇠가 찾은 인물이 환우라는 사실에 무척이나 놀란 상태다. 비록 좋은 소문은 아니라 하지만 그래도 그가 동방신협의 제자라는 것은 변하지 않는 진실이다.

그런 그를 형님이라 부르며 찾아왔다 하면 돌쇠도 동방신협과 관계가 있다는 말이다. 그제야 지금까지 보여준 돌쇠의 능력을 이해할 수 있었다.

"너는 어찌하여 이곳까지 왔느냐?"

"큰 스님 심부름이예."

망아 스님이 보냈다는 말에 환우는 고개를 갸웃했다. 자신이 떠날 때 용아천뢰검을 모두 찾지 못하면 돌아오지 말라 하였는데 어이해 돌쇠를 보낸단 말인가.

"행님, 이제 만났으니까 안심이 되네예. 잠시만 기다려 줄 수 있는교? 내 잠시 댕기올 때가 있는데."

"응? 어디?"

"이리로 오는 길에 작은 마을 하나를 지났는데 이상한 사람들이 숨어서 마을로 들어가더라고요. 하는 짓들이 심상치 않은 것이 걱정이 돼서예."

이곳으로 오는 길의 작은 마을이라면 이어촌이 전부다. 돌쇠는 그곳과는 아무 상관도 없는 이방인이다. 그런데 수상한 자들이 스며드는 것이 걱정이 된다고 다시 가보겠다니, 역시 돌쇠다웠다.

커다란 덩치와 어울리지 않는 순박하고 착한 마음. 그것이 환우로 하여금 돌쇠를 동생으로 돌보게 한 가장 큰 이유였다.

단목휘경과 무진 진인은 해동 말로 대화를 나누는 두 사람의 모습을 그저 가만히 지켜보았다. 무슨 말을 하는지 알아들을 수가 없으니 그저 답답할 뿐이다.

"아휴, 오라버니, 저도 좀 알아들을 수 있게 말 좀 해줘요."

단목휘경의 푸념 섞인 말에 그제야 세 사람의 시선이 그녀에게로 향했다.

돌쇠는 두 눈을 부릅떴다. 세상에 선녀가 지상에 내려와 있을 줄은 몰랐다. 과연 형님이었다. 중원에 들어와 선녀와 함께 있다니 말이다.

"헤— 선, 선녀다."

그 말만큼은 중원 말로 중얼거렸다. 아마도 선녀가 들어주기를 바라는 작은 마음 때문일 것이다.

"어머, 선녀라니요."

그 말은 단목휘경도 알아들었기에 살짝 얼굴을 붉혔다. 아름답다는데 싫어할 여자는 없었다.

돌쇠는 그 모습을 입을 헤 벌리고 쳐다보았다.

"네가 지나왔다는 마을이 어디냐?"

환우의 물음이 돌쇠의 정신을 깨웠다. 아무리 생각해도 이곳에 오는 길에 있는 마을은 이어촌뿐이다. 그 작은 마을에 수상한 인물이 나타날 이유가 없음은 물론이다.

환우의 시선이 자신의 주변에 정신을 잃고 쓰러진 인물들에게로 향했다.

하나의 대가 왔다고 했는데 이곳에 있는 인물은 겨우 여섯이다. 그렇다면 나머지 인물들은 이 지류를 따라 흩어져 있다는 말. 아무래도 돌쇠가 본 이들이 그자들인 것 같았다.

"여, 여기서 멀지 않아요. 수가 제, 제법 됐어요."

단목휘경의 말 때문인지 돌쇠는 환우가 해동 말로 물었음에도 불구하고 중원 말로 대답했다. 그런 돌쇠의 행동에 환우는 실소를 금할 수가 없었다.

'녀석.'

하지만 지금 중요한 것은 그것이 아니다.

"나도 같이 가자. 마음에 걸리는구나."

돌쇠가 지나쳐 왔다는 마을이 아무래도 이어촌 같았다. 그러니 환우도 마음에 걸릴 수밖에 없었다.

"저도 같이 가요."

단목휘경이 따라나섰다. 이번에는 환우도 중원 말을 사용하였기에 그녀도 알아들은 것이다. 하지만 환우는 고개를 저었다.

"그런 모양새로 어디를 간단 말이냐?"

환우의 말에 단목휘경은 그제야 자신이 어떤 일을 당했는지 떠올렸다. 갑작스러운 상황의 변화에 깜빡 잊고 있었다.

"그, 그러고 보니 제가 따라가기에는 좀 무리가 있군요."

단목휘경은 얼굴이 새빨갛게 변한 채로 작게 말했다.

"그래. 그만 집으로 돌아가도록 해라. 이곳도 그리 안전하다고는 할 수 없으니까."

석도해의 무리가 어딘가에 또 있을지 몰랐기에 조금이라도 빨리 돌아가는 것이 좋을 것이다.

"혼자서요?"

고개를 숙인 채 작은 목소리로 그녀가 물었다.

가만히 생각하니 혼자 보내는 것 또한 불안했다. 지금 모습도 모습이거니와 집으로 가는 길에 또 다른 마교 놈들이 없다고 장담할 수도 없었다. 게다가 그녀는 은근히 자신을 따라가고 싶어하는 눈치다.

환우는 한숨을 쉬면서 어쩔 수 없다는 듯 말했다.

"알았다. 같이 가자. 하지만 조심해야 한다."

"네."

환우의 말에 단목휘경은 생긋 웃었다, 여전히 얼굴은 발갛게 물든 채로.

"그럼 어서 가자."

환우가 앞장서자 단목휘경이 냉큼 곁으로 걸음을 옮겼다. 돌쇠와 무진 진인이 그 뒤를 따랐다.

*   *   *

"그러니까 무림의 고수가 분명하다고요. 어떤 악적과 싸우다가 부상을 입고 우리 마을로 떠내려 온 거예요. 딱 보니까 그랬다고요."

집 안에서 내일 쓸 통발을 손질하던 장필은 피식 웃었다. 분명 환우라는 사내는 무척이나 신기했다. 하지만 오밤중에 자신을 찾아와 이야기를 잔뜩 늘어놓는 양휘의 이야기는 너무 허황됐다.

하늘을 날아다니는 무림의 고수라니. 사람이 하늘을 날다니 가당치도 않은 말이다.

자신이 아무리 시골 촌놈이라도 그런 말은 믿지 않는다. 말하기 좋아하는 호사가들이 그리 퍼뜨린 것이리라. 지금 눈앞에 앉아서 침 튀겨가며 이야기하는 양휘처럼 말이다.

"아이참. 아저씨 제 말 안 믿죠? 그렇죠? 하지만 저는 매일같이 그 아저씨를 지켜봤다고요. 절대 평범한 사람이 아니에

요. 어떻게 그렇게 죽은 듯이 누워 있다가 아무 일 없었다는
듯 감쪽같이 일어날 수 있겠어요? 처음 발견했을 때는 거의
시체였다고요.”

양휘는 장필의 반응이 마음에 안 드는지 답답하다는 얼굴
로 열변을 토했다. 하지만 그런 그의 말은 장필의 얼굴에 맺
힌 웃음을 더욱 진하게 만들어줄 뿐이다.

집 안의 그런 분위기와는 정반대로 집 밖은 적막만이 흘렀
다. 수많은 흑마대의 대원들의 몸에서 은연중 풍겨 나오는 기
운 때문일까? 평소보다 더욱 조용한 밤이다.

‘시체나 다름없었다고?’

한종보는 양휘의 말에 귀를 기울였다. 공교로워도 너무 공
교로웠다.

이곳은 자신들이 수색하는 대상이 떨어진 강의 지류 곁에
있는 마을이다.

그런데 이 마을에 시체나 다름없는 무림인으로 보이는 사
내가 떠내려 왔다니. 강에 떨어지는 무림인이 그리 흔한 것은
아니다. 게다가 이곳은 더욱 그렇다. 비록 근처에 무당파가
있기는 하지만 무당의 인물이라면 아저씨가 아니라 도사라야
옳았다.

한종보의 머릿속의 의심은 점점 더 덩치를 키워갔다.

“조용히 들어가서 제압한다.”

한종보가 전음으로 지시했다. 무공을 모르는 일반인들인

이상 제압하는 것은 아주 쉬운 일이다. 게다가 자신들이 알고 있는 몇 가지 기술들을 사용하면 원하는 정보를 아주 손쉽게 얻을 수 있으리라.

별 기대 없이 들어온 마을에서 의외의 수확을 얻었다.

'그런데 대주는 왜 이리 늦으시지?'

따로 조사해 볼 것이 있다면서 사라졌던 대주 석도해가 아직까지 나타나지 않고 있었다. 비록 자신들이 중간에 이 마을로 들어왔다지만 그렇다고 자신들을 놓칠 대주가 아니었다. 무언가 이상했지만 아주 중요한 정보를 눈앞에 두었기에 곧 그 생각을 머리에서 지웠다.

"쩝. 뭐, 그럼 내일 직접 신 아저씨를 찾아가 봐요. 그리고 물어보자고요."

양휘가 절대 포기할 수 없다는 얼굴로 말하는 순간 그의 눈앞에 검은 그림자가 나타났다.

"으, 으."

갑작스레 나타난 인물에 놀라 비명을 지르려 하였지만 비명이 입 밖으로 나오다가 말았다. 아무 소리 없이 양휘는 그저 입을 뻥긋거릴 뿐이다. 순식간에 아혈을 집힌 것이다.

그것은 장필 역시 마찬가지였다.

장필은 어리둥절했다.

도깨비도 아니고 어찌 갑자기 사람이 나타나 순식간에 자신이 말을 할 수 없게 만든단 말인가.

심상치 않은 분위기가 풍기는 이들은 무척이나 위험해 보였다. 통발을 손질하던 장필의 손바닥이 땀으로 축축이 젖어들었다.

한데 양휘는 그런 장필의 심정도 모르고 의기양양한 얼굴로 웃고 있었다.

말할 수는 없었지만 얼굴 표정이 무어라 말하는지 알려주었다.

'그것 보라고요. 이런 인물들이 갑자기 나타날 정도면 분명 신 아저씨는 무림의 고수라고요.'

그렇게 말하고 있었다.

장필은 양휘의 철없음이 안타까웠으나 어쩔 수 없었다. 아직 어린아이 아닌가.

그것보다 갑자기 나타난 복면의 인물들이 문제였다. 아무것도 없는 이 작은 시골 마을에 어디서 이런 도깨비 같은 인물들이 나타난단 말인가.

'아무래도 무림이라는 세계에 대한 이야기가 아주 허황된 것은 아닌가 보구나.'

당하고도 믿을 수가 없었으니 장필이 그리 생각을 바꿀 만도 했다.

그사이 몸도 뻣뻣하게 굳어서 움직일 수도 없었으니 말이다. 마혈도 집혀 몸이 굳었음을 두 사람이 알 리 없었다.

"말은 할 수 있게 해주겠다. 대신 조용히 묻는 말에만 답해

라. 그렇지 않으면……."

복면사내는 뒷말을 끝내지 않았다. 대신 아주 날이 잘 선 단검을 들어 보였을 뿐이다.

장필의 얼굴이 식은땀으로 물들었다.

한종보는 방 한곳에서 가만히 자신의 수하들이 하는 행동을 지켜보고 있었다.

"네놈들이 발견했다는 인물에 대해 말해라."

"에……."

갈이 나왔다.

자신의 몸을 어떻게 하는 느낌도 없었는데 말이 나왔다. 위험한 사람들이라고 온몸의 감각이 장필에게 경고했다.

"정, 정말로 우연히 발견했습니다. 우리 마을로 떠내려 와 있었으니까요."

장필은 작은 목소리로 천천히 말했다. 그들이 원하는 것이 이것이기에 쓸데없는 짓을 했다가 위험해질 필요는 없다고 판단한 것이다.

"계속해라."

사내의 재촉에 입술을 침으로 축인 장필은 그간의 일을 천천히 이야기했다.

이들이 무엇 때문에 환우에 대해 궁금해하는지는 알 수 없었다. 단지 말하지 않으면 자신과 양휘가 굉장히 위험해진다는 것만 알 수 있을 뿐이었다. 장필은 자신과 양휘를 지키기 위해 그들이 시키는 대로 순순히 말했다.

한종보의 얼굴에 만족의 미소가 어렸다. 물론 복면에 가려 누구도 그것을 볼 수는 없었다.

'생각보다 눈치 빠른 놈이로군.'

쓸데없이 손을 쓰지 않아도 되는 현재의 상황이 매우 만족 스러웠다.

*　　　*　　　*

환우는 빠른 속도로 달렸다. 하지만 자신이 낼 수 있는 최 고의 속력은 아니었다. 지금의 속도는 단목휘경이 낼 수 있는 최고 속도에 맞춘 것이었다. 곁에서 달리고 있는 그녀가 땀에 흠뻑 젖어 있기 때문이다.

"그런데 네가 어찌 이곳까지 찾아왔느냐? 대체 큰 스님이 무엇 때문에 널 보낸 거지?"

잠깐의 여유가 생겼기에 환우는 자신이 궁금해하는 것을 물었다.

"아, 이것을 가져다주라 하셨습니다."

달리면서 돌쇠는 품에서 열 개의 단검집을 꺼내서 환우에 게 건넸다. 환우는 용케 그것을 모두 받았다.

"용아천뢰검의 검집인가?"

이상하다 생각했었다. 검대에 용아천뢰검을 꽂을 때 좀 헐거웠던 것이다. 그래서 혹시 다른 무엇이 있지 않을까 생각했었는데 역시 검집이 있었다.

"큰 스님께서 급, 급히 떠, 떠나보내신다고 깜빡 잊으셨다 하, 하셨어요."

그럴 만도 했다. 그야말로 번개 불에 콩 구워먹듯 자신이 떠나오지 않았던가.

"쳇, 노인네 노망은……."

불경한 말이다.

무진 진인은 깜짝 놀랐다. 저들이 말하는 큰 스님은 분명 동방신협일 것이다. 그런데 환우는 자신의 사부인 동방신협께 그런 불손한 말을 하다니, 무진 진인으로서는 상상도 할 수 없는 일이다.

'허허. 역시 동방탕아란 말인가.'

무진 진인은 중원 전체에 퍼져 있는 환우의 별호를 떠올릴 수밖에 없었다.

"그, 그리고 여, 여기 편지요."

환우가 검집을 모두 검대에 꽂자 돌쇠는 품에서 기름종이에 잘 싸인 봉투를 환우에게 건넸다.

환우는 달리는 와중에 편지를 펼쳐 읽었다.

편지를 든 환우의 손이 부르르 떨렸다. 떨림이 점점 커진다 싶더니 양손이 허공으로 어지러이 움직인다.

화선지는 그 움직임을 견디지 못하고 갈가리 찢겨 허공에 날렸다.

허공에 떠오른 조각조각들은 순식간에 불에 타 재로 화했다.

'허, 삼매진화라.'

환우가 일으킨 기운이 뇌기로 화해 화선지를 태운 것이지만 무진 진인은 그저 환우가 삼매진화로 종이를 태운 것이라 생각했다.

"줘라."

환우의 목소리가 딱딱하게 굳어 있었다.

대체 편지에 어떤 내용이 적혀 있었던 것일까?

환우의 말에 돌쇠는 품에서 한 권의 작은 책자를 꺼내 환우에게 건넸다.

환우는 그 책을 낚아채듯 가져갔다.

"쳇. 결국 나에게 반쪽만 가르쳤단 말이지?"

환우의 목소리에는 가시가 돋쳐 있었다.

환우가 받아 든 가죽으로 된 책.

책의 표지에는 날아갈 듯한 필체가 적혀 있었다.

천뢰무위공 활용편.

활용편이 이렇게 따로 비급으로 존재한다면 자신이 지금까지 익히고 수련한 것은 대체 무어란 말인가. 그것은 실전을 위한 것이 아니었단 말인가.

환우의 머리에 혼란이 찾아왔지만 그전에 그들은 이어촌
에 도착했다.

아니, 이어촌 입구 근처에 이르자 복면을 한 흑의의 인물들
이 환우들의 앞을 가로막았다.

한종보의 명령으로 마을 어귀를 지키던 흑마대원이었다.

"돌아가라. 그렇지 않으면 죽는다."

살벌한 말이 흑의인에게서 튀어나왔다.

"허어. 무량수불."

그 말에 무진 진인은 가만히 도호를 외웠다. 도호 소리에
그를 본 흑의인들은 흠칫 떨었다. 무당의 도인임을 알아본 것
이다. 이곳은 무당과 가까운 곳이다. 무당의 영역인 것이다.
그런 곳에서 무당의 도사를 만났으니 이런 반응을 보일 수밖
에 없었다.

"깊은 밤에 한적한 마을에 숨어드는 행동도 그렇습니다만
말씀에 살기가 너무 짙군요."

무진 진인은 담담한 얼굴로 조용히 말했으나 흑마대원들
로서는 쉬이 들어 넘길 말은 아니었다.

"마교의 흑마대 녀석들이니 그럴 수밖에요."

환우의 말에 무진 진인과 흑마대원들 모두 몸을 떨었다.

무진 진인은 이들이 마교의 인물들이라는 것에 놀라서 그
런 것이고, 흑마대원들은 상대가 자신들의 정체를 안다는 것

에 놀란 것이다.

"흐음."

환우는 흑마대원들과 대치한 상태에서 잠시 고민했다.

성격대로라면 이리 망설이지 않을 테지만 이미 저들의 상당수가 마을에 들어가 있는 상태다. 이곳에서 소란을 일으키면 마을 사람들에게 어떤 위해가 가해질지 모를 일이다.

이 마을 사람들은 모두 자신의 생명의 은인이나 다름없으니 그래서는 곤란했다.

'조용히 해결할 수 있을까? 애자와 폐안까지 사용할 수 없는데?'

자신이 가진바 무공들은 은밀함과는 제법 거리가 있었다. 벼락은 기운은 강했으되 조용하지 못했으니 말이다.

결국 마을 사람들이 모두 무사함을 확인할 때까지는 환우의 손발이 묶인 것과 다름없었다.

일신상의 무위는 흑마대원들보다 훨씬 강했으니 어떻게든 처리할 수 있을 것 같았다. 단지 조금 더 번거로워지는 것이 문제일 뿐.

'전부 오십 정도인가?'

환우는 감각을 이어촌 전체로 확장시켰다. 그의 감각에 걸리는 인물들은 모두 오십오 명이었다. 강가에서 자신에게 제압된 다섯과 대주를 합치면 모두 육십일 명이었다.

환우의 얼굴에 수심이 어렸다.

그들 중 상당수가 장필의 집을 둘러싸고 있는 것을 느낄 수 있었기 때문이다.

이미 몇몇은 집 안으로 들어간 듯했다.

'시간이 없구나.'

환우는 더 이상 망설이지 않았다.

"이곳에 온 너희 자신들을 원망해라."

나직한 한마디와 함께 품에 들어갔다 나온 환우의 손은 어느새 입구를 지키고 있던 흑마대원들의 목에 벽조목검을 날렸다. 그들은 소리 지를 새도 없이 그렇게 목이 뚫려 생을 마감했다.

갑작스러운 환우의 행동에 같이 온 일행들이 깜짝 놀랐다. 특히나 눈앞에서 사람이 죽는 모습을 처음 본 돌쇠와 단목휘경의 놀람은 더했다.

"어쩔 수 없어. 이놈들은 마교의 놈들이니까. 죽이지 않으면 내가 죽고 이 마을 사람들이 죽어. 너희는 여기서 기다려. 아무래도 내가 혼자 들어가는 게 나을 것 같아."

환우는 작은 목소리로 돌쇠와 단목휘경에게 말했다. 그리고 은밀한 움직임으로 마을 안으로 사라졌다.

"허허. 무량수불."

무진 진인은 그저 돌쇠 옆에 서서 가만히 환우의 뒷모습을 바라보았다.

그때그때 인상이 달라지는 참으로 신기한 사람이었다.

지금 저 모습 어디에서 동방탕아라는 별호를 떠올릴 수 있
단 말인가.

"아무래도 우리는 이곳에서 기다리는 것이 나을 듯합니
다."

아마도 그가 알아서 하리라는 생각에 무진 진인이 말했다.
확실히 이 둘은 환우와 같은 은밀한 움직임은 불가능했다. 이
들이 마교의 인물이라면 환우 혼자서 움직이는 편이 나을 것
이라 생각했다.

조금 전의 한 수만 보더라도 과연 자신이 환우를 감당해 낼
수 있을지 장담할 수 없을 정도였으니 말이다.

환우는 빠르게, 그러나 은밀하게 움직였다. 곳곳에 매복한
이들의 기운을 느낄 수 있었지만 무시했다.

혹시라도 그에게 무슨 일이라도 생긴다면 큰일이기에 환
우의 마음이 급했다.

예전에 융중산에서 상대했던 마교의 인물들이 기척을 죽
이고 움직이는 법을 떠올리며 비슷하게 기를 운용했다. 덕분
에 은밀한 움직임에 관한 무공은 전혀 알지 못하는 환우지만
흑마대원들의 눈을 속이고 장필의 집에 도착할 수 있었다.

집 안에는 모두 다섯의 흑의인이 있었다. 두 사람은 장필
앞에 있었고 다른 두 사람은 양휘를 잡고 있었다. 그 뒤에 차
가운 눈으로 지켜보고 있는 흑의인이 하나 있었다.

'저 꼬마 녀석도 여기 있었군. 이거 낭패다.'

인질이 한 명이라면 모르되 두 명이면 움직임에 제약이 커진다.

'저놈이 이들의 우두머리인가?'

환우는 침착하게 집 안의 상황을 살폈다.

장필이 한참 자신에 대한 이야기를 하고 있었다. 역시 이들은 자신을 찾아온 것이었다.

'옳은 판단이야.'

어떻게 보면 장필이 살기 위해 환우를 팔아넘기고 있는 상황인데도 환우는 미소를 지으며 고개를 끄덕였다.

절대적인 힘의 차이가 나는 상황에서 쓸데없는 반항은 금물이다. 적어도 환우는 그렇게 생각했다.

장필의 판단 덕에 환우에게도 그들을 구할 여지가 생겼다. 집 안의 다섯이 모두 장필의 이야기에 집중하고 있었기 때문이다.

환우는 조심스레 품에서 다섯 자루의 벽조목검을 꺼냈다. 그리고 은밀히 장필의 집 안에 밀어넣었다. 누구도 그런 기척을 느끼지 못했다.

모두들 장필에게 정신을 집중한 탓이다.

벽조목검이 두둥실 떠올랐다. 공기의 움직임도 거의 없는 은밀한 움직임이다. 일단 흑의인들에게 조준이 끝났다 싶은 순간 다섯 자루의 벽조목검은 빛살같이 움직였다.

순식간에 네 자루의 벽조목검이 네 흑의인의 사혈에 깊숙이 박혔다.

"누구냐?"

하지만 홀로 서 있던 흑의인은 용케도 벽조목검을 막아냈다. 이 중에서 제일 실력이 좋은 듯했다.

"쳇."

환우는 잽싸게 집 안으로 들어와 양휘와 장필을 자신의 뒤로 움직였다.

그런 환우의 출현에 장필은 어안벙벙한 얼굴로 그를 쳐다보았다. 양휘는 그것보라는 얼굴로 장필을 쳐다보았다.

환우가 무림의 고수라는 자신의 설명이 맞지 않냐는 듯 의기양양한 얼굴이다. 이런 상황에서도 그런 것부터 생각하다니 확실히 어렸다.

"죄송합니다, 저 때문에."

"아닙니다. 이렇게 구해주셨는데요."

두 사람의 대화에서 한종보는 환우가 자신들의 목표임을 알 수 있었다. 아니, 정확히는 목표가 아니었다.

그들의 목표는 시체가 된 환우였지 두 눈 시퍼렇게 뜨고 살아 있는 환우가 아니었던 것이다.

한종보의 판단은 빨랐고 그것을 행동으로 옮기는 것은 더 빨랐다.

"모두 교로 돌아간다. 한 명이라도 살아서 귀환해라. 그리고 전해라. 그가 살아 있다."

상대는 적마대를 홀로 전멸시킨 괴물이다. 객관적으로 적마대보다 무력이 떨어지는 흑마대가 상대할 수 있는 상대가 아니다.

한종보의 명령이 떨어지자마자 흑마대의 인물들은 사방으로 뿔뿔이 흩어졌다. 그들은 전력으로 달렸다. 그야말로 어서 이곳을 벗어나지 않으면 죽는다는 각오로 달리는 듯했다.

"상황 판단이 빠르군."

환우는 그런 흑마대의 움직임을 모두 감지하고 있었다.

한종보는 아무 말 없이 고개를 끄덕였다.

"강가에 있던 그놈보다 훨씬 나아. 넌 누구냐?"

한종보는 환우가 강가에서 만났다는 이가 석도해임을 직감했다.

"대주는 어찌 되었느냐?"

하지만 그는 침착했다.

"그놈이 대주였어? 난 네놈이 대주일 거라 생각했는데."

확실히 환우가 보기에는 한종보가 더욱 나은 듯했다. 환우의 말에 한종보의 눈에 잠시 안타까움이 스쳤지만 그것은 잠시였다.

"이제 어찌할 건가?"

한종보는 모든 것을 포기했다는 듯 말했다.

이미 흑마대의 대원들은 모두 최대한 몸을 피했을 것이다. 자신은 조금 더 시간을 끌다가 이자의 결정에 따르면 그뿐이다. 이것으로 부대주로서의 자신의 임무는 다한 셈이다.

상대의 물음에 환우는 어깨를 으쓱했다.

"뭐, 네놈들이 모두 도망갔으니 어떻게 하고 자시고 할 게 있을까? 네놈도 내가 궁금해하는 것을 가르쳐 줄 것 같지는 않고."

"뭐가 궁금하지?"

살려준다는 환우의 말에 한종보가 짧게 물었다. 그는 환우에게 빚을 졌다, 목숨의 빚. 자신이 아닌 수하들의 것이다.

"총단의 위치."

짤막한 대답이다. 하지만 그 대답이 의미하는 바는 크고도 컸다. 결코 쉬이 대답할 수 없는 물음이다.

환우의 물음에 한종보는 잠시 고민하듯 서 있었다.

그리고 몸을 돌렸다.

"하늘과 닿은 물."

짧은 한마디가 전음으로 환우의 귀에 울렸다. 어느새 한종보는 사라지고 없었다.

"수수께끼 같은 말이군."

환우는 자신이 들은 말을 다시 한 번 생각하면서 작게 중얼거렸다.

"우와! 신 아저씨 정말로 대단해요!"

그때 옆에서 초롱초롱 빛나는 눈의 양휘가 함성을 지르며 환우에게 매달렸다.

그 모습에 환우는 쓴웃음을 지었다.

비록 마교의 인물이라 하지만 무려 네 명의 목숨이 눈앞에서 사라졌다. 이 아이는 그것을 모르는 것일까? 그저 자신의 무공만이 눈앞에 보이는 것일까?

"휘야, 어찌 그런 말을 하느냐? 비록 우리를 위협했다 하나 무려 네 명이 목숨을 잃었다. 그런데 지금 그런 말이 나온단 말이냐?"

장필의 준엄한 꾸짖음에 양휘는 입이 툭 튀어나왔다. 하지만 이토록 화를 내는 장필의 모습을 처음 보았기에 그는 아무 말도 하지 않았다.

아직 타인의 생명의 무게를 알기에는 양휘는 너무 어렸다.

"내 비록 급하고 또 위급한 상황이라 이들의 목숨을 빼앗았지만 나 역시 그 대가를 치를 것이다. 생명이란 소중한 것이야."

환우가 씁쓸한 얼굴로 말했다.

"너는 장 은인의 말씀을 잘 새겨 들어두도록 해라."

환우는 장필을 장 은인이라 불렀다. 환우의 말에도 양휘의 입은 들어갈 줄을 몰랐다.

"저 때문에 큰일을 겪으셨습니다. 정말 죄송합니다."

거듭되는 환우의 사과에 장필은 고개를 저었다.

"아닙니다. 이렇게 구해주지 않으셨습니까? 그것이면 된 겁니다."

환우는 집 안의 네 구의 시신을 수습해 나왔다. 비록 마교의 인물이었으나 땅에 묻어줘야 할 것 같았다. 그다지 크지도 않은 덩치로 네 구의 시신을 들쳐 엎고 나가는 모습은 보통 사람이 보기에는 무척이나 대단한 것이었다.

"그래도 제 말이 맞았죠?"

끝까지 포기할 수 없다는 듯 양휘는 장필에게 작은 목소리로 말했다.

마을 입구에 이르자 세 사람이 환우를 기다리고 있었다. 이미 마을을 빠져나가는 수많은 흑의인들을 보았기에 일이 잘 해결되었음을 알고 있었다. 세 사람의 시선은 환우가 들쳐 엎고 오는 시신으로 향했다.

"어쩔 수 없었어, 마을 사람들을 구하려면."

환우가 쓴웃음을 지으며 말했다.

마을 입구를 지키던 두 사람을 가차없이 처리할 때와는 또 다른 모습이다.

과연 어느 것이 환우의 진실한 모습인지 무진 진인은 판단할 수가 없었다.

'허어. 참으로 신기한 소협이구나.'

신기한 소협. 일단 환우에 대한 평가는 그랬다.

"일, 일단 묻어주도록 하죠."

돌쇠의 말에 고개를 끄덕인 환우는 적당한 곳의 땅을 팠다. 돌쇠도 곁에서 거들었다. 여섯 구의 시신을 모두 한 곳에 묻고 낮은 봉분을 만들었다.

"이제 가자."

환우가 그리 말하고 앞장섰다.

곁에는 단목휘경이 나란히 걸었다.

올 때는 급했으나 돌아갈 때는 여유로웠다.

환우가 가자고 하는 곳이 어디인지 몰랐기에 돌쇠는 그저 묵묵히 뒤따랐다.

무진 진인 역시 아직 이 두 사람을 더 보고 싶은 마음에 뒤따랐다. 사실 돌쇠가 환우를 만남으로 그가 돌쇠를 따라온 일은 끝났지만 호기심이라는 녀석이 더욱 그 덩치를 키운 것이다.

달빛이 비추는 강가를 네 사람을 그렇게 말없이 걸었다. 환우가 품에서 돌쇠에게 받은 가죽 표지의 책을 꺼내 읽고 있었기에 다들 말이 없었다.

환우야.

네가 급히 가느라 내 미처 천뢰무위공을 전부 전하지 못하였구나. 벽조목검만을 사용한다면 상관이 없다만 용아천뢰검을 사용하려면 지금 네가 익히고 있는 천뢰무위공으로는 한계가 있다.

천뢰무위공 자체가 용아천뢰검을 사용하기 위해 만들어진 공부인 터라 완벽히 익혀야 비로소 용아천뢰검을 완전히 다룰 수 있단다.

　용아천뢰검이 없었기에 네게 이런 사실을 전하지 않았었다. 중원에서 왕 대협이 오시자마자 네가 급히 떠나느라 내 정신이 없어 미처 생각지 못했구나.

　이제라도 기억이 나 돌쇠에게 후반부의 천뢰공이 적힌 비급을 보낸다. 부디 대성하여 열 자루의 용아천뢰검을 모두 찾아오도록 하거라.

　책을 펼쳐 든 환우는 얼마 전 자신이 찢어서 태워 버린 편지의 내용이 떠올랐다. 다시 환우의 얼굴에 주름이 생겼다.

　"깜빡한 게 아니라 일부러 그런 게 분명해."

　잔뜩 골이 난 목소리로 환우가 중얼거렸으나 다른 세 사람은 영문을 모를 뿐이다.

　사실이 그랬다. 그렇지 않다면 어찌 일 년이나 후에 돌쇠가 자신을 찾는단 말인가.

　그렇게 투덜거린 후 환우의 시선은 다시 비급으로 향했다. 비급에 적힌 내용 중 일부는 환우가 이미 알고 있는 것이었다.

　전반부의 구결을 연구 또 연구하여 추론해 낸 내용 중 일부가 있었던 것이다.

　융중산에서 홀로 행한 수련은 결코 헛된 것이 아니었다.

　단지 쉬운 길을 어렵게 갔을 뿐이다.

이를테면 활용편의 비급은 지도와 같았다.

환우가 모르는 길을 어찌어찌 잘 찾아가고는 있었지만 그 길은 무척이나 힘들었다. 하지만 이제 활용편이라는 지도를 손에 쥐었으니 훨씬 편하게 갈 수 있을 것이다.

활용편에는 천뢰무위공의 기본공 외에 그것을 활용하는 무공들이 있었다.

환우가 익힌 것은 천뢰무위공의 심법과 시명공, 그리고 벽천뇌검공이 전부였다.

"우이씨. 이렇게 간단한 방법이 있었단 말이야?"

활용편에 가장 먼저 나오는 것은 사용공(使龍功)이라는 것이었다.

이름 그대로 용을 부리는 공부다.

환우가 그토록 고민에 고민을 거듭하여 터득한 용아를 부리는 방법에 대한 공부인 것이다.

게다가 더욱 쉽고 더욱 효율적이었다.

물론 처음 시작은 어려웠으나 환우는 훨씬 어려운 방법으로 터득을 하였기에 문제될 것은 없었다.

더군다나 사용공 편을 읽으면서 드디어 환우는 그동안 자신을 고민케 하던 문제를 해결할 수 있었다. 즉, 애자와 폐안이 자신의 의지를 거부하는 이유를 알게 된 것이다.

용아천뢰검은 용아와 구룡자로 이루어져 있다. 이들 모두는 자신의 의지를 가지고 있으며 그 의지로 주인을 선택한다. 만일 주인이 그들의 선택을 받지 못하면 그들은 주인의 의지를 거부한다.

사용공은 그러한 용아천뢰검의 의지를 누르고 달래 모두 포용하는 공부다. 의지가 강한 이가 있다면 사용공이 아니더라도 열 자루의 용아천뢰검을 다룰 수 있겠지만 그들에게 거부당한다면 그 순간 용아천뢰검은 의지를 벗어날 것이다.

환우의 눈이 고정되어 있는 구절이다.

결국 환우가 애자와 폐안을 움직이지 못한 것은 그들에게 거부당했다는 것이다.

"결국은 그 무지막지한 노인네한테서 져서 도망친 게 마음에 안 든다는 말이지."

주인을 거부할 수 있다는 구절을 읽는 순간 환우는 그 원인이 되었을 일을 떠올릴 수 있었다.

바로 구양천에게 패해 절벽에서 뛰어내린 것이 마음에 안 든 것이리라. 애자라면 충분히 그럴 것이다. 다투고 싸우기를 좋아하는 녀석이니 패했다는 것이 문제가 되었을 것이다.

폐안 역시 강한 녀석이니 패배를 용납하기 어려웠을 것이다.

일개 검에 불과한 것들이 승패를 느끼고 그것에 따라 부리는 주인을 거부한다니 우습기도 했다. 하지만 그 정도로 용아천뢰검이 기물 중의 기물이라는 의미이기도 했다.

책을 보며 중얼중얼 거리는 환우의 모습은 모르는 사람이 본다면 우습기 그지없을 것이다.

하지만 단목휘경과 돌쇠, 무진 진인은 아무 말 없이 환우를 따랐다.

환우가 책에 정신이 팔려 길을 잘못들 때면 단목휘경이 바로잡아 주었다, 어차피 환우가 가는 곳은 자신의 집이었기에.

第三章 진정한 천뢰무위공

「사람이 아니야… 사람일 리 없어. 그래, 동방의 하늘에서 내려온 천신(天神)일 거야. 틀림없어.」

해동에서 온 백의의 사내. 한 번의 손짓에 열 개의 벼락이 떨어지고, 마고의 형사는 그 앞에 침묵한다. 열 개의 벼락을 중원에 남겨두고 홀연히 떠났다.

그리고 오십년 후. 다시금 중원이 어지러워지려 할 때 그의 후예가 중원으로 향한다.

푸른 하늘에 열 개의 벼락이 다시 떨어지는 순간 천하는 그 앞에서 무릎 꿇으리라.

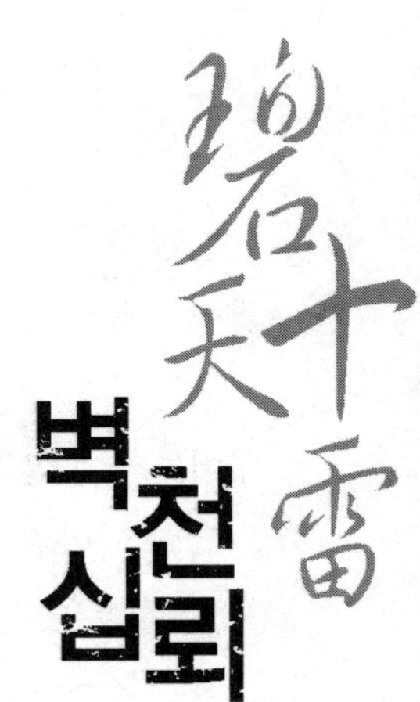

　일곱의 흑의인이 형편없는 몰골로 사방에 널브러져 있었다. 그 가운데에는 백염을 휘날리며 기골이 장대한 노인이 서 있었다. 그의 얼굴에는 은은한 분노가 서려 있었다.

　그럴 수밖에 없는 것이, 이들이 자신의 친우를 공격한 것이다. 친우이자 자신에게는 둘도 없는 은인이다.

　마침 친구와 술 생각이 간절하여 기별도 없이 찾아왔기에 망정이지 자신이 오지 않았다면 친구는 이 무뢰한들에게 큰 낭패를 당할 뻔했다.

　친구의 무위가 제법 된다 하지만 이들 일곱을 감당할 수 있는 수준은 아니었던 것이다.

일곱 흑의인의 몸이 꿈틀꿈틀 움직이는 것으로 보아 아직 생명이 붙어 있었다.

"흥. 네놈들 운이 좋은 줄 알아라. 평이 이 친구가 살생을 싫어하기에 살려놓은 것이다."

그의 커다란 목소리는 듣고 있는 사람으로 하여금 귀를 막게 할 정도였다.

한쪽 곁에 서 있던 단목평은 쓴웃음을 지었다. 나이가 들어도 자신의 친구는 하나도 변하지 않았다. 아니, 오히려 더 심해진 것도 같았다.

친구가 오기 전에 일곱의 흑의인에게 낭패를 당한 듯 단목평의 옷 여기저기가 잘려 있었다.

"그만 하게."

단목평의 말에 노인은 고개를 끄덕이며 걸음을 옮겼다.

"썩 꺼져!"

여전히 커다란 목소리다. 그의 말에 일곱의 흑의인은 억지로 몸을 일으켜 자리를 떠났다. 부대주의 명으로 근처를 뒤지다가 우연히 단목평의 집을 발견한 일곱의 흑마대원은 그저 운이 없었을 뿐이다.

생명을 구했으니 운이 좋았다고 해야 할지도 모른다.

"그것보다 경아가 걱정이로군. 보아하니 그 수가 한둘이 아닌 듯한데. 아직까지 돌아오지 않는 것이……."

단목평은 단목휘경이 갔으리라 짐작되는 강가를 보면서

중얼거렸다.

"뭐야? 경아가 집에 없는가?"

그가 도착했을 때 이미 단목평이 저들에게 공격을 받고 있었기에 미처 집 안까지 살필 여유가 없었다.

"그렇군. 없어."

집 안에서 아무런 기척이 느껴지지 않는 것을 확인한 노인의 얼굴은 붉게 물들었다.

"원도 이 친구야, 나 귀 안 먹었으니 살살 좀 말하게. 어찌 나이가 들수록 목소리가 더 커지누. 그리고 경아는 믿을 만한 사람과 함께 있으니 괜찮을 걸세."

"거참. 헷갈리게 걱정된다 했다가 괜찮을 거라 했다가 그러면 날더러 어쩌란 말인가."

노인은 양 주먹을 쥐락펴락하면서 말했다. 그래도 단목평의 말 때문인지 목소리가 많이 누그러들어 있었다.

"허허. 천하의 뇌진자가 걱정이 많이 되나 보군. 그렇다면 마중을 가보도록 하세. 어디 있는지는 짐작이 가니까."

잠시 집에 들어왔던 환우가 급히 나가는 모습을 보았었다. 강가를 향해 쭈욱 달려갔으니 그리로 가면 될 것이다.

자신에게 한마디 말을 남길 여유조차 없이 급히 간 것을 보면 무슨 일이 있는 것 같기도 했다. 하지만 지금까지 아무 소식이 없었다.

'무소식이 희소식인 법이지.'

단목평은 스스로를 그렇게 다스렸다. 그러지 않고 걱정하는 모습을 보였다가는 옆에 있는 친구가 어찌 돌변할지 몰랐다.

뇌진자 임원도.

당금의 천하십대고수와 견주어도 결코 떨어지지 않는 초절정의 무인이다. 그리고 뛰어난 무공만큼이나 다혈질인 성격으로도 유명했다.

단목평과는 어릴 적부터의 친구다.

아주 오랜 세월을 같이한 지음지기다. 그랬기에 자신이 여유를 잃으면 자신의 친구가 광분할 것을 알았고 그래서 속마음과는 달리 여유를 가진 모습을 보였다.

스스로를 다독이면서 말이다.

뇌정권은 바로 임원도의 독문절기로 단목휘경을 예뻐해 전수해 준 것이다.

단목휘경이 가지고 있는 번개 문양의 얇은 가죽 장갑 역시 그가 준 것이다. 자뢰수피(紫雷手皮)라는 이름을 가진 기병으로 임원도의 신물이었다.

그가 은거를 결정하면서 단목휘경에게 주었던 것이다.

"대체 뭐 하는 놈들일까? 이런 한적한 곳에 그렇게 수상한 차림으로 나타나서 다짜고짜 자네를 공격하다니 말이야."

"다짜고짜 공격한 것은 아니지. 시체를 찾더군. 내가 모른다고 하자 공격한 것이야."

단목평이 조금 전의 일을 떠올리면서 말했다.

강에 떠내려 온 시체를 보았냐는 물음에 모른다고 했더니 그만 입을 닫으라 했었다. 자신들을 보았다는 사실을 세상에서 지워야 한다면서.

그렇게 보면 그런 수상한 일을 하는 이들치고는 묘하게도 말이 많았던 것도 같다.

그렇게 정체불명의 흑의인들에 대한 대화를 하면서 두 사람은 강가로 갔다.

열심히 천뢰무위공의 비급을 보던 환우의 고개가 들렸다.

"무슨 일이에요?"

누가 다가와서 등을 찔러도 모를 것처럼 열심히 책을 보던 환우의 갑작스러운 변화에 단목휘경이 물었다.

"누군가 온다. 한 분은 어르신이고 다른 한 명은 모르겠군."

"그래요?"

신기했다. 아무리 정신을 집중해도 다른 이의 기척을 느낄 수가 없는데 두 사람이나 다가온다니. 게다가 한 명은 할아버지라고 하지 않은가.

"그, 그렇네요."

뒤에서 돌쇠가 맞장구를 쳤다. 그의 말에 환우의 눈에 이채가 서렸다.

자신이 알고 있는 돌쇠는 덩치가 크고 힘이 세지만 그게 전부인 녀석이다. 애초에 기감이라는 것을 가지지 않았었다.

그런데 멀리 떨어진 이의 기척을 느끼다니. 그것도 자신과 거의 비슷하게 느낀 듯했다.

검성이라 불리는 무진 진인보다도 빨리 느낀 듯하니 환우가 놀랄 만했다. 하지만 무진 진인은 이미 돌쇠의 그런 능력을 알고 있는지 무덤덤한 얼굴이다.

"누굴까요?"

단목휘경의 목소리에는 은근한 걱정이 묻어 있었다. 설마 그럴 리는 없겠지만 조금 전 도망친 그들이 할아버지를 인질로 잡은 것은 아닌가 하는 생각이 든 때문이다.

"글쎄, 하지만 험악한 분위기는 아닌 듯하다."

단목휘경이 걱정하는 바가 무엇인지 알고 있다는 듯 환우가 말했다. 환우의 말에 그녀가 조금 안심하는 눈치다.

"음… 그래, 네가 사용했던 그 권법을 펼칠 때 느껴지는 기운과 비슷해. 물론 너와 비교할 수 없을 정도로 크고 강대하지만."

이어진 환우의 설명에 단목휘경의 얼굴에 반가움이 가득 찼다.

그녀의 반응으로 보아 무척이나 절친한 사이인 듯했다.

"그렇다면 임 할아버지일 거예요."

"그 임원도라는 사람?"

“네.”

환우의 입에서 임원도라는 이름이 나오자 반응을 보인 것
은 무진 진인이다.

임원도는 비록 십대고수에는 이름을 올리지 못했지만 실
력에 손색이 있는 것은 아니다. 단지 순위를 매기기 좋아하는
호사가들이 한창 고수들의 순위를 매길 때 강호를 떠나 있었
을 뿐이다.

그런 고수가 이런 작은 마을에 찾아왔다니 무진 진인이 놀
란 것이다. 게다가 이곳은 무당의 지척이다. 단목휘경이라는
소저의 반응으로 보아 매우 절친하여 이곳을 자주 찾은 듯한
데도 그는 여태 모르고 있었던 것이다.

그렇게 얼마를 더 걸었을까? 무진 진인도 자신들을 향해
다가오고 있는 두 사람의 기척을 느낄 수 있었다.

그와 거의 비슷하게 임원도도 환우 일행의 기척을 느꼈다.

“응? 네 사람인데, 이쪽으로 오고 있는 사람이? 그럼 경아
가 아닌 건가?”

“글쎄, 모르겠군.”

단목평이 고개를 갸웃거렸다. 온다면 두 사람이라야 맞다.
환우와 단목휘경. 그들 둘밖에 없었으니.

네 사람이라는 말에 조금 불안해졌다.

“으음. 한 사람은 경아가 맞는 것 같은데…….”

거리가 더 가까워지자 비로소 임원도는 단목휘경의 기운을 잡아낼 수 있었다.

"그래?"

그렇다면 다른 두 사람은 누굴까? 단목평의 얼굴에 궁금함이 어렸다.

이윽고 두 일행이 만났다.

"할아버지!"

단목평을 발견하자마자 단목휘경은 밝은 얼굴로 득달같이 할아버지에게 가 품에 폭 안겼다.

"허허. 그래, 어디 멀리 다녀온 사람 같구나."

손녀의 이런 모습은 참으로 오랜만이었기에 그저 웃으며 안아주었다. 아무 일 없이 무사했음이 기뻐서 그런 것인지도 모른다.

"경아, 나는 안 보이느냐?"

"아니에요. 오랜만에 뵙습니다, 임 할아버지."

임원도의 섭섭하다는 듯 한 말에 단목휘경은 밝게 웃으며 인사했다. 그제야 임원도는 밝은 웃음을 지었다.

"그래. 허허허. 응?"

웃음을 터뜨리던 임원도의 얼굴에 갑작스레 살기가 어렸다. 노기 가득한 음성으로 단목휘경에게 묻는 그는 이미 환우 일행을 향해 살기를 쏘아 보내고 있었다.

어깨 위로 덮여 있는 청삼 아래로 여기저기 베어진 옷을 본 것이다.

당연히 분노할 수밖에 없는 모습이다.

하지만 앞뒤 재지 않고 살기부터 풀풀 풍기는 모습이 그의 화급한 성격을 여실히 보여주었다.

하지만 의외의 반응을 보인 것은 환우 일행이다.

임원도가 진심을 담아 보낸 살기에 아무도 반응하지 않았던 것이다. 다들 태연한 얼굴로 서 있었다.

"이보게, 우리 집 손님일세. 그런 살벌한 얼굴은 그만 거두게."

뒤에서 들려온 단목평의 목소리에 임원도가 살기를 거두기는 했지만 그래도 여전히 눈빛에 가득한 의심을 지우지는 않았다. 그 모습에 단목평은 어쩔 수 없다는 듯 고개를 저었다.

"경아, 혹 흑의를 입은 인물들이 너를 공격했느냐?"

"네."

단목평의 물음에 단목휘경이 어두운 얼굴로 대답했다. 할아버지의 물음에 석도해에게 당할 뻔한 일이 떠오른 탓이다.

손녀의 반응으로 전후 사정을 짐작할 수 있었다. 하긴 이렇게 아름다운 아이이니 어쩌면 당연하다면 당연한 일일 수도 있다. 물론 가슴 한구석 가득 들어차는 분노를 친구가 눈치채지 못하게 많은 심력을 소모해야 했다.

"고맙네."

말하지 않아도 환우가 손녀를 구해준 것임을 알 수 있었다. 아무것도 입지 않은 환우의 상반신이 그것을 말해주고 있었다. 그의 상의는 손녀가 어깨에 두르고 있었으니.

"험험. 이거 초면에 실례했네."

그제야 일의 전말을 대강 눈치 챈 임원도가 어색한 얼굴로 사과를 했다.

"아닙니다. 조금 성격이 급하신 듯하군요."

아니라면서 슬쩍 불쾌함을 드러내는 환우. 역시 그 성격이 어디 가는 것은 아니다.

그래도 임원도가 단목평의 친구였기에 그 성격에 이 정도로 넘어간 것이다. 하지만 그렇다고 임원도가 불쾌하지 않은 것은 아니다.

"거, 젊은 친구가 입이 참 맵군. 큼."

그런 손님과 친구의 모습에 단목평은 쓴웃음을 지을 수밖에 없었다.

"한데 이분들은 누구신가?"

단목평의 시선이 돌쇠와 무진 진인에게로 향했다.

"아, 이쪽은 해동에서 절 찾아온 아우입니다. 돌쇠라고 하지요."

"안, 안녕하세요."

"이쪽은 무당의 무진 진인이십니다."

"무량수불. 처음 뵙겠습니다."

돌쇠를 소개할 때는 그러려니 하던 단목평과 임원도의 안색이 무진 진인이라는 말에 싹 변했다. 설마 천하십대고수로 이름 높은 검성이 이곳에 있을 것이라고는 생각도 못한 것이다.

"자, 여기서 이럴 것이 아니라 어서 우리 집으로 가도록 하지요."

단목평의 말에 다들 고개를 끄덕이며 걸음을 옮겼다.

단목평의 작은 초옥은 참으로 오랜만에 손님들로 가득 찼다. 그렇게 모인 사람들의 이야기는 밤새 끊이지 않았다.

*   *   *

호북성 무창.

장강과 한수를 끼고 있는 이 도시는 중원 물류의 중심지 중 한 곳이다. 그리고 강남 삼대명루 중 하나인 황학루가 있어 더욱 유명한 곳이다.

하지만 당금에 있어 무창이 가장 유명한 것은 오십여 년 만에 결성된 정파 무림맹인 천의맹의 총단이 위치하고 있기 때문이다.

무창의 중심지에서 조금 벗어난 곳에 거대한 규모로 완성된 천의맹의 총단이 자리하고 있었다.

은연중 사람들을 압도하는 기세를 뿜어내는 모습이 과연

천의맹이었다.

지금 천의맹의 대회의실에는 구파일방의 장문인과 오대세가의 가주가 머리를 맞대고 회의 중이었다. 불요 대사의 긴급한 요청에 모두 모인 것이고 그가 내민 사안은 충분히 중요했다.

"그렇다면 맹주의 말씀은 혈사자 구양천이 살아 있고 그로 미루어 마교의 육대호법이 모두 건재할 것이라는 겁니까?"

자신을 향한 질문에 불요 대사가 고개를 끄덕였다.

"그렇습니다. 무당의 청로 진인께서 직접 혈마파산권의 흔적을 확인하셨습니다. 그리고 그 화후가 오십 년 전 구양천의 경지를 훨씬 뛰어넘었다 합니다. 다른 인물이 그럴 수는 없으니 구양천 본인이 틀림없을 거라 하셨습니다."

"흐음."

"끄응."

불요 대사의 말에 좌중에 앉은 이들은 신음을 흘렸다.

마교의 육대호법이 모두 건재하다면 상당히 난감한 일이다. 그것도 새로운 육대호법이 아닌 오십여 년 전의 그들이라면 지금은 상상도 할 수 없는 힘을 지니고 있을 터였다. 그에 비해 당금의 정파는 지난 오십여 년간의 평화에 길들여진 상태다.

과연 그들을 상대해 낼 수 있을지 걱정이었다.

"하면 어찌해야 할까요?"

화산의 장문인인 매화소선이 입을 열었다.

"소승으로서도 참으로 난감합니다. 당장 마교의 장로들만 하더라도 골치 아픈 마당에 육대호법이 여전히 건재하다니요."

"마교에 육대호법이 건재하다면 정파에는 은거에 든 전대의 노선배들이 계시지 않습니까?"

개방의 방주인 소천걸이 입을 열었다.

그의 말에 몇몇은 고개를 끄덕였다.

"물론 그렇습니다만… 솔직한 제 사견으로는 그분들이 육대호법에 비해 반 수 정도 처지는 것이 현실입니다."

"그런……!"

"말도 안 되는!"

불요 대사의 말에 몇몇 이들이 얼굴 가득 불쾌감을 나타냈지만 오히려 무당의 장문인인 무극 진인의 얼굴에는 동요가 없었다.

천의맹의 호출로 무당을 나설 때 들은 말이 있기 때문이다. 청로 진인 스스로가 혈사자 구양천에 비해 반 수 정도 처짐을 인정했음을 사부인 현일 진인에게서 들었던 터다.

하지만 그렇다고 이 자리에서 그것을 인정할 필요는 없었다. 스스로 자파의 체면을 깎을 이유는 없는 것이다.

기실 무극 진인이 이 자리에 올 수 있는 것도 무당의 체면 때문이었다. 자신이 저지른 일로 인해 무당은 뒤집어졌지만 그것은 어디까지나 무당 내의 일이다. 무당에서 그런 일이 있었음을 다른 문파에 알릴 수 없었기에 자신이 이렇게 이 자리에 와 있는 것이다.

"흐음. 그렇다면 어떤 대책을 세워야 한단 말입니까?"

소천걸이 답답하다는 듯 말했다.

이미 이 자리에 나오기 전에 불요 대사에게서 환우의 죽음에 관해서 전해 들었다.

"그렇다면 해동으로 사람을 보내 그분께 청을 넣는 것이……."

아미의 장문인인 탕마 사태가 조심스레 말을 꺼냈다.

"오호."

"그런 방법이!"

그녀의 말에 몇몇이 찬동의 뜻을 밝혔으나 불요 대사가 고개를 저었다. 소천걸 역시 쓴웃음을 지었다.

"그것은 좀 힘들 것 같군요."

"그게 무슨 말입니까, 맹주?"

"사실 맹이 결성되기 전 마교의 움직임이 감지되었을 때 개방의 소 방주와 협의를 하여 해동에 사람을 보냈습니다. 그에 따른 그분의 답신이 그분의 제자를 보내는 것이었지요."

"허."

"그런. 그럼 동방탕아가……."

불요 대사의 말에 사람들은 말도 안 된다는 얼굴을 했다.

"게다가… 그분의 제자인 신 소협은… 아마도 혈사자의 손에 명을 달리한 것으로 보입니다."

불요 대사가 어두운 얼굴로 말했다.

그 말에 좌중의 사람들은 말이 없었다. 설마 그런 일이 벌어졌다는 것까지는 몰랐던 것이다.

오직 무극 진인만은 동요가 없었다.

'흥. 천둥벌거숭이 녀석, 그럴 줄 알았다.'

오히려 환우의 죽음을 반기는 듯하기도 했다.

"그렇다면 우리 입장에서는 오히려 잘된 것이 아닙니까?"

입을 연 이는 매화소선 곽상이었다.

모두의 시선이 그에게로 향했다. 그의 발언에 대한 설명을 요구하는 눈빛이다.

"그분의 제자가 마교 호법의 손에 명을 달리했습니다. 비명횡사를 했으니 그분께서는 마교에 제자의 목숨 빚이 있는 겁니다. 하지만 먼 해동 땅에서 그 일을 알 수 있을 리 없으니 우리는 그 소식을 전하기만 하면 그다음 일은 우리와는 상관없는 일이지요. 마교와 그분의 원한일 따름이니까요."

그의 설명에 사람들의 얼굴에는 경탄의 표정이 어렸다. 그렇게 생각하지는 못한 것이다.

하지만 여전히 불요 대사의 안색은 어두웠다.

"다른 문제가 있습니까?"

불요 대사의 안색을 읽은 곽상이 물었다.

"신 소협이 애초에 중원에 온 목적이 무엇인지 아십니까?"

"아마 그분의 신물인 용아천뢰검의 회수였지요. 아!"

대답을 하던 곽상은 무언가 깨달은 듯 작은 신음성을 흘렸다.

다섯 개의 문파에서 용아천뢰검을 도난당한 것을 떠올린 것이다.

"그렇지요. 그분께서 맡기신 검을 마교의 적도들에게 도둑맞았는데 무슨 염치로 그분께 도움을 청한단 말입니까?"

불요 대사가 곽상의 생각을 읽었다는 듯 고개를 끄덕이며 말했다. 그 말에 좌중에 고요가 감돌았다.

그때 소천걸의 입이 열렸다.

"꼭 그렇게만 생각할 건 아닙니다. 결국 그분의 신물을 훔쳐간 놈들도 마교 놈들입니다. 오히려 그분께서 마교를 치셔야 할 더 확고한 명분이 만들어졌다는 것이지요."

"오호!"

소천걸의 말에 다른 구파의 장문인들은 탄성을 터뜨렸다. 그럴 듯한 말이기 때문이다.

"본 방에 지난번 해동으로 찾아가 그분을 뵙고 온 청풍개 장로가 있습니다. 이번에도 그를 보내면 될 것입니다."

"그렇군요. 더욱이 아직 도둑맞지 않은 두 자루의 용아천뢰검도 함께 보낸다면 더욱 좋겠군요."

화산의 장문인인 곽상이 말을 보탰다. 그의 말에 다들 고개를 끄덕였다. 얼굴은 무척이나 밝았다.

오직 한 사람, 불요 대사만이 안색이 어두웠다.

"과연 일이 그리 원하는 대로만 풀릴까요?"

"아무것도 하지 않는 것보다는 낫다고 생각합니다."

무극 진인의 말이다.

불요 대사를 제외한 다른 장문인들의 의견은 하나로 모아졌다. 오대세가의 가주들 역시 마찬가지였다.

아무리 불요 대사가 천의맹의 맹주라 하나 이들의 의견을 받아들이지 않을 수 없었다.

마지막으로 불요 대사의 시선이 서문세가의 가주인 서문황에게로 향했다.

서문세가는 하늘을 속인다는 지략으로 유명한 가문이다. 그런 서문세가의 가주인 서문황이 천의맹의 군사를 맡고 있었다.

하지만 그 역시 다른 이들의 의견에 찬성하고 있었다.

"현재 상황에서 가장 좋은 대안입니다, 맹주님. 그리고 마교의 눈을 돌리기 위해 천의맹의 결맹을 공식적으로 알리는 것을 조금 더 앞당기는 것이 좋겠습니다."

현재 천의맹은 정식으로 결맹 선언을 하지 않았다.

모든 체계가 정비된 지금 결맹 선언을 언제 할 것인지를 가늠하던 참이다. 그러던 차에 마침 좋은 구실이 생긴 것이다.

"후우… 모두의 의견이 그렇다면 따라야지요."

불요 대사의 입에서 허락이 떨어졌다.

"그러면 일단 마지막 남은 두 자루의 용아천뢰검부터 모아야겠군요."

서문황의 말에 좌중의 시선이 둘로 갈렸다. 그중 하나는 공동의 장문인에게로 다른 하나는 점창의 장문인에게로 향했다.

"그것이 지금 제 수중에 없습니다. 워낙 중한 물건인데다 그간의 일이 있어 본 파에 귀중히 보관을 시켜놓고 왔습니다."

"저도 마찬가지입니다."

"그러면 서둘러 이곳으로 가지고 오는 것부터 시작을 해야겠군요."

서문황의 말에 다들 고개를 끄덕였다.

"그러면 저도 용아천뢰검이 도착하는 대로 바로 출발할 수 있도록 청풍개 장로를 천의맹 총단으로 부르도록 하겠습니다."

그렇게 구파일방과 오대세가의 주인들이 모인 실질적인 정파무림의 수뇌 회의는 끝이 났다.

*　　　*　　　*

난주(蘭州).

　난주는 감숙성의 성도로서, 황하 상류에 있는 하서회랑(河西回廊)의 동쪽에 위치하며 서에서 동으로 흐르는 황하를 따라 가늘고 긴 모양을 하고 있는 도시이다. 난주는 오래전 금이 이곳에서 발견되어 금도라고도 불린 것으로 유명하다.

　그런 난주의 중심 거리를 두 남자가 걷고 있었다. 중년의 두 남자는 언뜻 보면 그리 눈에 띄는 모습은 아니다. 다만 두 눈이 나이에 맞지 않게 빛나는 것이 범상치 않은 사람들임을 알 수 있었다.

　바로 뇌룡아를 회수하러 공동파로 향하고 있는 백리장호와 사도명이었다.

　"사람들이 많군요."

　"감숙의 성도인 난주야. 난주에서도 가장 번화한 곳이 이곳이고. 당연하지."

　"이렇게 많은 사람들을 본 것이 얼마만인지 모르겠군요."

　사도명의 말에 백리장호는 고개를 끄덕였다.

　오십여 년 전의 치욕적인 패배 이후 그들은 계속해서 신강의 오지에서 절치부심 수련에 몰두했다.

　이렇게 사람 냄새나는 거리에 나선 것이 얼마 만인지 모른다.

　"손 형의 말대로 이렇게 나와보니 또 기분이 다르군요. 귀연수라는 그 꼬마가 나름 괜찮은 일을 부탁한 것 같다는 생각도 들고."

"곧 온몸을 피로 씻어야 할지도 모르는데 괜찮은 일은, 무
슨."

백리장호가 턱도 없다는 듯 말했다. 그가 이번 일은 허락한
것은 어디까지나 교를 위해서였다.

그리고 오십여 년 전과 같은 어이없는 패배가 생기는 일을
막기 위해서였다.

"원, 대형도. 마교의 마인이 피를 싫어하다니요."

사도명이 고개를 흔들며 말했다.

하지만 그의 두 눈은 초롱초롱 빛났다. 그는 백리장호의 말
에 숨겨진 다른 의미를 충분히 알 수 있었다. 그랬기에 속마
음은 희열에 들떠 있었다.

'드디어 대형이 탈마의 경지에 드셨다!'

마공을 익혔으되 마공에 깃든 마기에서 벗어나는 경지. 그
것이 탈마의 경지다.

육대호법 중 그 누구도 아직 탈마의 경지에 이르지 못하고
있었다. 그런데 사도명은 피를 꺼리는 백리장호의 말에서 탈
마의 경지의 한 자락을 느낀 것이다.

"훗. 이제 슬슬 피가 지겨워질 때도 되었지."

사도명의 말에 백리장호는 가볍게 웃었다.

"손 형은 지금 신났겠군요."

사도명이 남쪽 하늘을 쳐다보며 말했다.

운남으로 향하는 손철야와 천옥심은 옥문관을 넘은 후 난

주 근처까지는 같이 왔으나 그곳에서 헤어졌다.

사실 공동파가 있는 공동산은 감숙성과 사천성의 경계에 있었기에 그곳까지 함께 움직여도 문제가 없었으나 갑자기 사람 냄새가 맡고 싶어졌다는 백리장호의 말에 헤어져서 길을 가게 된 것이다.

"몇 년 전부터 좀이 쑤셔 했으니 말이야. 용케도 난주에 들어오지 않고 곧장 내려가는군."

"빨리 한바탕 몸을 풀고 싶을 테니까요."

사도명이 쓴웃음을 지었다.

"하긴. 어쩌면 우리보다 먼저 도착할지도 모르겠군."

그랬다.

손철야는 급했다. 어서 한바탕 살풀이를 하고 싶어서 안달이 나 있었다.

하지만 교에서 벗어난 후 절대 목표 이외의 곳에서는 사건을 일으키지 않는다는 백리장호와의 약속이 있었기에 점창파에 도착할 때까지 보류해야 했다.

그래서 더욱 빨리 움직이고 있었다.

반면 백리장호는 아주 천천히 움직였다. 일반인이 여행을 하는 속도 정도다. 무림의 고수의 입장에서는 하품이 나올 정도로 느린 여정이다.

"이거 귀연수, 그 아이가 안달하겠습니다."

"그 아이와는 상관없는 일이지. 우리가 나서준 것만 해도 그 아이에게는 감지덕지한 일이니까.”

사도명의 말에 백리장호는 관심없다는 투로 대답했다.

그가 이번 일을 결정하게 된 큰 이유 중 하나가 바로 사람 냄새를 맡기 위해서다.

마인들이 가득한 마교 안에서는 사람을 느낄 수가 없었다. 그래서 이렇게 사람을 느끼러 나온 것이다.

몸을 풀고 싶은 손철야와 사람 냄새를 맡고 싶은 백리장호. 그 두 사람의 바람이 있었기에 귀연수는 자신의 의도를 성공 시킬 수 있었다.

“공동파에는 언제나 도착할까요?”

사도명이 쓴웃음을 지으며 물었다.

“글쎄, 언젠가는 도착하겠지. 적어도 우리 마교가 천하에 다시 모습을 떨치기 전에는 말이야.”

그렇게 대답을 한 백리장호는 미소를 지었다.

*　　　*　　　*

쾅!

요란한 소리가 울렸다.

바로 위청운의 주먹이 태사의의 팔걸이를 때리는 소리다.

“그게 지금 무슨 말이냐?”

“살아 있습니다.”

귀연수가 낭패한 얼굴로 말했다.

쾅! 쾅! 쾅!

그 말에 위청운은 다시 태사의의 팔걸이를 거세게 내려쳤다.

"그게 말이 된다 생각하는가? 구양천 호법이 직접 원정까지 깨뜨리면서 죽였다 했다. 그런데 놈이 살아 있다고? 그놈이 불사신이라도 된단 말인가?"

"하지만 사실입니다. 흑마대의 부대주인 한종보의 보고입니다. 두 눈으로 분명히 그놈이 살아 있는 것을 확인했다 합니다. 살아 있는 놈의 시체를 찾겠다고 강 주변을 뒤졌으니 좀처럼 발견되지 않은 겁니다."

여전히 낭패한 얼굴이었지만 귀연수는 해야 할 말을 모두 했다.

사실 현재 마교의 상황은 자신이 의도한 것과 거리가 있었다. 자신의 계획대로라면 벌써 중원 총단의 개파가 이루어졌어야 했다.

이미 중원에 모든 준비를 마쳐 놓은 상태다. 그럼에도 불구하고 이곳에서 미적거리는 것은 모두 소교주가 교의 모든 활동을 정지시켜 놓은 때문이다.

그 이유가 뇌룡아의 회수.

하지만 가지고 있는 놈이 살아 있으니 이제 그것도 물 건너간 이야기다.

귀연수는 가만히 위청운의 말을 기다렸다.

혹시나 몰라 육대호법을 움직인 것은 정말 잘한 일이다. 설마 이렇게까지 될 줄은 몰랐었다. 단지 중원 진출을 좀 더 앞당기기 위해 그들을 움직였을 뿐인데 막상 이렇게 되고 보니 정말 탁월한 선택이었다.

"육대호법을 움직였다지?"

귀연수의 생각을 읽기라도 한 것일까? 위청운의 입에서 전혀 다른 말이 흘러나왔다.

"네. 혹시 모를 일을 대비해 제가 주제넘게 어르신들을 찾아뵈었습니다. 놈의 시체를 찾는데 모든 전력이 투입된 덕에 나머지 두 자루의 뇌룡아 회수 작업에 차질이 빗어질 것 같아 그런 조치를 취한 것입니다."

"용케도 움직였군. 그분들이 설마 군사의 말을 들을 줄이야."

위청운은 귀연수가 부탁을 했다 해서 그들이 움직인 것이 의외라는 듯 말했다.

"뭐, 어쨌든 좋아. 설마 일이 이렇게 될 줄 알고 그런 것은 아니겠지만 오히려 그 덕을 보게 되었으니 그 건에 대해서는 더 이상 언급치 않도록 하지. 하지만 앞으로 군사는 군사의 직무에만 충실하도록."

마지막 말을 할 때 위청운의 몸에서 미약한 살기가 흘러나왔다.

군사의 직무.

그것에 호법들을 움직일 권한은 없었다. 호법들을 움직일 수 있는 이는 오직 교주와 소교주만 가능한 일이다.

"알, 알겠습니다."

귀연수의 등이 식은땀으로 축축이 젖어들었다.

"그분들은 지금 어디쯤에 계시지?"

"검마 호법님과 환요마 호법님은 난주에 들어가셨다 연락이 왔습니다. 그리고 도귀 호법님과 소수마녀 호법님은 막 사천에 접어들었다 연락이 왔습니다."

"난주와 사천이라……."

차이가 있었다. 속도가 달라도 너무 달랐다. 한쪽은 너무 느렸고 한쪽은 너무 빨랐다.

"뭐, 그럴 수도."

평소 검마 백리장호와 도귀 손철야의 성격을 생각하면 가능한 일이었다.

"그럼 우리에게 수중에 일곱 자루의 뇌룡아가 있는 셈이로군."

"그렇습니다."

위청운과 귀연수. 둘 모두 그들의 실패는 추호도 의심치 않았다.

"그렇다면 그 건은 됐고. 그놈이 살아 있다면 우리는 앞으로 어떻게 움직여야 할 것 같은가, 군사?"

다시 교의 앞으로의 움직임으로 화제가 바뀌었다.

"중원으로 나가야 합니다."

"중원으로?"

의외의 대답인지 위청운은 고개를 갸웃거렸다.

"그렇습니다. 소교주께서는 지금 그놈을 너무 신경 쓰고 계십니다. 그놈 때문에 우리의 계획이 벌써 일 년은 늦어지고 있습니다. 이미 본 교의 중원 총단을 세우고 천하에 그 이름을 널리 알렸어야 했습니다."

"크음."

귀연수의 말에 위청운은 조금 불쾌한 듯했다. 사실 그럴 수밖에 없었다. 환우의 등장 이후 마교의 움직임을 축소시킨 것은 자신이었으니까.

결국 자신 때문에 일이 늦어지고 있다는 소리로 들은 것이다.

귀연수가 그런 위청운의 심사를 짐작 못하는 것은 아니다. 하지만 더 이상 늦춰서는 안 된다. 위청운의 심사를 헤아려 그를 배려하면 또 늦어진다. 그러면 돌이킬 수 없다.

이미 중원에서는 천의맹이 완전히 정비를 마치고 곧 정식으로 결맹 선언을 한다 했다.

그러면 늦는다.

그들이 본격적인 움직임을 보이기 전에 중원에 자리를 잡아야 했다.

"정파 놈들이 이미 무림맹을 위한 모든 준비를 마쳤다는 소식이 들어왔습니다. 곧 천의맹의 결맹을 정식으로 선언할 것 같습니다. 그리되면 더욱 중원으로 들어가기 어려워집니다. 그전에 들어가 있어야 합니다. 원래의 계획도 그러하지 않았습니까? 어쩌면 지금이 기회일 수 있습니다. 결맹 선언식 준비로 바쁠 때를 틈타면 옥문관을 넘는 것이 더 쉬워질 수도 있습니다."

"벌써 일이 그리 진행되었다고?"

"네."

귀연수의 말에 위청운의 얼굴에 주름이 생겼다. 설마 정파 녀석들이 이렇게 발 빠르게 움직일 줄은 몰랐다.

자신이 너무 그놈에게만 신경을 쓰느라 정파의 움직임을 놓치고 있었다.

"게다가 사천맹의 움직임도 심상치 않습니다."

"사천맹도?"

"네."

사천맹은 정파 무림에 대항해 사파들이 모여 만든 사파들의 연합체다. 정파의 천의맹과 다른 점은 합의에 의해 만들어진 곳이 아니다. 강력한 힘을 지닌 거대한 하나의 문파가 다른 문파들을 흡수하면서 만들어진 것이다. 이름만 맹일 뿐 실상은 하나의 문파가 다른 문파들을 지배하고 있는 상황인 것이다.

그런 만큼 사천맹의 힘은 오히려 천의맹보다 경계해야 했
다.

위청운의 손이 이마를 짚었다.

갑작스러운 변화에 난감함을 느낀 것이다.

"그놈들은 갑자기 무슨 일이라고 하나?"

"천정호도 바보는 아닙니다. 지금까지는 흐름을 지켜보며
몸을 웅크리고 있었을 뿐. 그가 드디어 움직일 때라 판단한
것 같습니다."

"흐음."

맞는 말이다. 천정호 정도의 인물이라면 능히 그럴 수 있었
다.

"놈이 살아 있는 한 놈은 우리를 찾아오게 되어 있습니다.
놈은 뇌룡아를 바라고 있습니다. 그리고 그놈이 가지지 못한
일곱 자루는 우리가 가지고 있습니다. 더 이상 놈에게 신경을
쓸 때가 아닙니다."

그렇다.

놈이 끼어들면서 일이 너무 꼬인 것 같다.

어쩌면 아무것도 아닌 일에 자신이 너무 과민하게 경계한
것인지도 모른다.

"그래, 놈은 육대호법에게 맡기도록 하지. 그리고 우리는
중원으로 나간다. 군사가 잘 진행시키도록."

"명을 받들겠습니다!"

위청운의 명령에 귀연수가 커다란 소리로 대답했다.

드디어 그가 염원하고 염원하던 중원으로의 한 발을 내디딜 수 있게 된 것이다.

*　　　*　　　*

이른 아침이다.

다들 전날 밤의 담소 덕에 깊은 잠에 빠져 있었다. 첫닭이 우는 소리를 듣고 침소에 들었으니 이제 막 단잠에 빠져들기 시작할 때다.

다른 사람과 달리 환우는 그러지 않았다.

사실 다른 이들과의 대화가 제대로 귀에 들어오지도 않았다. 품에 있는 비급, 그 내용 때문이다.

사람들이 잠자리에 들겠다는 말을 듣자마자 환우는 조용히 빠져나왔다. 감각을 최대한으로 끌어올려 아무도 없는 것을 확인한 후 강가에 주저앉아 망아 스님이 보낸 비급을 마저 읽었다.

놀라웠다.

읽으면 읽을수록 놀라웠다.

그리고 스스로가 대견했다. 이 비급 없이 중원에 와서 혼자 용케 이만큼이나 해냈구나, 하는 생각이 든 것이다.

"사용공을 익히지 못하고 사용하는 벽천뇌검공은 결국 반

쪽짜리다. 사용공을 극성으로 터득하여 용아천뢰검을 수족보다도 자유로이 다룰 수 있을 때 펼치는 벽천뇌검공이야말로 진정한 벽천뇌검공이라 할 수 있다.”

책의 마지막 부분에 있는 첫 구절을 읽었다.

마지막 부분은 ‘진 벽천뇌검공편’ 이라 이름 붙어 있었다.

“그럼 지금까지 내가 익힌 것은 벽천뇌검공이 아니란 말이야? 쳇.”

무언가 허무했다.

진정한 벼락을 뿌리기 위해 먼저 익혀야 하는 것을 건너뛰고 지금껏 수련을 해왔다 생각하니 입맛이 썼다.

벽천뇌검공은 모두 일곱 가지의 움직임으로 용아천뢰검을 제어한다.

파천(破天).

난무(亂舞).

경혼(驚魂).

파곤(破坤).

진천(震天).

용무(龍舞).

방건(防乾).

이 중 방건은 방어를 위한 움직임이고 나머지 여섯 움직임이 공격을 위한 것이다.

한 자루로도 펼칠 수 있고 열 자루 모두로도 펼칠 수 있다.

그리고 두 개, 세 개의 움직임을 각기 나누어 동시에 펼칠 수도 있다. 환우가 이협수와의 비무에서 동시에 세 개의 움직임을 사용했었다. 난무, 진천, 파천이 그것이었다.

이와 같은 원리로 펼쳐졌기에 벽천뇌검공의 변화는 무궁무진했다.

하지만 그만큼 강한 의지력이 뒷받침되어야 했다. 열 자루의 용아천뢰검을 완벽하게 통제해야 했으니 말이다.

그랬기에 진정한 벽천뇌검공을 펼치기 위해서는 우선 사용공을 완벽하게 익히라 하는 것이다.

"모든 것을 완벽하게 터득했을 때 비로소 푸른 하늘에 열 개의 벼락을 떨칠 수 있으리라. 벽천십뢰."

환우는 책의 가장 마지막 구절을 나직히 소리 내어 읽었다.

일곱 가지 움직임으로 나누어지는 벽천뇌검공이다.

하지만 모든 것을 완벽하게 익히고 깨달았을 때 일곱 가지의 움직임을 하나로 합쳐 열 자루의 용아천뢰검으로 벼락을 떨칠 수 있다 하였다.

그것이 바로 진(眞) 벽천뇌검공의 최후 초식이었다.

벽천십뢰(碧天十雷).

"좋아. 반드시 떨쳐 주지."

환우의 입가에 자신만만한 미소가 걸렸다.

이제 필요한 것은 모두 준비되었다. 남은 것은 자신이 해내는 것이다.

환우가 기지개를 켜며 몸을 일으켰다. 어느새 태양은 하늘 한가운데 걸려 있었다.

"얻은 게 많았어."

환우가 활용편의 비급을 바라보며 중얼거렸다.

환우의 시선에 따라 비급의 끄트머리에서 서서히 불꽃이 일기 시작하는가 싶더니 순식간에 활활 타올라 한 줌 재로 스러졌다.

"이제 다 외웠으니 볼 일 없어."

환우는 비급을 읽는 내내 익숙한 필체를 볼 수 있었다. 그 것은 망아 스님의 필체였다. 결국 범어사에 전해 내려오는 비급이 아니라 망아 스님이 외워서 써줬다는 것이다.

그렇다면 모두 외운 후 없애는 것이 당연한 수순이다. 혹시라도 다른 이의 손에 들어가서 좋을 일은 없었다.

"그럼 다시 수련을 시작해 볼까?"

환우의 눈이 반짝 빛났다.

활용편에는 사용공과 진 벽천뇌검공 외에도 두 가지 공부가 더 있었다.

모두 발을 움직이는 법이었다.

빠르게 달릴 수 있는 뇌정비(雷精飛)라는 신법과 현묘한 변화를 가진 뇌운보(雷雲步)라는 보법이었다.

"드디어 경공이라는 것도 익히게 되었겠다. 이제는 도망치지 않아. 기다리라고, 영감."

환우의 두 눈이 호승심으로 활활 불타올랐다.

지금까지 환우에게 한 가지 아쉬운 것이 있다면 바로 보법과 신법이었다.

특히 벽천뇌검공과 맞는 보법이 없었기에 환우는 선무도의 움직임을 응용하면서 몸을 움직였었다. 환우는 늘 그것이 조금 아쉬웠다. 중원의 무인들이 경공이라는 것을 펼쳐 빠르게 달릴 때와 보법이라는 것을 밟으며 어지러이 움직일 때 자신에게도 그런 무공이 있었으면 하고 생각했었다.

물론 그런 것이 없어도 충분했지만 만약 있다면 더 강해질 것 같았다.

그런 생각은 화산신검과의 비무에서부터 시작되었다. 그가 밟는 매화산보의 보법의 그 변화는 얼마나 신묘했는지 모른다.

솔직히 부러웠었다.

하지만 이제는 부러워할 필요가 없다.

자신에게도 절세의 신법과 보법이 생긴 것이다.

거기에 용아천뢰검을 완전히 부릴 수 있는 사용공에 완벽해진 벽천뇌검공까지.

환우는 이제 그 누가 나타나더라도 이길 수 있을 것 같았다.

第四章 복호비창(伏虎秘槍)

"사람이 아니야… 사람일 리 없어. 그래, 동방의 하늘에서 내려온 천신(天神)일 거야. 틀림없어."

그 앞에 침묵한다. 열 개의 벼락을 중원에 남겨두고 홀연히 떠났다.

해동에서 온 백의의 사내. 한 번의 손짓에 열 개의 벼락이 떨어지고, 마교의 혈사는

그리고 오십 년 후. 다시금 중원이 어지러워지려 할 때 그의 후예가 중원으로 향한다.

푸른 하늘에 열 개의 벼락이 다시 떨어지는 순간 천하는 그 앞에서 무릎 꿇으리라.

한 거지노인이 관도를 걷고 있었다.

그런데 얼굴이 영 아니었다. 오다가 무슨 안 좋은 일이라도 당한 것일까? 아니라면 지금 소태라도 씹고 있는 것인가?

하늘은 청명하고 바람은 시원한 좋은 날에 대체 무슨 일이 있어 저리 우거지상을 하고 걸음을 옮긴단 말인가.

관도를 걷는 다른 이들이 거지노인을 보고는 괜히 기분이 불쾌해졌다는 듯 고개를 흔들고는 걸음은 바삐 했다.

"거길 또 가라고?"

불만에 가득 찬 목소리다.

"거기가 어딘데 나보고 또 가라는 거야?"

"어디긴 어딥니까? 해동이지."

그때 그의 등 뒤에서 명랑한 목소리가 들려왔다. 그러고 보니 노인 뒤에는 또 다른 중년의 거지가 걸음을 옮기고 있었다. 한데 그의 얼굴은 노인과는 정반대였다. 아주 즐겁고 기분이 좋다는 듯한 얼굴이다. 목소리도 참으로 밝았다.

"구지개, 네 이놈. 자꾸 껄떡거리면 팔지개(八指丐)로 만들어주는 수가 있다."

"에이, 무슨 농을 그리 살벌하게 하십니까, 사숙? 천의맹 맹주님의 부탁에 방주님의 지엄하신 명인 것을 왜 저한테 화풀이하십니까?"

구지개라는 중년 거지에게 사숙이라 불린 거지노인. 그는 바로 환우를 중원으로 데리고 온 청풍개였다.

두 자루의 용아천뢰검을 가지고 해동으로 가야 하니 속히 천의맹의 총단이 있는 무창으로 오라는 말에 청풍개가 똥 씹은 얼굴로 걸어가고 있었다.

'흐흐흐. 그 먼 길을 두 번이나 간다니. 참으로 쌤통이오, 사숙. 난 그곳은 죽어도 두 번은 못 가오.'

구지개. 그는 아주 어렸을 때부터 눈앞의 사숙 청풍개에게 참으로 당한 것이 많았다. 역마살이 있는 사부 무영개 덕에 사부와 있는 시간보다 사숙과 있는 시간이 더 길었다. 그동안 자신이 당한 구박과 설움, 그리고 괴롭힘은 이루 말할 수 없었다. 자신이 역마살을 가지게 된 것은 사부를 닮아서가 아니라 사숙에게서 벗어나겠다는 일념이 만들어낸 것이다.

그러던 차에 사숙이 이리 곤혹스러워하는 모습이라니 그로서는 참으로 즐거웠다.

사질이 사숙의 불행을 즐거워한다는 것 자체가 말이 안 되는 것이지만 이들은 본디 이런 사숙질 간이었다.

천의맹에서 개봉으로 방주의 소식을 가지고 간 이가 구지개였다. 원래는 소식만 전하고 가고 싶은 곳으로 가면 그만이었지만 그는 사숙이 괴로워하는 모습을 보기 위해 부득불 무창까지 모시고 간다면서 따라나선 것이다.

이제 곧 무창이었다. 하루거리도 남지 않았으니 오늘 밤은 천의맹의 푹신한 침상에서 잠들 수 있을 것 같았다.

'흥. 네놈이 나의 불행을 이리도 즐거워한단 말이렷다. 나혼자 죽지는 않는다, 이놈아.'

뒤에서 희희낙락하는 구지개의 모습이 마음에 안 들었다. 자신은 제자를 받지 않았기에 구지개가 사질을 넘어 제자같이 느껴졌기에 특별히 잘해줬을 뿐인데 그것으로 자신에게 앙심을 품다니 틀려먹은 녀석이다.

사실 두 사람은 이렇게 사숙과 사질을 넘어 아옹다옹하지만 그사이 미운 정이 들어 있는 사이다. 다만 서로가 그것을 인정하지 않을 뿐이다.

"하하. 어서 오십시오, 청풍개 장로님. 먼 길 고생하셨습니다."

다음날.

천의맹에 도착한 청풍개와 구지개는 편안한 밤을 보낸 후 곧 개방 방주인 소천걸의 부름을 받았다.

두 사람이 들어간 방에는 이미 소천걸이 와 있었다. 그 외에도 두 사람이 더 있었다.

청풍개와 구지개는 단번에 두 사람을 알아보았다. 누가 뭐래도 청풍개는 개방의 장로요, 구지개는 천하에 안 가본 곳이 없다던 마당발 아니던가.

"이쪽은 점창과 공동의 장문인이시네. 인사들 드리게나."

"개방의 청풍개라 합니다."

"구지개입니다."

이미 알고 있었지만 소천걸의 소개에 두 사람은 정중히 인사를 했다.

"부족하나마 점창의 장문인을 맡고 있는 임도욱이라 합니다."

"공동의 장문인인 편수일이라 합니다."

두 사람도 마주 인사를 했다. 그렇게 서로간의 소개가 끝난 후 다섯 사람은 둘러앉았다.

"청풍개 장로께서는 제가 어인 일로 이곳에 청하였는지 알고 계시지요?"

"네. 알고 있습니다, 방주. 그 먼 길을 또 갈 생각을 하니 벌써부터 어지럽군요.”

청풍개가 이마를 짚는 시늉을 하면서 말했다.

“하하하. 어찌 천하의 청풍개께서 그리 말씀하십니까? 정
파 무림의 명운이 걸린 일입니다. 부디 잘 다녀와 주십시
오.”

소천걸이 호탕하게 웃으며 말했다.

“이 자리에 두 분을 함께 모신 것은 바로 남아 있는 두 자루
의 용아천뢰검이 점창과 공동에서 보관하고 있기 때문입니
다.”

“결국은 그리되었군요.”

소천걸의 말에 청풍개는 안타깝게 말했다. 자신도 한 번 견
식한 바 있는 그 천고의 기병 대부분이 마교 놈들의 손에 넘
어갔다는 사실이 못내 분했던 것이다.

“현재 문제가 되는 것은 두 자루의 용아천뢰검이 점창과
공동에 있다는 것이지요. 각각 감숙과 운남이라는 먼 땅입니
다. 최대한 빠르게 가지고 오겠지만 이곳까지 오는데 제법 시
일이 걸릴 겁니다.”

소천걸의 말에 청풍개의 얼굴이 어두워졌다.

시일이 걸리는 만큼 해동으로 늦게 떠나도 된다는 이야기
였으니 응당 좋아할 수도 있는 말이지만 청풍개는 오히려 걱
정이었다.

“그 먼 길을 지나 이곳까지 오는데 마교 놈들이 가만히 놔

둘까요? 다른 문파의 것을 가져갔다면 놈들이 이미 검에 대한 정보를 가지고 있다는 것인데요."

"그래서 은밀히 진행 중입니다. 저는 특별히 본 파와 관련이 없는 사람에게 부탁을 했지요."

청풍개의 말에 점창의 장문인 임도욱이 입을 열었다.

"그게 무슨. 아무리 비밀 유지를 위해서라지만 외인에게 그런 기물을 맡기다니요."

청풍개가 말도 안 된다는 얼굴로 외쳤다. 하지만 임도욱은 빙그레 웃음을 지었다.

"외인은 외인이되 외인이 아니지요."

그 말에 다들 고개를 갸웃거렸다.

사실 점창에서 어떻게 용아천뢰검을 천의맹 총단으로 가지고 오는지에 대해서는 들은바가 없었던 것이다.

"제 조카 아이에게 부탁했습니다. 마침 일 년쯤 전부터 점창산에 머무르고 있었습니다. 본래 기련산에서 머물면서 무공 수련만 하던 녀석인데 작년에 갑자기 찾아왔더군요. 비록 무림에 이름은 없지만 지닌바 무공은 믿을 수 없을 정도로 놀라운 아이입니다. 그러니 믿어도 될 겁니다."

"호오. 그런 인물이 있었단 말입니까?"

소천걸이 놀랍다는 듯 말했다.

그런 반응은 편수일과 청풍개 역시 마찬가지였다. 점창의 장문인이 저렇게 말할 정도면 지닌바 무공이 정말로 뛰어날 것이다.

그의 이야기를 듣고 있던 구지개의 얼굴이 미묘하게 변했다. 임도욱의 이야기가 어딘가 사부에게 들은 이야기와 미묘하게 일치하고 있었다. 아무리 세상이 좁다지만 설마 그럴까 하는 심정으로 구지개가 입을 열었다.

"저어……."

"네. 말씀하시지요."

"혹 그 조카라는 분이 형제 분의……."

"네. 제 형님의 핏줄입니다."

그 말에 구지개의 표정이 더욱 미묘하게 변했다.

"왜 그러냐?"

갑작스러운 구지개의 행동에 청풍개가 물었지만 그는 아무런 대답이 없었다.

"혹, 그분이 창을 사용하십니까?"

"어찌 아셨습니까?"

임도욱이 깜짝 놀란 얼굴로 되물었다.

그의 놀람에 구지개는 역시 하는 얼굴로 고개를 끄덕였다. 그런 행동에 모두의 얼굴에는 진한 의문이 어렸다.

"대체 무슨 일인데 그러느냐? 속 시원히 말 좀 해보거라."

청풍개가 답답함에 구지개를 다그쳤다. 그의 다그침에 구지개의 얼굴에 갈등이 어렸다.

"이거 말하면 사부님한테 죽어요."

짤막한 대답이다.

하지만 그 대답이 의문을 더욱 크게 부풀렸다.

구지개의 사부가 무영개라는 것은 강호에 알 만한 사람은 다 안다. 천하십대고수 중 일인이자 타고난 역마살로 인해 무림 제일기인이라는 소리까지 듣는 인물이다. 그런 인물이 철저히 함구시킨 일이라니 더욱 궁금해지는 것이 당연한 반응이다.

특히나 임도욱이 더욱 그랬다. 다른 사람도 아니고 자신의 조카 이야기이지 않은가.

"말해보거라."

소천걸이 진중한 목소리로 말했다.

하지만 그의 두 눈은 목소리와 달리 희번득거리고 있었다. 구지개는 저런 눈빛이 언제 나타나는지 잘 알고 있었다.

바로 협의신개가 폭력광개로 변신하는 순간이다.

일단 폭력광개가 눈을 뜨면 자신은 죽은목숨이다. 사부는 멀고 방주는 가까웠다.

"하지만… 사부께서……."

그래도 혹시나 하는 마음에 구지개는 한 번 더 곤란하다는 의사를 밝혔다.

"그래?"

그 순간 소천걸의 두 눈에 은은한 광기가 어리기 시작했다.

'설마… 이곳엔 점창과 공동의 장문인이 계신데…….'

설마 개방의 방주가 다른 문파의 장문인 앞에서 그런 모습을 보일 리가 없었다. 그것이 지금 구지개가 유일하게 믿는 것이고 그래서 설마하는 마음에 일단 거절을 한 것이다.

"두 분, 대단히 죄송한 말씀입니다만 반 시진만 자리를 피해주실 수 있으신지요."

소천걸이 굉장히 정중한 얼굴로 예를 다해 말했다. 구지개에게서 두 문파의 장문인에게로 시선을 돌리는 순간 그는 완벽한 협의신개로 돌아와 있었다. 그의 두 눈에는 희번득거림도 광기도 없었다.

구지개의 등이 축축하게 젖어들었다.

'폭력광개에게 죽는다…….'

구지개는 다급했다.

그는 폭력광개의 진면목을 본 적이 있었다. 그것은 소천걸이 방주가 되기 전이었고 그래서 더욱 거침없었다. 반 시진이나 그 손아귀에 쥐여진다니 상상만으로도 끔찍했다.

"험험. 갑자기 왜 그러시는지……."

임도욱이 갑작스러운 소천걸의 요청에 의아해했다. 하지만 대강 눈치는 챘다.

소천걸의 진정한 별호는 이미 아는 사람은 다 알고 있었다. 그가 방주가 되기 전부터 워낙 유명한 탓이었다.

"임 장문인, 개방 내의 일인 것 같으니 저희가 물러나는 것이 좋겠습니다."

　편수일이 머리가 돌아가는 것은 더 빨랐다. 그는 짐짓 의뭉스러운 표정을 지으며 몸을 일으키는 시늉을 하였다. 임도욱까지 일으키면서 말이다.

　그는 이미 구지개의 변화를 알아차리고 있었다. 꽉 쥔 양주먹이 은은하게 떨리는 그 모습은 분명 겁에 질린 것이다.

　두 사람이 일어나려 하자 소천걸이 구지개를 힐끗 봤다.

　그 순간 그의 두 눈에 너무나도 확실한 광기가 빠르게 나타났다 사라졌다.

　'죽는다.'

　구지개는 두 눈을 질끈 감았다.

　지금 살아야 나중에 사부에게 죽을 수나 있었다.

　"험험. 절대 말하면 안 되는 일입니다만 자리가 자리인지라, 그렇다고 사부의 엄명을 어기면 안 되니……."

　'넘어왔다.'

　그의 말에서 편수일은 그가 이야기하려 한다는 것을 눈치챘다. 그랬기에 일어나다 말고 그대로 주저앉았다. 임도욱 역시 편수일의 손에 이끌려 다시 앉았다.

　그러나 이미 반쯤은 폭력광개화 되버린 소천걸은 그런 것을 알아차리지 못했다. 반쯤 이성이 마비 됐으니 말이다. 대신 그의 두 눈에 어린 광기가 더욱 짙어졌다.

　"흠흠. 갑자기 사부님께서 제게 해주신 여러 이야기들을 중얼거리고 싶어지는군요. 혼자서요."

'오호라.'

편수일은 대번에 구지개의 의도를 알아차렸다.

"자자, 그만들 일어나시는 것이 어떻겠습니까? 구지개 대협께서 잠시 사부이신 무영개 어른과의 추억에 잠기고 싶어 하시는 것 같으니."

편수일은 재빨리 일어서서 소천걸의 오른팔을 붙잡고 밖으로 잡아끌었다. 반쯤 이성을 상실한 이 사람이 날뛰면 듣고 싶은 것도 못 듣는다. 물론 이 사람이 이성을 상실해 가는 덕에 들을 수 있는 것이지만 말이다. 편수일의 눈짓에 임도욱이 소천걸의 왼쪽 팔을 붙잡았다.

한 문파의 수장에게 이런 행동을 하다니 잘못하면 칼부림이 날 수도 있는 상황이다. 하지만 청풍개 역시 소천걸의 현재 상태를 잘 알았기에 아무 말도 하지 않았다.

편수일의 인도로 네 사람은 옆의 방으로 자리를 옮겼다.

그때 천천히 중얼거리는 구지개의 목소리가 들렸다. 그들과 같은 고수들에게는 이 정도의 소리는 내공을 집중하면 얼마든지 들을 수 있는 소리였다.

"흐음. 사부께서 언젠가 천하에 고수가 많으나 그중 가장 뛰어나다 할 수 있는 이는 모두 열이라 하셨지. 당시 강호에서는 천하에 고수가 여덟이 있어 일존 쌍마 오성이라 하였지만 사부는 그게 틀린 거라 했어."

여기까지의 이야기만 듣고도 네 사람은 대번에 이것이 쌍은의 이야기임을 알았다. 무영개가 쌍은에 대해 언급함으로써 천하팔대고수가 천하십대고수가 되지 않았던가.

소천걸도 어느새 정신을 차리고 집중해서 옆방의 소리에 귀 기울였다.

"내가 무슨 말이냐고 물었지. 그랬더니 세상도 모르고 자신도 모르는 두 은자가 있으니 능히 오성의 위에 있을 실력이라고 하시며 그 둘을 쌍은이라 부르겠다 하셨어."

무영개가 처음 그 말을 했을 때 무림은 일대 충격에 빠졌었다. 하지만 오성 중 한 명인 그가 직접 말했으니 믿지 않을 도리도 없었다.

"그럼 그렇게 대단한 사람이 대체 어디 있냐고 물었더니 사부께서는 그저 빙그레 웃으셨어. 대신 한 명은 검을 쓰고 다른 한 명은 창을 쓰니 잠룡은검과 복호비창이라 부르겠다 하셨지."

이야기가 거기까지 이르자 모두의 얼굴에는 설마하는 기색이 어렸다.

구지개가 임도욱의 조카가 창을 쓰느냐고 물었던 것을 떠올린 것이다.

"그러고는 한참이나 지났었어. 사부가 치호 녀석과 이야기를 나누고 있더군. 한참 강호의 고수들에 대한 이야기를 나누더니 사부께서 지나가듯 '융중에는 용이 잠자고 있고, 기련에는 호랑이가 엎드려 있느니라' 라고 말씀하시곤 자리를 털고 일어나셨어."

이제 사람들의 얼굴에 어린 설마하는 의혹은 확신으로 변해 있었다.

기련에 호랑이가 엎드려 있고 그 호랑이는 창을 쓴다. 임도욱의 조카는 원래 기련사에 있었다 했으며 무기는 창이라 했다.

놀람의 기색이 가장 큰 이는 임도욱이었다. 자신은 물론이고 조카 본인도 전혀 모르는 일이기 때문이다.

"숙부, 언젠가는 꼭 복호비창과 겨뤄보고 싶어요. 창을 익히는 무인으로서 창으로 천하십대고수에 든 사람과 당연히 자웅을 결해봐야죠."

해맑게 웃으며 자신에게 그런 말을 하던 조카의 얼굴이 떠올랐다.

'허허. 애야, 너는 너 자신을 목표로 수련을 하였구나.'

참으로 이런 일이 있으리라고는 상상도 못했다.

그사이 구지개의 이야기는 계속됐다.

"나는 잽싸게 쫓아가서 물었지, 대체 쌍은이 누구냐고. 한번 만나보게 좀 알려달라고 했더니 사부는 고개를 저었어. 그러더니 용은 오얏나무 아래에서 자고 있고, 호랑이는 수풀 속에 엎드려 있을 뿐이라고 하시고는 또 역마살 따라 떠나셨지. 나는 그게 무슨 말인가 했지. 그런데 오늘 임 장문인의 이야기를 들으니 오얏나무와 수풀이 무엇을 의미하는지 갑자기 머리에 팍 꽂히더란 말이야. 오얏나무와 수풀은 두 사람의 성이었어. 결국 잠룡은 이가고 복호는 임가란 말이지. 후.”

긴 한숨과 함께 구지개의 혼잣말이 끝을 맺었다.

그리고 그와 동시에 네 사람이 다시 방으로 들어왔다.

“허허. 축하드립니다, 임 장문인. 설마 장문인의 조카였을 줄은 몰랐습니다.”

“이거 참, 황당합니다. 아마 본인도 모르고 있을 겁니다.”

“하지만 다행이군요. 임 장문인의 조카가 용아천뢰검을 가지고 온다면 틀림없이 천의맹에 무사히 도착할 것입니다.”

소천걸의 말에 다들 고개를 끄덕였다.

“이거, 우리 공동은 어찌해야 할지 걱정입니다.”

편수일의 너스레에 모두의 얼굴에는 웃음이 맺혔다.

“그러고 보니 치호는 어디에 있습니까? 총타에 들렀을 때도 못 본 것 같은데.”

구지개가 생각났다는 듯 물었다. 자신의 어린 사제인 치호를 그가 각별히 귀여워했던 것이다. 물론 청풍개가 자신을 귀여워했던 것과는 전혀 다르게 말이다.

“그놈, 무당에 있다.”

소천걸의 대답에 구지개가 의아하다는 얼굴을 했다.

"아니, 후개가 무당에는 왜요?"

"나중에 이야기하자."

거기까지 말한 소천걸이 입을 닫았다.

이것은 개방 내의 일이니 외인이 있는 곳에서는 말하기가 그랬던 것이다.

"알겠습니다."

그리고 두 장문인과 소소한 이야기를 나누고 얼마 후 두 사람이 각각 자신의 처소로 돌아갔다.

멀리서 그들의 기척이 사라지자마자 구지개의 입이 열렸다.

"그놈이 왜 무당에 있는 겁니까?"

"너도 그놈을 내가 잠시 강호에 내보낸 것은 알고 있지?"

"네. 하지만 동방탕아가 죽었으니 당연히 본 방으로 돌아왔을 거라 생각했는데요."

"죽지 않았단다. 그러면서 청로 진인의 처소에 머물고 있다는구나. 사숙이 반드시 자신을 찾아올 거라면서. 허참."

치호를 환우에게 딸려 보낼 때 설마 그 녀석이 환우에게 이렇게 정을 느끼게 되리라고는 생각도 못했었다. 그저 환우와 끈을 유지하기 위해 딸려 보낸 것인데 이런 결과가 나오니 소천걸 자신도 황당하기는 했다.

"참나."

구지개는 어이가 없었다. 아니, 섭섭했다. 자신의 사질을 다른 이에게 뺏긴 것 같았다.

"아, 청풍개 장로님, 맹주께서 잠시 뵙자 하셨습니다. 점심을 함께하자 하셨으니 지금쯤 가면 되겠군요."

"그래요? 그럼 서둘러야지요."

"그럼 저는 이만 가보겠습니다."

소천걸과 청풍개가 일어서자 구지개는 자기 볼일은 끝났다는 듯 떠나겠다는 의사를 밝혔다. 하지만 그는 마음대로 떠나지 못했다.

청풍개가 잡았기 때문이다.

"가긴 어딜 가? 여기까지 왔으면 따뜻한 밥 한 끼 먹고 가야지. 거지가 공짜밥 마다하면 안 된다."

"맹주님께서 초대한 것은 사숙 아닌가요?"

"거지가 언제 밥 빌어먹으러 갈 때 초대받고 갔느냐? 그냥 들이대는 거지. 요즘 세상이 좋아졌나? 요즘 거지들은 왜 이래? 나 때는 안 이랬는데."

"쳇."

그렇게 구지개는 청풍개에게 끌려 맹주와의 식사에 따라갔다.

"으악!!"

천의맹이 구지개의 커다란 목소리로 가득 찼다. 설마 이런 이유로 자신을 그 자리에 데려갔을 줄은 상상도 못했던 것이다.

"클클. 이놈아, 지금까지 즐거웠지? 내가 설마 나만 죽을 줄 알았느냐?"

어느새 뒤에 다가온 청풍개가 고소하다는 얼굴로 말했다.

맹주와의 점심 식사.

불요 대사는 청풍개의 중임을 설명하면서 부디 무사히 임무를 완수할 수 있기를 기원했다.

그때 청풍개가 한 가지 청이 있다면서 말했다.

"지난번 해동에 다녀올 때는 참으로 고생스러웠습니다. 그먼 길을 홀로 가려니 몸도 고되지만 말도 통하지 않는 곳이라 너무나 외롭더군요. 돌아올 때는 신 소협이라도 있어서 적적하지 않고 참 좋았습니다. 그래서 이번에 갈 때도 한 명 데리고 갔으면 합니다."

"그러시다면 천의맹에서 사람들을 좀 내어드리겠습니다."

"아닙니다. 전 거지입니다. 거지의 여행을 보통 사람이 같이 할 수는 없지요. 전 이놈 하나면 충분합니다."

청풍개의 손가락이 정확히 구지개를 찍었다.

구지개가 동그래진 눈을 껌뻑거리면서 청풍개를 쳐다봤다. 완벽하게 뒤통수를 맞은 얼굴이다.

청풍개의 요청에 불요 대사가 소천걸을 바라봤다. 구지개는 천의맹에 매인 인물이 아니기 때문이다. 청풍개를 부르러

보냈을 때도 무창에서 밥을 빌고 다니는 것을 잡아다가 보낸 것이었다. 그랬으니 불요 대사가 어찌할 수 없었다. 당연 그의 시선은 소천걸에게 향할 수밖에 없었다.

"갔다 와라."

짤막한 소천걸의 대답으로 구지개의 처지가 결정되었다.

"자자, 그럼 용아천뢰검이 올 때까지 이곳에서 죽치고 있어보자꾸나. 흐흐흐."

그 말을 남기고 청풍개는 손을 흔들며 사라졌다.

"아이, 씨."

억울하고도 원통한 구지개만이 인상을 잔뜩 찡그린 채 서 있었다.

*　　　*　　　*

무진 진인이 무심한 눈으로 서 있었다. 그 맞은편에는 환우가 서 있었다.

무심한 듯 보이는 무진 진인의 눈에 은은한 열의가 불타오르고 있었다. 그것은 하나의 욕망이었다.

환우와 검을 섞어보고 싶다.

그것이었다.

하루하루 수련을 거듭할수록 몰라보게 달라지는 기도가 그의 호승심을 자극하고 있었다.

일신우일신(日新又日新).

마치 환우를 위해 존재하는 말 같았다. 불과 하루라는 짧은 시간에 무섭도록 강해지고 있었다.

무진 진인은 자신의 바람을 단 한 번도 입 밖에 꺼낸 적이 없었다. 하지만 돌쇠에게 듣기로 이제 내일이면 떠난다 하였다.

그렇다면 오늘이 마지막 기회였다.

그래서 입 밖으로 자신의 열의를 표현하기로 결정하였다.

"신 소협, 빈도와 한 번 검을 섞어보지 않겠습니까?"

무진 진인은 정중히 비무 요청을 했다.

갑자기 무진 진인이 앞을 막아서는가 싶더니 비무 요청이었다. 청로 진인은 만나지 않았다면 받아들였을지도 모른다. 하지만 이미 무당의 최고수와 검을 섞어본 바에야 관심없었다.

"죄송합니다."

"어인 연유이십니까?"

환우의 직접적인 거절에 무진 진인이 절박한 얼굴로 물었다. 평소의 그라면 절대 하지 않을 행동이다.

"무당의 검은 이미 겪어보았습니다."

"태극을 보셨습니까?"

환우가 고개를 끄덕였다.

"그렇다면 구름은 보셨습니까?"

이어진 무진 진인의 물음에 환우는 고개를 갸웃거렸다. 구름이라니 이 무슨 말인가? 무당의 진산절기는 태극혜검이 아니었던가.

"보지 못하셨군요. 하긴. 무당에서 구름은 사라졌으니까요."

무진 진인.

그는 현 무당의 최강자다. 그랬기에 태극혜검을 익힐 수 있었다. 무당제일검수에게 주어지는 하나의 커다란 영예가 태극혜검인 것이다.

그는 정말 열심히 태극혜검을 수련했다.

가끔 그에게 조언을 주던 이가 청로 진인임에야 그 성취의 놀라움은 당연한 일이었다.

그러던 어느 날 문득 그는 태극혜검에서 무언가 미진함을 느꼈다. 그래서 무당을 떠나 세상에 나왔다. 그리고 세상을 떠돌던 중 태극을 버리고 구름을 찾았다.

그리고 이제 구름을 가지고 무당으로 돌아갈 때가 되지 않았나 하고 고민할 때 돌쇠를 만난 것이다. 그러다 보니 어느새 무당 근처에까지 와 있었다. 결국은 돌아갈 때가 되었나 보구나 하고 생각하게 되었다.

구름이라는 말에 환우의 흥미가 동했다.

"그러면 잠시 견식해 보도록 할까요?"

환우의 승낙에 무진 진인이 미소를 지었다.

검을 뽑았다. 검배에 소나무 문양이 새겨진 검이었다. 대강 보기에도 무척이나 귀해 보이는 검이다.

송문고검(松紋古劍).

소나무 문양은 무당의 상징이다. 무당의 인물이라고 아무나 사용할 수 있는 검이 아니다. 어느 상황에서도 무당의 이름 아래 부끄럽지 않을 인물에게만 주어지는 검이다. 즉, 무당제일검의 상징인 것이다. 결국 현 무림에서는 검성 무진 진인의 상징이나 다름없는 검이다.

돌쇠가 뗏목을 만드는데 쓴 나무를 자른 검도 바로 이 송문고검이었다. 무림인들이 알면 뒤집어질 일이다.

무진 진인의 두 눈이 무겁게 가라앉았다.

환우는 양팔을 편안하게 늘어뜨렸다. 양손에는 각각 애자와 폐안이 쥐어져 있었다.

무진 진인은 그 자세에서 자연을 느꼈다. 도무지 공격할 곳을 찾을 수가 없었다.

'과연.'

자신이 없었다. 자신이 얻은 구름으로 저 청년을 이길 자신이 없었다. 천하십대고수 중 검성이라는 자신이 이리 젊은 청년 앞에서 위축되다니 모르는 사람이 들으면 미친 소리라 할 것이다.

"먼저 가네."

무진 진인의 검이 느릿느릿 움직였다.

언젠가 한 번 본 적이 있는 느린 움직임이다. 이협수가 보여줬던 만검과 같은 움직임이다. 하지만 달랐다.

느릿느릿 다가오는 검은 여유로움으로 가득했다. 마치 한가한 날 오후 늘어지게 낮잠을 잔 후 천천히 산책을 나온 노인의 걸음과도 같이 움직였다.

환우의 손에서 폐안이 떠올랐다.

'저것이.'

소문으로만 듣던 동방신협의 이기어검술이다.

무진 진인은 자신의 검의 움직임에 집중했다. 서서히 검이 주변을 장악해 갔다. 느려도 너무 느린 움직임이건만 어느새 주변의 공간을 모두 지배하기 시작했다.

이협수의 만검은 느린 듯 일수유의 시간을 갈랐지만 무진 진인의 만검은 느린 듯 공간을 지배했다.

같되 다른 검이다.

환우는 가만히 무진 진인의 검의 움직임을 지켜보았다.

환우의 주변으로 검이 펼쳐졌다. 검은 그림을 그리고 있었다. 그것은 하늘이었다.

검은 스스로 그린 그림의 주인공이 되었다.

푸른 하늘에 유유히 흘러가는 구름. 그렇게 검은 구름이 되었다.

'이것이 무당의 구름이라는 것인가.'

환우는 감탄했다.

실로 대단했다.

만약 자신이 아니었다면 스스로 인식하지도 못한 채 무진 진인의 검에 무릎을 꿇었으리라.

하지만 환우는 아니었다. 가만히 서 있는 듯한 환우의 발이 느릿느릿 움직이고 있었다. 느렸지만 현묘하다.

'이거 도대체가 무림이란 동네는 어떻게 된 거야? 천하 십대고수의 서열이라는 것이 대체 언제 어떻게 정해진 거지?'

환우는 이해할 수 없었다.

무진 진인의 실력은 듣던 것과 전혀 달랐다.

이 정도면 능히 잠룡은검 이협수와 자웅을 결할 만했다. 화산신검 황규린보다는 반 수에서 한 수 정도 위인 듯했다.

시간이 흐르면 세상은 변한다.

그리고 사람도 변하게 마련이다. 무진 진인은 세상이 변함에 따라 스스로 변했다.

무당에서 최고라 무당이 인정하고 전 무림이 인정하는 태극을 버리고 구름을 얻음으로써 한 꺼풀 탈피를 하고 또 다른 모습으로 변화를 한 것이다.

'활용편을 얻지 못했다면 결과를 장담치 못했을 거야.'

그랬다.

청로 진인과 검을 섞어도 상당한 시간을 버틸 수 있을 정도였다.

하지만 그와 환우는 상성이 나빴다.

그가 구름을 얻었다면 환우 역시 얼마 전 구름을 얻었다.

그의 구름은 푸른 하늘의 하얀 백운이라면 환우의 구름은 흐린 하늘의 검은 뇌운이다.

유유히 흘러가는 백운의 움직임 사이로 환우의 몸이 움직였다. 뇌운보의 방위에 따라 움직이는 환우의 움직임은 정확히 무진 진인의 검의 결을 따르고 있었다.

무진 진인의 표정이 살짝 변했다.

구름의 움직임도 변했다. 환우의 눈에 이채가 서렸다. 맑은 하늘의 하얀 구름이 비 오는 날의 검은 구름으로 바뀌었다.

'과연, 구름이라는 건가.'

무진 진인은 구름을 얻었다 하였지 백운을 얻었다 하지 않았다. 결국 모든 형태의 구름을 얻었다는 것이다.

부드럽게 움직이는 무진 진인의 검이 느릿느릿 환우를 향해 다가왔다. 그 기세가 자못 날카로웠다.

환우의 오른손이 들렸다. 그에 따라 공중에 떠 있던 폐안이 곧장 날아간다.

"일뢰파천."

환우의 나직한 중얼거림이다.

검과 검이 부딪쳤다.

한데 아무런 소리가 없었다.

벼락과 구름이 부딪쳤다.

검이 그린 하늘이 사라졌다.

말 그대로 벼락이 하늘을 부쉈다.

그리고 무진 진인이 허허롭게 웃고 있었다.

송문이 두 동강이 났다. 무당의 상징이 두 동강이 났다.

입맛이 썼다.

무진 진인은 설마 환우의 경지가 이 정도일 줄은 몰랐다.

"좋은 검이었습니다. 제가 본 태극보다 뛰어나면 뛰어났지 결코 뒤떨어지지 않는군요. 이름을 물어도 실례가 되지 않을까요?"

"유운입니다."

환우의 표정이 살짝 변했다.

유운검법(流雲劍法).

무당의 절학 중 하나지만 대단한 것은 아니었다. 이대제자부터 배울 수 있는 강호에 가장 널리 알려진 무당의 검 중 하나일 뿐이다.

한데 태극혜검보다도 뛰어날지 모르겠다는 생각이 드는 그 검법이 유운검법이라니, 놀라웠다.

"대단하군요."

환우는 진심 어린 감탄을 토했다.

"부족한 재주입니다."

환우에게 패한 무진 진인으로서는 부족하고도 부족할 수

밖에 없었다.

"아닙니다. 참으로 대단했습니다. 무림에서는 유운에 대해 잘못 알고 있군요."

"무당이 잘못 알고 있으니 무림이 잘못 알고 있는 것이지요."

무진 진인이 아쉬운 듯 대답했다.

"이제는 제대로 알겠군요."

환우가 웃으며 말하자 무진 진인이 고개를 설레설레 저었다. 그의 시선은 부러진 송문고검을 향해 있었다.

"태극을 꺾으셨습니까?"

환우의 표정이 모호해졌다.

"어린 태극을 꺾었습니다."

사실 환우가 꺾은 것은 아니었다. 치호가 한 일이다.

"그리고 무당의 태극도 꺾었지요. 하지만 그것은 껍데기일 뿐이었습니다."

환우의 말에 무진 진인이 고개를 끄덕였다.

아무래도 동방탕아라 불리는 이 청년은 장문 사형과 검을 섞었던 것 같았다. 대체 무슨 일로 검을 섞었을까 궁금했지만 묻지는 않았다.

그는 용아천뢰검이 태극뇌정검으로 둔갑했었던 사실을 전혀 알지 못하기 때문이다.

'그런데 어린 태극? 나와 장문 사형 말고도 태극을 익힌 이가 있단 말인가?

무당에서 태극혜검을 전수받을 수 있는 이는 단둘이었다. 무당제일검과 장문인. 이렇게 둘만이 태극혜검을 익힐 수 있었다.

아직 무당은 차기 장문을 정하지 않았다. 당연 어린 태극이란 있을 수 없는 것이다. 하지만 어찌 된 일인지 묻지 않았다. 무당으로 올라가면 알게 될 일이다. 무당의 일을 외인에게 물을 수는 없는 일이다.

"하지만 진정한 태극은 실로 놀랍더군요."

환우의 말에 무진 진인은 진정한 태극이 누구인지 알 수 있었다.

"그분께서 아직 건재하십니까?"

"네. 정정하십니다."

"그렇군요. 아무래도 그분을 뵈러 가야겠습니다. 그리고 태극과 구름을 합쳐봐야겠군요. 태극으로도 구름으로도 부족합니다."

무진 진인은 환우로 인해 송문고검이 부러지고 나서야 유운검에서 부족한 부분을 찾을 수 있었다. 태극혜검에서 느꼈던 미진함을 완전히 극복하고 무당의 새로운 진산절기를 찾았다 기뻐했으나 그것도 결국은 부족했다.

그렇다면 방법은 하나다.

두 개를 하나로 합쳐 완벽하게 만드는 것이다.

환우에게 태극이 깨지고 구름이 흩어졌으니 무당의 자존심을 위해서라도 둘을 하나로 합쳐야 했다.

후일 천하에 그 이름을 떨쳐 울리는 태극유운혜검의 탄생의 첫 시작이었다.

"허, 이거 참."

무진 진인은 헛웃음을 지었다.

설마 환우와 자신이 같은 곳으로 갈 줄은 생각도 못했던 것이다.

환우는 지금 청로 진인의 거처로 향하고 있었다.

당연한 일이다.

치호가 그곳에 있으니 데리러 가야 했다.

하지만 환우는 무진 진인과는 다른 의미로 헛웃음을 짓고 있었다.

뒤에서 돌쇠와 두런두런 이야기를 나누며 따라오는 인물 덕이었다.

단목휘경.

그녀가 환우를 따라나선 것이다.

활용편을 얻음으로써 자신이 가진 모든 문제를 해결한 환우는 무진 진인과 비무를 한 다음날 떠날 의사를 밝혔다. 단목평은 그러라 했다. 환우는 그간의 은혜에 대해 깊은 감사를 표하고 홀가분한 마음으로 돌쇠를 데리고 나올 때 단목휘경

이 냉큼 따라나섰다. 환우도 말리고 단목평도 말리고 임원도
도 말렸다.

하지만 그녀는 막무가내였다.

결국 단목평이 어색한 웃음을 지으며 미안한 기색으로 환
우에게 입을 열었다.

"경아를 부탁함세. 내가 데리고만 있어서 아무것도 모르
는 철부지야. 염치없는 부탁이네만, 저 아이를 데리고 가주
게."

어쩔 수 없었다. 아무리 말려도 따라갈 기세다. 임원도가
힘으로 잡아두려 했지만 그러면 야밤에 몰래 도망치겠다고까
지 하는 그녀를 말릴 수 없었다.

그렇게 환우는 또 다른 짐을 떠안게 되었다.

생명의 은인의 부탁인데 거절할 수 없었다.

그렇게 네 사람은 청로 진인이 거하는 봉우리에 도착했다.

"사, 사숙!!"

환우가 정상에 도착하자마자 치호가 환우의 품에 안겼다.

반가운 손님이 오고 있는 것 같다는 청로 진인의 말에 이제
나저제나 산 아래를 내려다보던 치호였다.

"녀석."

긴 시간이 아니었는데도 치호는 몰라보게 달라져 있었다.
아마도 청로 진인 덕일 것이다.

"다시 뵙습니다."

단리운극이 포권을 하며 환우에게 인사를 했다. 그 역시 몰라보게 기도가 달라져 있었다.

'그런 것인가.'

그제야 환우는 치호의 변화의 원인을 찾을 수 있었다. 두 사람은 서로를 변화시킨 것이다.

"허허. 어서 오십시오. 역시 무사하셨군요."

"네. 덕분에 무사할 수 있었습니다."

"아닙니다. 오히려 더욱 힘드셨을 겁니다."

청로 진인은 다 안다는 듯한 얼굴로 말했다. 그날 환우는 청로 진인과의 비무로 인해 내상을 입은 상태에서 혈사자 구양천을 만났다. 내상이 아니더라도 힘든 상대였지만 내상이 더욱 힘들게 했음은 말할 필요도 없었다.

"오랜만에 뵙습니다, 사조님."

"응? 반가운 얼굴이로구나."

무진 진인의 인사에 청로 진인은 진심으로 반가워했다. 단리운극을 발견하기 전에 검을 가르치는 재미가 쏠쏠하던 사손이었다.

그런데 오랜만에 본 사손은 이미 자신의 길을 가고 있었다. 이제 청로 진인이 가르칠 것은 없었다.

"길을 찾았구나."

"네. 구름을 얻었습니다."

"허허. 그래? 축하한다."

청로 진인의 말에 무진 진인은 쓴웃음을 지었다.

"왜 그러느냐?"

"송문이 두 쪽이 났습니다."

무진 진인의 대답에 청로 진인의 시선이 환우를 향했다. 그
것까지 다 안다는 얼굴이다.

"하면 어찌할 것이냐?"

"태극과 구름을 합쳐 볼까 합니다."

"쉽지 않은 길일 게다."

"그래도 하려 합니다."

"그러도록 하거라."

청로 진인도 못한 일을 해낸 무진 진인이다. 청로 진인은
태극의 진수를 얻었지만 무당의 검 중 구름을 발견하지 못했
다. 그가 발견하지 못한 것은 무진 진인은 발견하고 또 얻었
다.

그런 그의 재능이라면 어쩌면 합칠 수 있을지도 몰랐다. 그
는 태극을 익히고 구름을 얻었으니까.

"이 아이가 어린 태극이로군요."

"무진 장로님을 뵙습니다."

단리운극이 얼른 허리를 숙이며 인사를 했다. 무진 진인이
무언가 대꾸를 하려다 멈칫했다.

그 모습에 환우가 씨익 웃었다.

"꼬였군."

재미있어 하는 그 한마디. 그대로였다.

배분이 제대로 꼬여 버렸다.

본디 단리운극은 무당의 속가제자로 들어온 일대제자다. 무당의 속가 일대제자는 본디 유력한 가문들의 자제들을 받는다. 어디까지나 그들과의 관계를 돈독히 하는 교류차원에서다. 하지만 일단 속가제자로 들어오면 그 수련은 엄격했다.

단리운극도 그런 유력 가문의 자제들 중 하나였다. 형주에 위치한 유명한 상가(商家)의 셋째 아들이었다. 형주의 단리가 하면 호북성 제일의 상가였다.

결국 단리운극의 원 배분은 일대제자였다. 그러다가 청로 진인의 눈에 띄어 제자가 되었다. 얼마 전에 정식으로 청로 진인에게 인정도 받았다. 그렇다면 무진 진인의 사부인 현일 진인과 같은 배분이 된다. 배분이 완전히 뒤집힌 것이다.

결국 단린운극은 무진 진인의 사숙이었다.

두 사람은 어색하게 마주 보고 서 있었다.

그때 해결책을 제시한 것은 청로 진인이었다.

"이곳은 무당이 아니다. 그리고 너희는 무당의 사람이다."

무당의 배분을 따르라는 조언이다. 이곳은 무당이 아니니 이곳의 배분은 신경 쓰지 말란 말이다.

"하지만 태극혜검은……."

무진 진인이 난감하다는 듯 말했다.

"그건 이 아이가 다음 대의 무당제일검이 되면 될 문제다."

"하지만 속가제가는……."

"속가제자는 무당의 사람이 아니더냐?"

"알겠습니다."

결국 무진 진인이 청로 진인의 말을 따르기로 했다.

"대단하군요."

"무어가 말이냐?"

"저는 어린 태극이라 하기에 막내 사제인 줄 알았습니다."

무당의 무자배 항렬에는 환우 또래의 도사가 한 명 있었다. 지닌바 그 재주가 너무 뛰어나 현일 진인의 사형인 현산 진인이 받아들인 이였다.

"무룡 사숙께서는 이 년 전 폐관에 드셨습니다."

무진 진인이 말하는 이가 바로 그 무룡 진인이라는 것을 알고 있는 단리운극이 빠르게 대답했다.

"태극을 가지고 들어갔더냐?"

"그것은 모르겠습니다. 그저 폐관에 든다는 이야기만 있었을 뿐입니다."

무진 진인은 고개를 끄덕였다.

"어떠냐? 네가 태극와 구름을 합치면 아마도 이 아이가 그것을 잇게 될까 싶다만."

청로 진인의 말에 무진 진인이 단리운극을 찬찬히 살폈다.

“멀고도 지난한 일입니다.”

무진 진인의 대답에 청로 진인은 웃음 지었다.

멀고도 지난하지만 합치게 되면 그리하겠다는 대답이었다.

“네 녀석, 더욱더 열심히 노력해야겠구나.”

그들의 대화를 지켜보던 환우가 의미심장한 웃음을 지으며 말했다. 그 말에 치호는 두 손을 꽉 쥐었다. 절대 질 수 없었다.

치호와 운극.

두 사람은 이미 필생의 경쟁자가 되었다. 그리고 평생의 친구가 되기도 하였다.

“짐 없지?”

이곳에 올 때 별달리 챙긴 것이 없었다.

“아, 잠깐만요.”

사숙의 말에서 곧 떠나리라는 것을 알아차린 치호가 서둘러 들어갔다 나왔다. 그의 등에는 적당한 크기의 봇짐이 매여 있었다.

“떠나려 하십니까?”

청로 진인이 물었다.

“이 녀석을 데리러 왔으니까요.”

“그렇군요. 그럼 몸 조심하십시오.”

“그간 이 녀석을 돌봐주셔서 감사합니다.”

환우는 허리를 숙여 인사한 후 무당산을 떠났다.

도착하자마자 쉬지도 않고 바로 자리를 뜬다는 단목휘경의 투덜거림은 귓등으로 흘려 버리고 휘적휘적 걸음을 옮겼다.

第五章
마고 육대호법

「사람이 아니야… 사람일 리 없어. 그래, 동방의 하늘에서 내려온 천신(天神)일 거야. 틀림없어.」

해동에서 온 백의의 사내. 한 번의 손짓에 열 개의 벼락이 떨어지고. 마고의 혈사는 그 앞에 침묵한다. 열 개의 벼락을 중원에 남겨두고 홀연히 떠났다.

그리고 오십 년 후. 다시금 중원이 어지러워지려 할 때 그의 후예가 중원으로 향한다.

푸른 하늘에 열 개의 벼락이 다시 떨어지는 순간 천하는 그 앞에서 무릎 꿇으리라.

도에서 붉은 피가 뚝뚝 떨어진다. 도를 든 사내는 스산한 눈으로 주변을 돌아보았다.

살아 있는 인물은 아무도 없었다.

중년의 미부가 그런 중년인의 모습을 아무 표정 없이 지켜보고 있었다. 그녀는 이 자리에 온 이후부터 줄곧 아무것도 하지 않고 그저 그렇게 가만히 서 있었다.

도를 든 중년인이 모든 것을 처리했다.

"쳇! 아무도 입을 안 열었군, 결국."

도를 든 중년인 도귀 손철야가 입맛을 다시며 중얼거렸다.

그가 지배하는 공간에 살아 있는 존재는 없었다.

"이제 어떻게 하지?"

"글쎄요."

손철야의 물음에 천옥심이 무심한 어조로 대답했다.

"일단 찾으러 왔으면 찾아가야지. 그래야 그 어린 놈에게
체면이 살지. 몽땅 다 죽이고 모조리 뒤졌는데 없더라. 그러
면 천하의 귀도의 체면이 뭐가 되냐고?"

"소수마녀의 체면도 깎이지만 전 상관없어요."

천옥심은 여전히 무심하게 말했다.

"쳇. 정파 녀석들이 이렇게 독종일 줄이야."

바닥에 도를 꽂고는 손철야는 바닥에 아무렇게나 주저앉
았다.

그가 앉아 있는 이곳은 점창파의 한가운데였다.

그는 이곳의 모든 인물을 죽였다.

그렇다.

점창은 손철야의 손에 멸문당했다.

생존자는 미리 점창을 떠나 천의맹에 가 있던 이들이 전부
다. 소식을 전하기 위한 사람 하나 벗어나지 못했다. 하늘을
날아가던 전서구도 손철야의 도기에 바닥으로 거꾸러졌다.

하지만 그는 목적한 바를 이루지 못했다.

이곳에 용아천뢰검은 없었다.

아무리 감각을 곤두세워도 그런 기물의 기운은 느껴지지
않았다.

"젠장. 허탕이라니."

손철야가 머리를 벅벅 긁으며 중얼거렸다.

"돌아가요."

"교로?"

"아니오. 마음에 걸리는 데가 있었어요. 그리로 가요."

점창파에서 허탕을 친 이상 다른 수가 없었다. 손철야, 그는 몸을 움직이는 것은 잘하지만 머리를 쓰는 것은 사양이었다. 모처럼 총명한 천옥심이 머리를 쓰고 있으니 그녀를 따르는 것이 좋을 것이다.

두 사람은 순식간에 사라졌다.

그들이 떠난 점창파는 원통함에 눈을 감지 못한 문인들의 시신들만이 외로이 남아 있었다.

*   *   *

"너무 서두르지 마세요."

소민은 마차를 몰고 있는 류씨에게 말했다.

물론 급하게 가져가야 한다는 말은 들었지만 누가 쫓아오는 것도 아니고 이렇게 빨리 달리다가는 말이 먼저 지쳐 죽을 것 같았다.

창밖으로 휙휙 지나쳐 가는 풍경들이 얼마나 빠른 속도로 달리는지 말해주고 있었다.

모처럼의 나들이다.

아니, 나들이는 아니지만 그녀는 나들이하는 기분으로 길을 나섰다. 그랬기에 조금 천천히 즐기면서 가고 싶었다. 어쨌든 장거리 여행 아닌가.

부탁한 사람의 심정은 전혀 고려하지 않은 생각이었다.

하지만 류씨는 마음이 급했다. 출발하기 전부터 빨리 가야 한다고 신신당부를 받은 것이다.

한데 나이에 맞지 않게 철없는 이 아가씨는 계속해서 천천히 가자 하니 류씨는 속이 터질 지경이었다.

마차에 타고 있는 소민이라는 아가씨는 세상 물정을 모르는 듯했다. 작은 키에 하얀 피부와 귀엽게 생긴 얼굴은 아가씨를 실제 나이보다 훨씬 어리게 보이도록 만들었다.

그 누가 벌써 서른이 된 사람이라 생각하겠는가. 아무리 많이 쳐줘도 겨우 스물다섯 정도였다.

소민의 말에도 마차는 속도가 줄어들지 않았다.

"피."

매번 이런 식이었다. 자신은 아무리 천천히 가고 싶어도 마차가 빨리 달리니 수가 없었다.

그렇다고 자신이 몰려 해도 마차 모는 법을 몰랐다. 아니, 마차는커녕 말 타는 법조차 몰랐다.

'언젠가는 꼭 마차 모는 법을 배울 거야.'

몇 년 전 험한 산길에서 마차 모는 법을 배우겠다고 설치다가 말 한 마리를 병신 만들고 마차를 반쯤 부쉈던 일은 기억에서 사라진 지 오래다.

그녀는 귀엽게 생긴 것과는 다르게 상당한 사고뭉치였다.

사람은 겉모습에 속으면 안 되는 법이다.

"아저씨, 그래도 성도에서는 꼭 하루 묵어야 해요. 그리고 밤늦게 들어가서 새벽 일찍 출발하는 것도 사절이에요!"

이것만큼은 양보할 수 없다는 듯 소민은 큰 소리로 외쳤다. 그녀의 얼굴에는 비장함마저 깃들어 있었다.

성도(成都).

사천성의 성도(省都)로 토지가 비옥하고 산물이 풍부해 예로부터 천부의 나라라 불리던 곳이다. 게다가 저 삼국시대 촉한의 수도이기도 하였으며 오대십국 시대에 전촉과 후촉이 수도로 삼기도 했던 곳이다.

그만큼 볼거리가 많은 곳이다.

지금 소민은 잔뜩 기대에 부풀어 있었다. 말로만 듣던 성도에 드디어 가보는 것이다. 소문으로만 듣던 것들을 구경한다 생각하니 가슴이 두근거렸다. 지난번에 사천을 지날 때는 길이 달랐기에 성도에 들를 수 없었다. 그랬기에 이번에 거는 기대는 남달랐다.

사실 이번 일을 수락한 것도 여행 경로에 성도가 들어가 있었기 때문이라는 사실은 그녀 가슴속의 작은 비밀이었다.

"완화계(浣花溪)는 꼭 가볼 거야."

완화계는 성도 서쪽에 있는 작은 강으로 진장강의 지류에 속한다. 계라는 이름이 붙은 것처럼 아주 작은 강이다.

정작 이 강이 유명한 이유는 따로 있다.

바로 그곳에 당대의 유명한 시인 두보의 초당이 있기 때문이다.

그녀는 시를 아주 좋아했고 특히 두보의 시를 좋아했다. 그랬기에 두보 초당은 그녀가 반드시 가보고 싶은 곳 중 당당히 일위를 차지하는 곳이다.

류씨는 그런 그녀의 행동에 고개를 절레절레 내저었다.

도통 통제가 안 되는 아가씨다.

그가 할 수 있는 일은 오직 마차를 빠르게 모는 것밖에 없었다.

*　　　*　　　*

치호는 천천히 마차를 몰았다.

마차를 몰아본 적이 없었기에 마차를 사면서 모는 법을 배웠다. 그랬기에 조심조심 천천히 몰았다. 조금이라도 잘못 몰라치면 마차 안에서 환우의 헛기침 소리가 들려왔기 때문이다.

마부석에는 치호와 돌쇠가, 마차 안에는 환우와 단목휘경이 탔다.

일단 환우는 공동파의 용아천뢰검을 찾기로 정했다. 아니, 무당을 나설 때 그렇게 정한바였다.

구양천으로 인해 그 여정이 무척이나 뒤로 늦춰진 셈이다.

여행 경로는 단목휘경의 한마디로 인해 정해졌다.

"으음. 감숙성 공동산으로 간다면 좀 돌아가더라도 사천 성도에 들르면 좋을 텐데. 사천요리의 그 매운맛을 한 번 먹어보고 싶은데."

"매운맛?"

환우에게는 생소한 맛이다(이때는 아직 조선에 고추가 들어오기 전입니다).

단목휘경이 무심코 한 말이 환우의 호기심을 자극한 것이다. 궁금한 것은 못 참는다. 그리고 환우는 음식을 먹는 것을 좋아했다. 처음에는 힘들었던 중원의 음식에도 완전히 적응한 상태다. 거기에 새로운 맛이 있다 하니 입 안에 침이 고였다.

사실 환우는 중원에 들어와 고추라는 것을 사용한 매운 음식을 먹어본 적이 있었다.

그런데 단목휘경의 말로는 사천의 그것은 다른 것과는 차원이 다르다고 했다. 그야말로 매운맛의 본고장이라나.

중원 사대요리 중 하나로 유명하며 기름지지 않은 것이 특징이라고 했다.

그 말에 더욱 끌렸다.

사실 요즘 환우는 산뜻한 요리가 끌리던 차다. 아무리 적응했다 하더라도 해동의 산뜻하고 깔끔한 요리에 입이 길들여지지 않았던가.

“들렀다 가지.”

환우의 말에 치호가 여행 경로를 정했다. 그리고 마차를 구했다. 돈은 단목휘경이 부담했다. 임원도가 단목휘경에게 여비로 쓰라며 쥐어준 돈이 적지 않았다.

마차를 산 이유가 단목휘경이었기에 그녀는 흔쾌히 돈을 내놓았다. 그녀로서도 계속해서 걷는 것보다는 마차를 타는 것이 편했기 때문이다.

더군다나 사천성은 고산지대다. 관도가 있다 하나 여인의 몸으로 걸어서 움직이기에는 무리가 있었다. 무공을 익히고 있다 하나 그녀의 수준에서는 그런 여정은 무리였다.

그런 이유로 여정에 차질이 생긴다는 것인 환우로서는 곤란한 일이었다. 그렇게 서로의 이해가 맞아떨어졌기에 지금 마차로 움직이고 있었다. 덕분에 마차 모는 법을 배운다고 고생하고 있는 치호만 죽을 맛이다.

‘에휴. 사숙이랑 같이 있으면 내가 이 꼴이지. 뻔히 알면서 왜 그렇게 사숙을 기다린 거지? 그때 그냥 무극 진인 따라 천의맹 총단으로 갔다가 개봉으로 갔으면 되었는데.’

무극 진인의 본모습을 보았기에 치호는 그를 존대할 마음이 전혀 없었다.

천의맹의 소집으로 그가 무창으로 향할 때 치호에게 같이 가자 했었다. 환우가 없으니 치호가 무당에 있을 이유가 없었던 것이다.

하지만 치호는 사숙은 반드시 돌아올 것이라며 청로 진인의 거처에서 기다렸고 환우는 왔다.

그리고 치호에게 다시 고생문이 열린 것이다.

'내가 미친 걸까?'

스스로 고생의 길로 걸어 들어간 자신의 모습을 보며 치호는 진지한 고민에 빠졌다.

"커흠."

그때 마차 안에서 환우의 기침 소리가 들렸다. 너무 생각에 집중한 나머지 마차가 조금 흔들린 모양이다.

"이크."

치호는 재빨리 말을 움직여 마차의 균형을 잡았다. 그래도 좋은 점은 하나 있었다.

단목휘경이 함께 움직인 다음부터 몰라보게 환우의 말이 부드러워졌으며 또한 손이 날아오지도 않았다.

그것만 해도 어디란 말인가.

그리 생각하며 치호는 열심히 마차를 몰았다.

마차는 지금 호북성의 경계를 넘어가고 있었다.

*   *   *

"대체 무얼 하는 거야?"

손철야는 답답했다.

자신은 할 수 있는 것이 아무것도 없었기에 그저 천옥심이 하자는 대로 따를 수밖에 없었다. 하지만 대체 왜 하는지도 모르고 다른 사람이 하는 일을 따라 한다는 것은 상당한 인내를 필요로 한다.

그리고 손철야는 그런 종류의 인내는 가지지 못했다.

천옥심은 그럼에도 아무런 설명도 없이 묵묵히 자신이 하려는 일을 했다. 그것은 점창이 자리한 곳 주변의 마방을 도는 것이다.

그리고 최근에 말을 사서 급히 여행을 떠난 이들에 대한 정보를 모으고 있었다.

점창산은 운남에 있다. 그것도 상당히 외진 곳에 자리하고 있다. 그 때문인지 마방도 기껏해야 세 곳이었다. 이 정도면 오히려 굉장히 많은 것이다.

점창파를 중심으로 인근 십여 개의 마을을 뒤진 결과였다. 그들 모두 점창파와 연관을 맺고 살아가는 이들이다.

모든 마방에서 정보를 얻은 천옥심은 고개를 끄덕이고는 사천 쪽으로 걸음을 옮겼다.

"대체 일이 어떻게 되가는 것인지 설명 좀 해줘. 답답해서 도저히 못 따라가겠다."

점창산을 벗어나 한참을 이동하던 중 드디어 참지 못한 손철야가 우뚝 서서 말했다. 말해주기 전에는 한 발자국도 안 움직이겠다는 기세다.

천옥심은 작게 한숨을 쉬었다.

이래서 같이 오기 싫었다. 사실 사도명이나 백리장호와 함께 움직이고 싶은 것이 본심이었다.

둘째 오라버니는 너무 다혈질이다.

전장에서는 이보다 더 믿음직스러운 사람이 없겠지만 일을 진행하는데는 이보다 더 피곤한 사람도 없는 것이다.

"손 오라버니는 점창에서 오라버니의 손에 죽어가던 이들의 얼굴을 보았나요?"

"그런 거 볼 시간에 한 놈이라도 더 베겠다."

손철야다운 대답이다.

천옥심은 그럴 줄 알았다는 표정으로 말을 이었다.

"사람이 자신에게 위기가 다가오면 가장 먼저 하는 일이 무엇인 줄 알아요?"

"살기 위해 발버둥치겠지. 그런다고 살려줄 내가 아니지만. 흐흐흐."

무식하다. 할 줄 아는 것은 사람 베는 칼질뿐인 것일까. 손철야는 생각이라는 것이 싫은 모양이다.

천옥심은 머리를 가로저었다. 예상은 했지만 들어맞았다
고 해서 기분 좋은 것은 아니었다.

"아니에요. 보통의 사람이라면 자신이 위기에 처하면 자신
에게 가장 소중한 것을 지키려고 발버둥쳐요. 그게 사람이에
요. 본능이죠."

"그렇다면 지금까지 나에게 살려달라고 애걸복걸하던 놈
들은 무어란 말이냐?"

"자신의 목숨이 가장 소중한 사람들이죠."

천옥심의 말에 손철야는 인상을 썼다. 어려웠다. 어려워도
너무 어려웠다. 자신은 이런 것을 좋아하지 않는다. 아니, 싫
어한다.

"어렵다."

손철야는 솔직하고 간결하게 말했다.

"오라버니, 혹 아이를 가진 어미를 죽여본 적이 없으세
요?"

천옥심의 물음에 손철야는 기억을 더듬었다. 오래 생각할
것도 없었다. 자신의 도에 죽어간 사람들은 무수히 많았으니
까.

"있었다."

"어미가 자신을 살려달라던가요? 제 자식을 살려달라던가
요?"

"아!"

그랬다.

그들은 하나같이 자신은 죽여도 좋으니 제 자식만은 살려 달라고 했었다. 모두가 그랬다. 누구도 자신은 살아야겠으니 제 자식만 죽이라는 이는 없었다.

"그래요. 그들에게는 자신의 목숨보다 자식의 목숨이 훨씬 더 소중하죠."

"그렇군."

"그러면 점창파 같은 스스로를 명문정파라 자처하는 이들에게 가장 소중한 것은 무엇일까요? 자신들의 목숨일까요?"

"명예와 자존심이지. 그런 놈들은 다 똑같아. 지켜봐야 밥 한 끼 안 나오는 것들에 목을 매지."

손철야가 생각할 것도 없다는 듯 대답했다. 그간 지겹도록 겪어온 정파 놈들이다. 그런 것은 생각할 필요도 없었다.

"맞아요. 바로 명예죠. 뇌룡아. 그것은 동방신협이 구파일 방에 맡긴 물건이에요. 언젠가는 찾으러 오겠다고 했죠. 그렇다면 주인이 찾으러 올 때까지 지켜야 해요. 그것이 은인에 대한 정파의 예의요, 명예죠."

"그렇지."

천옥심의 설명에 손철야가 맞장구를 쳤다.

"죽어가던 그들의 얼굴이 어땠는지 아나요? 오라버니의 잔인한 손속에 공포에 질려하는 이들은 있었을지 몰라도 당당하게 죽었어요. 명문정파의 자존심을 지킨 얼굴로요. 그저 마교의 손에 목숨을 잃는 것이 원통하다 그 정도였죠. 즉, 그들은 자신들에게 가장 소중한 것을 지켰다는 거예요.”

“으음. 이야기가 다시 어려워진다.”

걸음을 옮기는 와중에 손철야가 머리를 긁적이며 말했다. 천옥심은 그런 것에는 신경 안 쓴다는 듯 이야기를 이어나갔다.

“즉, 현재 점창에서 가장 중요한 것은 뇌룡아예요. 이미 교에서 그것들을 모으고 있다는 소문은 돌았을 테니까요. 소림에서 그런 일이 있었는데 구파일방의 하나인 점창에서 모를 리가 없겠죠. 그런데도 그들은 당당했어요. 그것을 우리가 가져간다면 점창은 자파의 명예를 더럽히는 데도요. 우리가 그들을 모두 죽인 후 뒤진다면 찾지 못할 리가 없는데 말이죠. 결국 뇌룡아를 우리가 절대 찾을 수 없다는 확신이 있었던 거예요. 그러니 그리 당당히 죽었겠죠.”

“으음. 결국 우리가 뇌룡아를 못 찾을 것을 그놈들이 알고 있었다 그 말이구나.”

“네.”

“쉬운 것을 왜 그리 어렵게 말하누.”

어려운 설명은 아니었다. 다만 손철야가 이해하려 하지 않았을 뿐이다.

“그래서 어디에 숨겼기에 우리가 못 찾을 거라 확신을 한 거지.”

"점창에는 뇌룡아가 없었어요. 만약 있었다면 숨기기보다는 밖으로 보냈을 거예요. 안에 둔다면 아무리 은밀히 숨겨도 우리가 찾을 테니까요. 뇌룡아같이 뇌기를 머금은 기물이라면 아무리 깊게 숨겨도 그 기운까지는 어찌할 수 없는 법이지요."

천옥심의 말에 손철야는 고개를 끄덕였다.

자신은 정말로 점창을 샅샅이 뒤졌다. 개미 새끼 한 마리도 놓치지 않고 살폈다. 기감을 활짝 열어 아무리 은밀한 기운이라도 놓치지 않았다. 그렇게 했는데도 찾지 못했다는 것은 결국 점창에는 뇌룡아가 없다는 소리다.

"그렇군."

"오라버니의 손에 한 놈도 빼놓지 않고 모두 죽었어요. 밖으로 나간 이는 없었지요. 게다가 전서구도 한 마리도 놓치지 않았어요. 결국 오라버니에 의해 점창은 완벽히 고립되었죠. 그런데도 그들이 당당했다. 그건 이미 밖으로 빠져나간 것이지요."

"그래서?"

"그러면 점창에서 나간 뇌룡아는 어디로 갔을까요?"

"글쎄… 모르겠군."

"우리가 출발하기 전 귀연수 그 아이는 분명 뇌룡아가 점창에 있다 했어요. 교의 군사가 허튼 정보를 줄 리는 없죠. 분명 점창에 있었을 거예요. 그런데 지금은 없다. 그렇다면 그

사이 변동이 있었던 거죠. 무슨 일이 있었을까요?”

“그걸 내가 어떻게 알아.”

손철야는 자신은 아무것도 모르니 쓸데없는 질문 하지 말고 계속 이야기하라 재촉했다.

천옥심의 이야기가 점점 재미있게 흘러가고 있었다.

“교의 비밀 분타에 들러보니 지금 구파일방의 장문인들이 모두 무창 천의맹에 모여 있다는군요.”

“왜?”

그러고 보니 천옥심은 곤명에 있는 교의 비밀 분타까지 갔다가 다시 이곳을 돌아왔다. 전력으로 경공을 펼쳐 다녀온 것이라 당시 손철야는 꽤나 투덜거렸었다.

무슨 일로 가는 거냐고 아무리 물어도 대답이 없더니 최근 무림에 대한 정보를 얻기 위한 것이었다.

“구양 오라버니가 일을 크게 벌이셨더군요. 무공의 흔적을 무당의 청로 진인이 알아본 모양이에요.”

“청로? 그 말코가 아직 살아 있었어?”

손철야는 의외라는 얼굴로 말했다.

“우리도 살아 있는걸요.”

“하긴.”

“아무튼 그 일로 천의맹에서 긴급 회의가 소집된 모양이에요. 자, 그러면 뇌룡아는 어디로 갈까요?”

“밖으로 보냈다면 장문인에게로 가겠지? 게다가 천의맹에 있다면야……."

"그래요. 점창을 빠져나간 뇌룡아는 분명 무창으로 갈 거예요. 운남에서 무창은 굉장히 먼 거리예요. 아무리 급하게 간다 해도 사람이 홀로 갈 수는 없죠."

"오호라, 그래서 마방을 돌아본 거로군."

"그래요. 점창 주변의 마을은 작은 마을이에요. 급히 말을 구해 떠난다면 인상에 남을 수밖에 없죠."

"하지만 자신들의 말을 타고 갔을 수도 있잖아."

"물론이죠. 하지만 저라면 절대 그러지 않아요. 뇌룡아 같은 기물을 가지고 먼 거리를 간다는 것은 상당히 위험한 일이에요. 게다가 교가 노리고 있는 것을 뻔히 알고 있는 상황에서는요. 그러면 은밀히 움직여야겠죠. 점창파에서 급히 말을 몰고 나가 주변 사람들의 눈에 띄는 짓은 안 해요. 그리고 점창파 주변의 사람들에게 물어봤지만 최근 그렇게 사람이 떠난 적은 없다 하더군요."

"그렇군."

점창파 주변 마을 사람들은 천옥심과 손철야가 점창파에서 어떤 일을 저질렀는지 모른다. 은밀히 들어갔다 나왔으니 알 리 없었다.

물론 그들 모두 점창파 내부에서 무슨 일이 있었을 것이라고는 생각했다. 비명 소리가 그렇게 울렸는데 모르면 사람이 아니다.

그러나 감히 점창파 안으로 들어갈 용기는 없었다. 그들은 보통 사람인 것이다. 그렇게 점창에 대해 이러지도 저러지도 못할 때 천옥심이 나타났다. 보통 사람이라면 수상하게 보았을 것이다.

하지만 천옥심은 아름다웠다. 그녀의 미모에 질문을 받은 사람들은 모두 순순히, 그리고 친절히 대답해 주었다. 덕분에 그녀는 원하는 정보를 쉽게 얻을 수 있었던 것이다.

"그러면 마방에서는 성과가 있었나?"

"그래요. 일주일 정도 전에 성도로 나들이를 간다는 사람이 있었어요. 마차를 끌 말이 필요하다며 두 필을 사갔다더군요. 귀여운 여인 하나와 마부로 보이는 사람 하나. 이렇게 둘이었다 해요."

"부자연스럽군."

머리 쓰기 싫어하는 손철야지만 그 정도는 대번에 알 수 있었다.

"그렇죠. 운남에서 성도까지는 길도 험하고 거리도 멀어요. 그런 곳까지 나들이라니. 게다가 여인이 마부 하나만 대동하고 간다니 너무 이상해요. 마차를 가지고 갈 정도라면 충분히 호위무사도 고용할 수 있는데 말이죠."

그랬다.

호위무사도 없이 점창산에서 성도까지 마부와 여인만 간다니 무모해도 너무나 무모했다.

보통은 절대로 그러지 않는다.

"전 그들이 충분히 수상해요."

"나도 그렇다. 성도로 가자."

그렇게 손철야와 천옥심은 성도로 향했다.

이미 천옥심이 마부와 여인의 인상착의를 들어둔 터였다.

*   *   *

울끈불끈 솟은 근육이 요동을 친다. 땅을 박찰 때마다 더욱 요동을 치는 근육, 하지만 그 움직임이 무척이나 피로해 보였다.

임충은 자신이 타고 있는 말에 더욱 박차를 가했다.

자신이 본 그 지옥 같은 광경을 잊을 수가 없었다.

"어, 어떻게든 숙부께 가야 한다."

그가 타고 있는 말이나 그나 땀범벅이었다.

하지만 그는 알려야만 했다.

점창의 몰락을.

자신은 점창을 떠나 있었기에 화를 피할 수가 있었다. 하지만 불길한 예감에 다시 점창으로 돌아갔을 때 살아 있는 사람은 아무도 없었다. 그저 피비린내만이 가득했을 뿐이다.

현기증이 핑 돌았다.

전서구 하나 남아 있지 않았다. 그저 여기저기 떨어져 있는 전서구의 시체만 있을 뿐이다.

임충은 황급히 전서구의 다리에 매여 있는 전통을 열어보았다.

마교. 도귀. 소수마녀. 급습.

단 네 단어였다. 하지만 무슨 일이 있었는지는 대번에 알 수 있었다. 급하게 휘갈겨 쓴 글씨가 당시 상황이 얼마나 급박했는지 알 수 있게 해주었다.

임충이 찾은 전서구의 시체는 모두 서른.

점창에서 유사시를 대비해 키우고 있던 전서구의 숫자와 꼭 맞아떨어졌다.

허탈했다.

마교의 육대호법의 손에 점창이라는 명문정파가 이리도 허무하게 무너지다니.

아무리 주전력이 장문인과 함께 천의맹으로 가 있다 하지만 어찌 이런 일이 벌어질 수 있단 말인가.

급했다.

빨리 이 소식을 전해야 했다. 어차피 가야 할 곳이었다. 전할 것이 하나 더 는 것뿐이다.

임충은 일꾼들을 사서 점창의 문도들을 매장해 줄 것을 부탁했다. 한 문파의 사람들이 몰살을 당한 것이라 누구도 쉽게

그 일을 맡으려 하지 않았지만 보수를 넉넉하게 쳐주자 몇몇
이 나섰다.

그들에게 시신의 수습을 맡기고 임충은 말을 타고 급히 달
렸다. 그가 말을 구한 마방에 사흘 전 도귀와 소수마녀가 들
렀다는 것은 전혀 몰랐다.

그가 향하는 곳은 천의맹이 있는 무창이었다.

"젠장. 도대체 왜 마교의 육대호법이 점창을 공격했단 말
인가. 그것도 도귀라니."

도귀 손철야. 그는 정마대전 때부터 그 잔인한 손속으로 유
명했다.

하지만 임충은 추호도 알지 못했다, 점창을 무너뜨린 것은
도귀 혼자만의 솜씨임을. 그것까지 알았다면 제정신을 유지
할 수 없었을 것이다.

온몸에 땀을 뻘뻘 흘리며 열심히 말을 달리는 그의 등에는
두 자루의 단창이 매여 있었다.

*   *   *

푸른 하늘에 구름 한 점 없이 맑은 날이다.

난주를 떠난 두 사람은 말없이 관도를 걸었다. 느릿느릿 걷
는 그들의 걸음에는 여유가 가득했다. 앞장선 중년의 검사와
그 뒤를 따르는 중년인. 그들은 아무런 대화가 없었다.

앞장선 중년 검사, 백리장호가 하늘을 올려다보았다.

"날이 좋군."

"네."

뒤따르던 사도명이 대답했다.

"이런 날은 매운 마파두부가 먹고 싶어."

참으로 뜬금없는 말이다. 날씨랑 음식이 무슨 관련이 있다고. 게다가 감숙성의 관도 한복판에서 갑자기 마파두부라니.

"대형?"

사도명이 당황해서 물었다.

"그냥 그렇다고. 아직 있나 모르겠군. 성도의 등용객잔. 그곳의 마파두부는 참으로 일품이었는데."

걸음을 옮기면서 아무것도 아닌 듯 말하는 그의 행동은 말과 기묘한 불일치를 보여주고 있었다.

'이것이 탈마의 경지에 든 사람의 행동인 것일까?

사도명이 아는 백리장호는 이런 뜬금없는 말을 하는 사람이 아니었다. 항상 냉정과 침착을 유지하는 잘 벼려진 명검과도 같은 기운을 풍기는 사람이었다.

그런데 지금은 어딘가 풀어진 듯한 모습이다. 여유로워 보였지만 대책이 없어 보이기도 했다.

사도명은 탈마의 경지에 든 마인을 본 적이 없었다. 그래서 탈마의 경지에 들면 어떤 변화가 오는지도 모른다.

대형의 변화가 탈마의 경지에 든 때문이라면 반가운 것이다, 조금 어이가 없기는 하지만.

"성도에 들렀다 갈까요? 길을 좀 돌아가는 것이긴 합니다만 어차피 시간의 제약이 있는 일도 아니니."

사도명이 조심스레 말을 꺼냈다.

"글쎄, 우리가 성도에 갔을 때도 이런 날씨가 있을까?"

백리장호는 막상 마파두부를 먹으러 가려 하니 이번에는 날씨 걱정을 한다.

"그건 하늘의 뜻이지요."

"허허. 마파두부 한 접시 먹는데도 하늘의 뜻을 따라야 하는가."

날씨에서 먹는 이야기가 나오더니 하늘의 뜻까지 운운한다. 별거 아닌 이야기가 참으로 거창하게 변해 버렸다.

"사천에 갔을 때 날씨가 이렇지 않다면 날씨를 기다리면 되지요. 하늘의 뜻이 아무리 크다 한들 날씨란 것은 결국 돌고 도는 것이니까요."

"시일이 너무 지체되지 않을까? 오늘 같은 날씨는 그리 흔한 것이 아니야. 일 년에 한두 번 있을까?"

백리장호의 말에 사도명은 고개를 갸웃거렸다.

그저 청명한 하늘이 인상적인 맑은 날이다. 이런 날은 달에도 몇 번은 있었다. 한데 대형은 일 년에 한두 번 있을까 말까 하다니 이해할 수 없었다.

그로서는 그럴 수밖에 없었다. 백리장호의 눈은 하늘을 보고 있었지만 몸은 기운을 느끼고 있었다.

천하가 이렇게 청명한 기운으로 가득 차는 것은 참으로 드문 일이다.

백리장호도 몰랐다, 하루하루 하늘과 땅을 채우는 기운이 달라진다는 것을. 새로운 경지를 본 이후에야 알게 된 것이다.

그 후 하루하루가 의미가 있었다.

교에 가만히 있는 것이 지루하기는 했지만 하루하루가 새로웠기에 의미가 있었다.

그중 오늘은 특별했다. 지금껏 지낸 하루 중 오늘처럼 맑은 기운으로 채워진 날은 다섯 손가락에 꼽힐 정도였기 때문이다.

다른 날은 모두 교에 있을 때였다. 이렇게 자유로이 천하를 움직일 때 이렇게 맑은 기운이 가득한 날은 처음이었다. 절로 기분이 좋아졌다.

젊은 시절 즐겨먹던 등룡객잔의 마파두부가 그런 기분에 갑자기 생각난 것이다.

백리장호의 말에 사도명은 하늘을 보았다.

태양은 아직 남쪽을 향해 뉘엿뉘엿 움직이고 있었다.

"아직 오전입니다. 이곳이 공동산 근처의 관도이니 전력으로 달린다면 해가 지기 전에 성도에 들어갈 수 있을지도 모르겠군요."

사도명의 말에 백리장호는 다시 한 번 고민했다.

"으음. 등룡객잔이 아직 있을까?"

"유명한 곳이라면 대를 이어 하고 있을 겁니다."

사도명의 말에 백리장호가 고개를 끄덕였다. 결정을 내린 것이다. 결정을 내린 순간 그가 사라졌다. 경공을 펼쳐 달리기 시작한 것이다. 사도명도 급히 경공을 펼쳐 그 뒤를 따랐다.

대형은 알 수 없는 사람이 되어버렸다.

소민은 땀을 뻘뻘 흘리면서 숟가락을 입에 가져갔다. 맞은편에 앉은 류씨는 걱정스러운 얼굴로 그 모습을 지켜보고 있었다.

어중간한 시간에 성도에 들어왔다. 오후 시간이었기에 식사를 하기도 그렇다고 안 하기도 애매했다.

하지만 소민의 생각은 달랐다.

성도에 들어오자마자 곧장 한곳으로 향하자 했다.

그곳이 지금 식사를 하고 있는 등룡객잔이다. 오늘은 이곳에서 묵은 후 내일은 완화계에 갈 생각이란다.

시간이 없다 했음에도 절대 흔들리지 않았다. 그렇게 바쁘면 류씨 아저씨 혼자 가라고 배짱이다. 말도 안 된다. 류씨의 임무가 소민을 최대한 빠르게 데리고 가는 것이다. 그런데 혼자 가라니. 절대 그럴 수 없다는 것을 알기에 그런 것이리라.

소민은 소민 나름대로 기분이 좋지 않았다.

좀 천천히 여유롭게 여행을 즐기고 싶었는데 류씨 덕에 생각보다 빨리 성도에 도착한 것이다.

'이렇게 된 것 열심히 놀다가 가주겠어.'

당찬 결심을 하는 서른에 접어든 아가씨다. 생긴 것은 이십 대 중반이었지만 생각하는 것은 십대였다.

하지만 지금은 그런 생각은 접어둔 터다.

너무나 먹고 싶었던 것을 먹고 있기 때문이다.

성도 등룡객잔의 마파두부. 너무나 유명한 음식이었다. 사천요리 매운맛의 진수를 보여준다는 요리다. 꼭 먹어보고 싶었다. 그랬기에 성도에 들어서자마자 이곳으로 온 것이다.

과연 소문대로 훌륭한 맛이다.

그리고 소문대로 매웠다.

그 덕에 지금 소민의 얼굴은 온통 땀이다. 그래도 잘만 먹고 있었다. 두 사람은 먹을 수 있는 양이 계속해서 줄어들고 있었다. 손에 들린 숟가락은 마파두부를 열심히 퍼서 소민의 입으로 나르느라 바빴다.

류씨는 소면 한 그릇을 시켜놓고 그저 소민을 바라볼 뿐이다.

"아가씨, 우리는 정말 바쁘다고요."

"저는 안 바빠요."

음식을 씹으면서도 또렷이 말하는 신기를 보여주었다. 그녀의 대답에 류씨는 어쩔 수 없다는 얼굴을 하고는 소면을 입으로 가져갔다.

그때 두 사람의 중년인이 객잔으로 들어왔다. 온몸이 먼지인 것이 먼 길을 온 모습이다. 하지만 그들 중 앞서 들어온 검을 든 중년인의 얼굴은 아주 밝았다.

무언가를 기대하는 어린아이의 표정과 같은 얼굴이다.

"다행히 시간에 맞출 수 있었군."

"네."

사도명은 죽을 맛이다.

설마 경공을 펼치다가 내공의 고갈을 경험하게 될 줄은 몰랐다.

그들이 있던 공동산에서 성도까지의 거리는 생각보다 멀었다. 백리장호는 해가 지기 전에 도착하기 위해 더욱 빨리 달렸고 그런 그를 뒤따르는 사도명은 죽을힘을 다해 경공을 펼쳤다.

같은 육대호법인데 겨우겨우 쫓아가는 것이 전부였다. 그리고 성도에 도달했을 때는 사도명의 단전에는 겨우 한 줌의 진기만이 남아 있었을 뿐이다. 그리고 이곳에 도착했을 때 사도명은 모든 내공을 소모했다.

'이것이 극마와 탈마의 차이란 말인가.'

사도명은 순수하게 대형 백리장호에게 감탄했다. 그리고 탈마의 경지에 든 무인이 자신의 대형이라는 것이 자랑스러웠다.

"세월은 흘렀어도 이곳은 변하지를 않았군."

그 긴 시간 동안 망하지 않은 것도 대단한데 백리장호가 즐겨 찾을 때 그대로였다. 백리장호는 그 모습 덕에 젊은 시절의 충격에 잠길 수 있었다.

"어서 오십시오. 뭘 드시겠습니까?"

두 사람이 자리에 앉기 무섭게 점소이가 잽싸게 달려왔다.

"마파두부 두 접시 가져다주게."

"네. 알겠습니다."

주문을 받은 점소이는 빠른 속도로 사라졌다. 객잔 안의 누구도 그런 두 사람에게 신경 쓰지 않았다. 그것은 소민과 류씨도 마찬가지였다. 그 두 사람은 어디서나 볼 수 있는 평범한 강호의 중년인이었던 것이다.

백리장호는 연신 객잔 안을 살폈다. 이곳이 그대로인 것이 못내 신기한 듯했다. 사도명은 가만히 앉아 그런 대형의 모습을 보고 있었다.

잠시 후 뜨거운 김이 모락모락 피어오르는 마파두부 두 접시를 가지고 점소이가 나타났다.

"맛있게 드십시오."

"고맙네. 죽엽청도 한 병 가져다주겠나? 내 깜빡했군. 이런 음식에 술도 한 잔 있어야 하는 것인데."

"곧 가져다 드리겠습니다."

마파두부를 올려놓은 점소이는 빠르게 사라졌다.

백리장호는 맛을 음미하면서 마파두부를 느릿느릿 씹었다.

"그래. 이 맛이었어. 오늘 같은 날에 딱 좋은 맛이야."

서쪽으로 난 창으로 보이는 뉘엿뉘엿 저물어가는 태양이 만들어낸 노을을 보며 백리장호는 그렇게 마파두부의 맛에 취했다. 그리고 곧이어 나온 죽엽청을 한잔 들이켰다.

"좋군."

"그렇군요."

"인생이라는 것이 이것이면 된 것인데. 기분 좋은 날 좋아하는 음식과 기분 좋은 술 한잔. 그것 말고 또 무엇이 필요할까? 마음이 맞는 친구가 곁에 있으면 금상첨화겠군."

"그렇습니다, 대형."

백리장호의 말에 사도명이 웃으며 맞장구를 쳤다.

"아니. 너는 몰라."

무엇을 모른다는 것일까. 알 수 없었지만 대형의 말이다. 사도명은 미소 짓는 것으로 대답을 대신했다.

그렇게 두 사람이 식사를 시작할 무렵 소민은 식사를 마치고 객잔 삼층에 마련된 객실로 걸음을 옮겼다.

웃으며 마파두부를 먹는 두 중년인은 어디서나 흔히 볼 수 있는 광경이었다.

"아저씨도 오늘 푹 쉬어요. 아니, 내일도요."

그녀는 내일도 성도를 떠날 생각이 없음을 분명히 하고는 방으로 쏙 들어갔다. 내일은 완화계에 가리라.

류씨는 어쩔 수 없다는 얼굴로 자신의 방으로 들어갔다. 이 일은 자신의 능력을 벗어난 일이었다.

"에휴. 어디서 저런 아가씨가……."

그저 한숨을 지을 뿐이다.

끝나지 않을 것만 같던 백리장호의 식사는 해가 완전히 저묾과 함께 끝이 났다.

만족한 얼굴로 값을 치른 백리장호는 천천히 걸음을 옮겨 객잔을 나섰다.

"어디로 가십니까?"

사도명이 따라 나오면서 물었다.

이미 완연한 어둠이 깔린 시간이다.

"공동산으로 가야지. 우리는 그곳에 볼일이 있으니."

"이미 밤입니다."

"그냥 밤을 느끼며 걷고 싶을 뿐이다. 우리에게 낮이면 어떻고 밤이면 어떻느냐."

사도명은 그 말에 조용히 뒤따랐다. 그렇게 백리장호와 사도명은 왔던 길을 그대로 밟아 공동산으로 향했다. 올 때는 죽어라 달려왔다면 갈 때는 느긋하게 천천히 걸어간다는 것만이 다를 뿐이었다.

그렇게 얼마를 걸었을까? 성도를 벗어나 산길에 접어들었을 때였다.

"도명."

"네, 대형."

아무 말 없이 걸음만 옮기던 백리장호가 사도명을 불렀다.

"세상에 뇌기를 머금은 병기가 많은가?"

잠시 생각을 하던 사도명이 고개를 저었다.

"거의없습니다. 뇌기라는 것이 쉬이 접할 수 있는 기운도 아니고 또 사람이 마음먹은 대로 다룰 수 있는 기운도 아닙니다. 그 패도적이고 강맹한 기운은 하늘의 벼락만 보아도 알 수 있지요. 그런 뇌기를 병기에 담는다니 보통 기병이 아닙니다. 그래서 소교주께서도 그리 뇌룡아에 목을 매시는 것이고요."

"그것도 있지만 뇌룡아는 본 교의 호교신병 아닌가."

"그렇습니다. 그것이 가장 중요한 이유이지요."

"그렇단 말이지."

잠시 생각에 잠긴 백리장호는 사도명의 대답을 음미하면서 고개를 끄덕였다.

"갑자기 왜 그러십니까?"

갑작스러운 백리장호의 물음에 사도명은 의문을 느꼈다.

"아니야."

하지만 돌아온 것은 짤막한 대답이었다.

다시 두 사람은 아무 말 없이 공동산을 향해 걸음을 옮겼다.

어두운 밤하늘에 달과 별이 두 사람의 길을 비추어 주고 있었다.

*　　　*　　　*

환우는 두 눈을 감고 명상에 잠겼다. 옆에서 단목휘경이 심심하다고 칭얼거리고 있었지만 들리지 않았다. 활용편의 비급으로 한 단계 올라서게 된 천뢰무위공의 수련에 여념이 없기 때문이다.

마차로 이동을 하는지라 몸을 움직일 수 없었지만 어쩔 수 없었다. 환우는 명상만으로 만족을 하면서 자연의 시를 받아들여 몸 안을 정갈히 했다.

당장 몸을 움직여 새로운 벽천뇌검공을 수련하고 싶었지만 그럴 수가 없었다.

그저 밤에 마차가 멈췄을 때 잠시 하는 것으로 만족을 해야 했다.

그 정도로도 환우는 무섭도록 빠른 속도로 진 벽천뇌검공을 익히고 있었다.

환우 자신은 불만족스러울지 몰라도 망아 스님이 보았다

면 까무러쳤을 정도다. 전부 융중산에서의 수련이 바탕이 되었기에 가능한 일이었다.

주변이 어둑어둑해지자 치호가 마차를 세웠다. 돌쇠가 적당히 야영을 할 자리를 정리했고 환우가 마차에서 내렸다. 치호는 곧 마차에서 적당한 재료를 꺼내 저녁 준비를 했다.

마차를 타고 다닌 이후 먹는 것이 많이 좋아졌다. 아무래도 마차에 실을 수 있는 것들이 많아지면서 먹을 것을 제대로 챙긴 것이다.

그렇게 치호가 준비한 저녁을 먹고 환우는 어디론가 사라졌다. 매일같이 있었던 일이기에 누구도 뭐라 하지 않았다.

"피, 또 저렇게 가네. 완전히 무공에 미쳤어."

단목휘경만이 마음에 안 든다는 듯 중얼거릴 뿐이다. 그 모습에 치호는 쓴웃음을 지었다.

융중산에서의 사숙의 모습을 보았다면 무어라 했을까. 그것까지 치호가 신경 쓸 필요는 없었다.

"소저께서도 무공을 수련해 봄이 어떠세요. 혼자서 그렇게 심심해하지 마시고요."

매일같이 치호가 권하고 있었다.

사실 환우의 은밀한 전음 때문이기도 하다. 그녀는 훌륭한 무공을 익혔으나 그 화후가 얕았다.

환우와는 그렇게 대련을 하고 싶어했으면서 웬일인지 그날 이후 무공을 대하는 태도가 소홀해져 있었다.

환우는 그것이 안타까웠다. 자신에게 비무를 하자고 졸라 댈 때는 귀찮았지만 분명 그녀의 수준에서 비무는 훌륭한 수련이었다. 그날 같은 일을 막기 위해서라도 그녀는 좀 더 강해져야 했다. 그녀의 미모는 오히려 그녀에게 화를 부를 터이니 그 화를 막을 힘도 스스로 지녀야 하는 것이다.

마침 치호가 있었다.

그래서 치호에게 맡겼다. 치호는 사숙의 명을 지키고 싶었다. 지키지 못하면 어떤 결과가 기다리고 있는지 잘 알고 있는 때문이다. 하지만 항상 단목휘경은 치호의 물음에 고개를 젓는 것으로 대답을 대신했다.

사실 단목휘경도 대련을 하고 싶었다. 마음껏 자신이 익힌 권공을 펼치고 싶었다. 하지만 지금은 그럴 기분이 아니다. 집을 떠난 지 벌써 며칠이다. 그동안 환우의 행동에 대한 섭섭함이 커 다른 일에 신경을 쓸 기분이 아닌 것이다.

그저 섭섭함에 홀로 우울할 뿐이다.

오늘도 역시란 생각에 치호는 발을 돌렸다. 치호는 두 번, 세 번 권하지 않았다. 그랬다가 그녀가 성질이라도 부리면 곤란한 것은 자신이기 때문이다. 대신 돌쇠에게로 향했다. 돌쇠와 치호의 눈이 마주쳤다.

두 사람은 동시에 웃음 지었다. 마음이 통한 것이다.

곧 두 사람은 근처의 공터에서 손을 섞었다. 치호의 강룡십팔장과 돌쇠의 선무도가 어우러졌다. 두 사람의 실력은 절묘하게 균형을 이루고 있어 대련이 마치 한 폭의 그림을 보는 것과 같이 펼쳐졌다.

단목휘경은 고개를 돌렸다.

두 사람의 대련을 볼 때마다 손이 근질거렸기 때문이다. 그렇다고 함께 대련을 하자고 할 수도 없었다.

그렇게 하면 웬지 환우에게 말려들 것 같았기 때문이다. 왜 그런지 알 수는 없었다. 굳이 말하라 한다면 여자의 직감이라 할까.

그래서 참고 있었다.

치호가 권할 때는 기분이 나지 않았고 기분이 날 때는 이건 아니라는 생각에 억지로 참았다.

그것은 오늘도 변함이 없으려니 했다.

하지만 마지막에 무너졌다.

한바탕의 대련으로 땀을 흘린 돌쇠가 기분 좋게 웃으면서 바닥에 주저앉을 때였다.

무척이나 통쾌해하는 얼굴이다. 무엇이 그렇게 시원한 것일까?

단목휘경은 환우에 대한 섭섭함이 만들어낸 짜증을 자신의 가슴에서 털어내고 싶었다.

가슴 가득한 답답함을 씻어내고 싶었다.

그런 심경을 돌쇠의 웃음이 자극했다.

온 기력을 다해서 주먹질을 하면 기분이 좀 후련해질까?

그런 의문이 떠올랐다.

그녀같이 아름다운 여인과는 어울리지 않는 생각이다. 그럼에도 진지하게 고민했고 결정을 내렸다.

"장 소협."

비록 환우가 사질이라며 마구 부려먹는 치호지만 개방의 후개다. 그 사실을 모르면 몰라도 알게 된 지금 그에 대한 예의를 다해야 했다. 그 정도 상식은 임원도에게서 배웠다.

"네, 소저."

얼굴 가득 흘러내린 땀을 훔쳐 내며 치호가 그녀를 바라보았다.

"저도 대련을 부탁드려도 될까요?"

단목휘경이 몸을 일으키면서 물었다. 그녀의 물음에 치호의 얼굴에 대번에 화색이 돌았다. 드디어 그녀가 수련을 하겠다 선언한 것이다.

단목휘경으로서는 단지 기분 풀이로 주먹질을 하고 싶은 것이지만 치호에게는 전혀 다른 의미였다.

"기꺼이 상대해 드리겠습니다."

치호는 웃으며 공터로 걸음을 옮겼다.

곧 두 사람이 어우러졌다.

그렇게 단목휘경이 한바탕 대련을 펼칠 때 환우는 뇌정비를 펼쳐 빠른 속도로 달렸다. 이것도 신법의 수련이었다. 그렇게 달려 일행과 충분한 거리가 생기고 또 주변에 아무것도 없는 곳에 도달했을 때에 멈췄다.

품에서 세 자루의 용아천뢰검을 꺼내 천천히 수련을 시작했다. 이렇게 몸을 움직이는 수련을 할 때마다 기분이 참으로 상쾌했다.

그리고 한 단계 한 단계 나아가는 무공의 경지를 맛볼 때 그 희열이란 말로 표현할 수 없었다.

파천. 하늘을 부순다. 말 그대로 위력을 극대화한 일격필살의 수다.

난무. 어지러이 춤을 춘다. 현란한 움직임이다. 부드럽고 유려하며 현란했다. 그야말로 어지러이 움직이는 검이 대체 어떤 방향으로 움직일지 예측할 수 없었다.

경혼. 혼을 놀래킨다. 그 말대로 놀랍도록 빨랐다. 순식간에 나타난 검에 경기를 일으킬 정도로 빛살보다 빠른 움직임이다.

파곤. 땅을 부순다. 그야말로 하늘에서 땅으로 떨어지는 한줄기 벼락이었다. 이미 이 수법의 위력은 혈사자 구양천과 싸우면서 충분히 맛본 터다. 융중산에서의 수련으로 펼칠 수 있게 된 초식이다. 활용편에 있는 파곤은 훨씬 더 정교하고 강맹했다.

진천. 하늘의 벼락이다. 그뿐이다. 하늘에서 치는 벼락. 그것이 전부였다. 벼락이 훑고 지나간 자리에는 어떤 것도 남아 있을 수 없었다. 뇌기가 가장 강한 초식인 것이다.

용무. 뇌룡의 춤이다. 환우가 알고 있던 용무와는 전혀 다른 초식이다. 파천, 난무, 경혼, 파곤, 진천. 이 다섯 가지의 초식을 하나의 초식으로 응축시킨 것이라고 할까. 굳이 찾자면 환우가 청로 진인과의 비무에서 사용한 천뢰난무가 가장 비슷한 초식이었다. 환우는 스스로 만들어냈다고 생각했지만 실제로는 존재하는 초식이었던 것이다. 벽천뇌검공의 변화와 위력이 극에 이른 초식. 그것이 바로 용무였다.

방건. 하늘을 막는다. 벽천뇌검공 유일의 방어 초식이다. 다른 초식들은 공수 일체의 초식에 공격적인 성격이 강하다면 이것은 오직 방어만을 위한 초식이었다. 하늘을 막는데 무엇인들 못 막을까.

환우는 하나하나의 초식을 천천히 펼쳤다. 처음에는 용아 한 자루로, 다음에는 용아와 애자 두 자루로, 그다음에는 용아와 애자, 폐안 세 자루로 펼쳤다.

그렇게 펼치고 나가 사방은 깊은 어둠에 잠겨 있었다.

"시간이 벌써 이렇게 됐나?"

하늘의 별자리로 시간을 확인한 환우는 다시 걸음을 옮겼다. 올 때는 뇌정비로 달려왔다면 갈 때는 뇌운보를 펼치면서 움직였다.

환우에게 있어서 모든 것이 수련이었다.

그래도 진 벽천뇌검공의 모든 초식을 펼치는 시간이 상당히 줄어 있었다.

처음에는 자정을 넘기는 것이 보통이었으나 지금은 자정 전에 끝이 났다.

환우가 일행이 있는 곳에 돌아오니 모두 잠이 들어 있었다. 단목휘경은 마차 안에서 잠들어 있었고 치호와 돌쇠는 모닥불을 지펴놓고 모포를 덥고 있었다.

"행님, 왔는교?"

아직 돌쇠가 잠이 들지 않았다. 아마도 불침번을 서는 것이리라.

환우가 자신이 있는 한 그럴 필요가 없다 했음에도 돌쇠는 굳이 환우가 자리를 비웠을 때는 자지 않고 주변을 경계했다.

왜 그러느냐는 환우의 몰음에 돌쇠는 '행님이 없으니 그란다 아인교'라 대답했다. 그 말에 환우는 아무 말도 할 수 없었다.

"어째 도움이 좀 되는 것 같은교?"

"그래, 도움이 아주 많이 되고 있다."

환우는 수련을 하면 할수록 자신이 강해지는 것을 체감할 수 있었다. 그래서 더욱 수련에 박차를 가하고 싶었지만 시간이 부족했다.

몸이 회복하는 동안 지체한 시간만도 상당하다. 어서 빨리 용아천뢰검을 찾아야 했다.

처음에는 마교에서 용아천뢰검을 모두 모으면 한 번에 찾을 생각이었다. 하지만 활용편을 수련한 다음 생각이 바뀌었다. 한 자루라도 더 많은 용아천뢰검으로 벽천뇌검공을 펼치고 싶다는 욕망이 환우를 지배했다.

그랬기에 환우는 공동파로 향하면서 중간중간 수련할 수밖에 없었다.

"오늘은 아가씨가 수련을 했다 아인교."

"그래?"

모닥불을 바라보던 환우는 돌쇠의 말에 미소를 지었다.

단목휘경은 자신을 귀찮게만 하는 녀석이다. 그녀의 아름다움에 가슴 두근거렸던 적도 있었다. 아니, 솔직히 지금도 가끔 화들짝 놀랄 때가 있었다. 하지만 느끼는 것은 그것만이 아닌 듯했다.

자신을 귀찮게 하는 것을 극도로 싫어하는 환우였지만 그녀의 행동만은 그다지 싫다는 생각이 들지 않았다.

그랬기에 동행도 허락한 것이다.

생명의 은인의 부탁이니 어쩔 수 없다는 것은 그저 구실 좋은 핑계일 뿐이다. 물론 그것은 환우의 가슴속에만 있는 사실이었다.

"실력이 어떻더냐?"

"고만고만 하던데예."

"고만고만이 얼마만 한 건데?"

"그저 그랬으예."

그러리라. 자신도 그녀의 실력은 한 번 본 적이 있었다.

"그래도 치호가 옥수로 놀라던데예. 뭔가 엄청난 무공인갑 더라고요."

"그렇지."

돌쇠의 말에 환우는 고개를 끄덕였다. 치호라면 그녀의 무 공을 알아보았으리라.

갑자기 잠이 든 단목휘경의 모습이 보고 싶다는 생각이 떠 올랐다. 자신이 떠올린 생각에 화들짝 놀란 환우는 고개를 흔 들어 잡념을 떨쳤다.

"갑자기 와그라는교?"

"아니다."

환우는 짧게 대답하고 모포를 덮었다.

어서 자는 것이 좋을 듯했다.

그렇게 또 하루가 갔다. 평소와 같은 일상이었지만 평소와 는 다른 하루였다.

다음날.

간단한 아침 식사를 마친 후 일행은 변함없는 여정을 이었 다.

마차 안은 여전히 조용했다. 환우가 두 눈을 감고 명상에 빠져든 때문이다. 단목휘경은 하염없이 창밖의 풍경만을 보 았다. 큰 변화가 없는 풍경 덕에 슬슬 여행이 지루해지고 있었다.

“어제 치호와 대련을 했다고?”

그때 들려온 목소리에 단목휘경은 깜짝 놀라 고개를 돌렸다. 그녀는 두 눈을 크게 뜨고 환우를 보았다.

환우는 두 눈을 뜨고 그녀를 바라보고 있었다. 분명 조금 전까지 명상에 깊게 빠져 있던 사람이 어떻게 순식간에 이럴 수 있을까? 신기했다. 아니, 그보다는 기뻤다.

“네.”

“어땠어?”

“상쾌했어요.”

단목휘경이 생긋 웃으며 대답했다.

정말로 상쾌했다. 그렇게 마음껏 주먹질한 후 상쾌한 기분으로 푹 잘 수 있었다. 땀을 흘렸기에 조금 찝찝했지만 마땅히 씻을 곳이 없어 어쩔 수 없었다.

그녀의 웃음에 환우도 슬쩍 미소를 지었다.

“그러면 자주해. 나한테는 그렇게 대련하자고 졸라대더니.”

“누구 때문인데.”

환우의 말에 단목휘경은 고개를 돌리고 작게 중얼거렸다.

“뭐라고?”

의미를 알 수 없는 말이었기에 되물었지만 그녀는 대답하지 않았다.

솔직히 환우는 걱정이었다. 앞으로 어떤 일이 있을 줄 모른다. 남아 있는 용아천뢰검의 숫자가 줄어들수록 마교 놈들과 부딪칠 일이 많아질 것이다. 과연 그때 자신이 그녀를 지킬 수 있을까? 아니, 그녀가 무사히 집에 돌아가게 할 수 있을까?

자신없었다.

구양천 같은 인물이 다시 나타난다면 장담할 수 없었다.

자신이 그때보다는 강해졌지만 구양천이 마교의 최고 고수는 아니었다. 분명 더 강한 사람이 존재할 터.

그래서 환우는 그녀가 강해지기를 바랐다.

그녀 스스로의 몸은 충분히 빼낼 수 있도록, 환우 자신이 안심하고 전력을 다할 수 있도록 말이다.

"앞으로 가끔은 대련해 줄게."

환우가 작게 말했다.

"정말요?"

단목휘경은 그 말이 떨어지자마자 두 눈을 초롱초롱 빛내며 환우를 보았다.

치호와는 싫다더니 환우가 대련해 주겠다니 보이는 이 반응은 뭐란 말인가.

알 수 없었다. 하지만 나쁘지는 않았다.

"그래. 자주는 아니지만."

"고마워요. 호홋."

단목휘경의 얼굴이 무척이나 밝아졌다. 그간의 우울함은

씻은 듯 사라졌다.

집에 있을 때 그토록 바라 마지않았으나 이루지 못했던 대련을 드디어 할 수 있게 된 것이다.

물론 자신이 상대도 안 된다는 것은 알고 있다. 하지만 하고 싶었다.

그날의 이동이 끝이 났을 때, 돌쇠가 자리를 고르고 치호가 저녁 준비로 한창일 때 단목휘경은 환우에게 다가갔다.

반짝반짝 빛나는 눈으로 환우를 보며 말했다.

"대련해 줘요."

"가끔이라고 했잖아."

환우가 난감한 얼굴로 대답했다. 설마 당장 이렇게 하자고 덤빌 줄은 몰랐던 것이다.

"첫날이잖아요."

그녀가 강한 목소리로 말했다.

"후— 알았어."

환우가 어쩔 수 없다는 얼굴로 근처의 공터로 이동했다.

매일의 일상이 되었기 때문인지 치호는 마차를 세울 때 항상 근처에 적당한 공터가 있는 곳을 선택한다.

덕분에 단목휘경은 금세 환우와 대련을 할 수 있는 곳으로 갈 수 있었다.

"십 초."

"너무 짧아요."

"그럼 그전에 옷깃을 스쳐 보든지. 한 번 스칠 때마다 일 초씩 추가해 주지."

환우의 말에 단목휘경은 두 눈을 빛냈다. 그리고 품에서 가죽장갑을 꺼내서 끼었다. 자뢰수피를 끼는 것이다.

뇌기를 가진 무공은 무척이나 드문데 그녀가 익힌 뇌정권이 그중 하나다. 뇌정권은 익힌 이의 화후에 따라 뇌기의 색이 변한다. 오성까지는 백색의 뇌기다. 그리고 구성까지는 청색의 뇌기다. 십성이 되는 순간 적색의 뇌기를 띠며 십이성 극성을 이루면 자색(紫色)을 띤다. 그래서 수피의 이름이 자뢰수피인 것이다.

자뢰수피 역시 은은히 뇌기를 머금은 가죽 장갑이다. 임원도가 우연히 얻은 기물로 전하는 전설에 따르면 뇌룡의 가죽으로 만들었다 했다.

단목휘경은 기수식을 취하고 긴장한 눈으로 환우를 바라보았다. 환우는 여유로운 얼굴로 뒷짐을 지고 섰다.

"무기 안 꺼내요?"

"없어도 충분해."

"치."

자존심이 상했지만 어쩔 수 없었다, 그 말은 사실이었으니까. 게다가 돌쇠의 말로는 환우도 선무도를 익히고 있다고 했다. 그것도 돌쇠와는 비교가 안 될 정도로 굉장한 경지라 했다.

환우를 살피던 단목휘경이 뇌정권의 일초인 뇌운출공(雷雲出矼)의 수법으로 일권을 떨쳤다. 환우를 향해 곧게 날아오던 권은 기묘하게 휘어지면서 옆구리를 노리고 날아들었다. 환우는 옆으로 한 걸음 옮기면서 주먹을 마주 뻗었다. 환우의 주먹은 유려한 곡선을 그리며 단목휘경의 손목을 노렸다.

단목휘경은 재빨리 뒤로 물러서면서 초식을 바꿨다. 뇌성효천(雷聲嚆天)의 초식으로 환우의 머리를 치고 나갔다. 환우는 목을 비틀어 그녀의 주먹을 피하면서 무릎으로 그녀의 옆구리를 공격했다.

깜짝 놀란 단목휘경은 황급히 뒤로 멀찍이 물러섰다. 그 즉시 환우가 따라붙으며 연이어 삼 권을 떨쳤다. 삼 권 모두 부드럽게 단목휘경의 옷자락을 스쳤다.

물론 환우가 일부러 그런 것이다.

이것은 어디까지나 대련이었다.

단목휘경의 얼굴이 붉게 물들었다. 설마 이 정도로 상대가 안될 줄은 몰랐다. 치호와의 대련에서는 그래도 어느 정도 뜻대로 움직였는데 환우는 달랐다. 환우의 손바닥 위에서 놀고 있는 기분이다.

사실 그것은 치호도 마찬가지였다. 단지 치호가 그녀의 사정을 봐준 것뿐이다. 하지만 환우는 그렇지 않았다. 그 정도의 융통성을 발휘할 수 있다면 환우가 중원에서 그 많은 평지풍파를 일으키지도 않았을 것이다.

“끝.”

그리고 환우는 미련없이 돌아섰다.

“아직 팔 초 남았어요.”

그렇다. 대련은 이제 겨우 이 초가 진행되었을 뿐이다.

“하지만 넌 졌어.”

“거짓말쟁이. 십 초라고 하고선.”

단목휘경이 잔뜩 볼을 부풀린 채 말했다. 그 모습이 그렇게 귀여울 수가 없었다. 물론 그녀가 그럴 나이는 지났지만 귀여운 것은 귀여운 것이다.

“그건 네가 버텼을 때의 이야기야.”

“시작 전에 그런 얘기 없었잖아요. 그럼 무효예요. 다시 해요.”

단목휘경이 큰 소리로 말했다.

환우가 어쩔 수 없다는 얼굴로 돌아섰다.

“알았어. 다시 하지.”

환우의 말이 떨어지기 무섭게 단목휘경이 기수식을 취했다. 그리고 가만히 환우를 지켜보았다. 많이 버틸수록 대련 초식이 늘어난다면 방어만 할 속셈인 것이다. 환우가 그 모습을 보고 피식 웃었다.

최고의 방어는 공격이라는 사실을 모르는 것일까.

환우의 신형이 순간적으로 사라졌다.

깜짝 놀란 그녀가 환우를 찾으려 두리번거리던 중 이마에

콕 하는 느낌이 있었다.

"응?"

어느새 환우가 눈앞에 서 있었다. 그의 주먹은 그녀의 이마에 가볍게 닿아 있었다.

단 한 번의 주먹이다.

그것을 이렇게 허무하게 허용해 버린 것이다.

"진짜로 끝."

그리고 환우가 돌아서 걸음을 옮겼다. 하지만 그녀는 더 이상 환우를 잡을 수 없었다.

마침 치호가 저녁 식사를 다 장만했기에 식사를 했다. 그다음은 평소와 같았다. 아니, 조금 다른 것은 단목휘경이 돌쇠와 열심히 대련을 했다는 것이다. 생사대적이라도 만난 것처럼 돌쇠를 몰아붙였다. 하지만 돌쇠의 상대가 되지는 못했다.

환우에게 꼼짝도 못한 것에 대한 분풀이를 하려는 것인지 그녀는 정말로 열심히 돌쇠와 대련을 했다. 어쩌면 그것이 환우가 노린 것인지도 몰랐다.

평소와는 조금 다른 하루가 그렇게 끝이 났다.

다음날도 마차는 성도를 향해 관도를 움직이고 있었다.

이제 막 사천성의 경계를 넘어선 참이다. 앞으로 성도까지는 얼마 남지 않았다.

第六章

두 자루의 용아 천뢰검

《사람이 아니야… 사람일 리 없어. 그래, 동방의 하늘에서 내려온 천신(天神)일 거야. 틀림없어.》

해동에서 온 백의의 사내. 한 번의 손짓에 열 개의 벼락이 떨어지고. 마교의 혈사는 그 앞에 침묵한다. 열 개의 벼락을 중원에 남겨두고 홀연히 떠났다.

그리고 오십 년 후. 다시금 중원이 어지러우려 할 때 그의 후예가 중원으로 향한다.

푸른 하늘에 열 개의 벼락이 다시 떨어지는 순간 천하는 그 앞에서 무릎 꿇으리라.

두 마리의 말이 마차를 끌고 있다. 말을 다루는 손길이 제법 거칠었다. 익숙한 마부의 손놀림이었음에도 그런 거침이 있는 것으로 보아 마부의 기분이 가히 좋지 않은 모양이었다.

그것은 마차에 타고 있는 인물 역시 마찬가지인 듯했다. 양 볼이 잔뜩 부풀어 있는 것이 그 증거였다.

아무리 봐도 너무나 귀여운 모습이다.

누가 이 여인의 나이가 서른이라 믿겠는가. 하지만 그녀는 분명 서른이었다.

"이제 좀 서두르도록 하겠습니다."

"몰라요."

잔뜩 심통이 난 목소리다.

그랬다.

소민은 사나흘 정도 성도에 머물 계획이었다. 하지만 류씨 덕에 이틀만에 성도를 떠나야 했다. 그것이 불만인 것이다. 류씨는 류씨대로 성도에서 이틀이나 지체한 것이 불만이었다. 성도에서의 둘째 날 류씨는 완화계를 구경한 후 길을 떠날 수 있을 줄 알았다. 하지만 소민은 꼼짝도 하지 않았다. 둘러볼 곳이 많다면서 버텼다. 물론 류씨도 당장에 가야 한다 버텼다. 그래서 오늘 출발하게 된 것이다.

결국 소민은 성도에서 겨우 이틀 밤을 보낸 것이 불만이었고 류씨는 성도에서 이틀 밤이나 보낸 것이 불만이었던 것이다. 그렇게 두 사람 사이에 차가운 공기가 흘렀다.

그렇게 두 사람이 살벌한 분위기를 풍기며 관도를 따라 움직이고 있을 때 반대편 남쪽의 관도로 손철야와 천옥심이 성도로 들어왔다.

성도로 들어온 천옥심은 바쁘게 움직였다. 하지만 목적한 것을 찾는 일은 아주 어려웠다.

성도는 사천성의 성도다. 당연히 아주 큰 도시다. 이런 곳에서 남녀 두 사람을 찾는 것은 그야말로 백사장에서 모래를 찾는 것과 같았다.

마차를 타고 가는 마부 한 명과 여인 한 명. 어떻게 보면 굉

장히 어색하지만 성도에는 그런 어색한 사람들이 이들만이
아니었던 것이다.

그래도 천옥심은 열심히 그들에 대한 정보를 모으고 다녔
다. 마교의 성도 분타를 들른 것은 말할 것도 없었다.

그리고 그녀는 완화계를 중점적으로 뒤졌다. 말을 내준 마
방의 주인의 말로는 마차에 탄 여인이 완화계가 너무 기대된
다고 말했던 것을 들었다 했기 때문이다.

과연 완화계에 오니 실마리가 잡혔다.

일남일녀가 완화계를 구경하다가 이제 성도를 떠나네마네
다투는 것을 본 이가 있었다. 완화계의 한쪽에 좌판을 펴놓고
전병을 파는 이였다. 자신에게 전병을 사간 직후 다투었기에
분명하게 기억한다고 했다. 그것이 어제였다.

천옥심은 전병을 파는 이를 조금 더 다그쳤다. 다른 기억은
없냐고 물었다. 물론 그녀는 좌판에 있는 전병을 모두 샀다.

등용객잔의 마파두부가 과연 소문대로였다는 말을 하는
것도 들었다 한다. 그 말을 듣기 무섭게 그녀는 등용객잔으로
향했다. 그녀도 그곳에는 가본 적이 있었기에 길을 찾는 것은
어렵지 않았다.

설마 아직도 그 객잔이 있을 줄은 몰랐지만 말이다.

객잔에 이르자 그다음은 손쉬웠다.

점소이에게 은 부스러기를 한 조각 쥐어주자 그녀가 원하
는 것에 대해 모두 이야기해 주었던 것이다. 묻지도 않은 것

까지 이야기하는 덕에 천옥심은 별달리 물을 것도 없었다.

오늘 아침에 떠났다는 이야기에 천옥심과 손철야는 황급히 사천성의 동문으로 내달렸다. 객잔을 나서 동문쪽으로 마차를 몰았다는 이야기에 둘은 열심히 경공을 펼쳤다.

"과연. 사천성에서 동쪽으로 간다면 호북으로 가는 길이야. 곧 잡을 수 있겠어."

손철야가 중얼거렸다. 도를 쥐고 있는 그의 손이 가늘게 떨렸다.

천옥심은 아무 말 없이 묵묵히 달렸다.

뇌룡아를 지닌 이를 잡을 수 있게 된 이상 쓸데없는 말은 하지 않는 것이 그녀의 성격이었다.

많은 사람들이 관도를 따라 움직이고 있었지만 두 사람은 아랑곳 않고 경공을 최대로 펼쳤다.

오후에 접어들 무렵 자신들이 성도에 들어섰다. 그리고 정보를 모으느라 이미 해는 저물고 있었다.

그들과는 한나절의 거리 차가 있다. 그것을 좁히려면 최대한 빠르게 달려야 했다.

"내일이면 잡을 수 있겠지?"

손철야의 말에 천옥심이 고개를 끄덕였다. 자신들이라면 그 정도면 충분했다.

시간이 자정에 접어들자 두 사람은 경공을 멈췄다. 그리고 적당한 자리를 찾아 몸을 쉬었다. 갑작스러운 노숙이지만 두 사람에게는 문제가 되지 않았다. 이미 극마의 경지에 이른 초고수인 이들에게 밤이슬은 아무런 영향을 미치지 못했다.

먼길을 가는 여정이라면 당연 노숙 준비를 해야 했으나 급한 길을 잠시 나온 것이다. 그들의 짐은 모두 성도 분타에 두고 왔다. 뇌룡아만 회수한다면 다시 들렀다 가면 될 일이다.

이제 내일이면 뇌룡아를 찾을 수 있을 것이다. 하룻밤의 노숙은 우스웠다.

날이 밝자마자 두 사람은 다시 무섭게 달렸다.

하룻밤의 휴식은 두 사람에게 충분한 활력을 되찾아주었다. 주변의 나무들이 휙휙 뒤로 지나갔다.

관도를 걷던 사람들은 갑작스러운 두 사람의 경공에 깜짝 놀라서 그저 멍하니 쳐다볼 뿐이다.

마차를 몰아가던 류씨는 등이 오싹해지는 느낌을 받았다. 멀리서 무언가 무서운 것이 엄청난 속도로 달려오고 있었다. 류씨는 느낄 수 있었다.

"돌아보지 말아요."

그때 마차에서 소민의 목소리가 들렸다. 그녀도 지금은 심통을 부릴 때가 아님을 알았다.

류씨는 왠지 그것이 자신들을 쫓는 추적자라는 생각이 들었다. 자신들에게 추적자가 붙을 이유는 없지만 왠지 그런 것만 같은 불길한 느낌이 들었다.

추적자를 떨쳐 내려면 빨리 달려야 한다. 류씨는 손에 쥔 채찍을 높게 들었다.

"잠깐만요."

말을 후려치려던 류씨의 채찍질은 중간에 딱 멈췄다.

"왜 그러시죠?"

"우리를 노리는 건지 아닌지 몰라요. 그냥 태연하게 평소처럼 가요."

혹시 자신들을 쫓는 무리일지라도 이렇게 빠른 속도로 달려온다면 제대로 못 보고 놓칠 수도 있었다. 게다가 최대한 보통 행인들과 같은 모습으로 움직이고 있다. 그들이 착각할 여지는 충분했다.

하지만 손철야와 천옥심은 보통의 고수가 아니었다. 극마의 경지에 든 마교의 육대호법. 초고수였다.

그들은 이미 멀리서 소민의 마차가 보이는 순간 그것에 자신들의 목표가 있음을 알 수 있었다.

마차가 사정권에 들자 두 사람은 더욱 속도를 높였다. 류씨는 바로 지척까지 그 무서운 존재들이 도달했음을 알 수 있었다. 등이 식은땀으로 축축이 젖어들었다. 고삐를 쥔 손이 덜덜 떨려오려는 것을 억지로 진정시켰다.

휙휙.

바람 소리와 함께 마차의 진행 방향에 두 중년인이 나타났다. 냉막하면서도 사나운 인상의 중년인과 참으로 아름다운 중년 미부였다.

"워워."

류씨는 마차를 세웠다.

불길한 예감이 들어맞은 것이다.

"내려라."

마차가 멈추자 손철야가 말했다. 하지만 마차에서는 아무런 반응이 없었다.

"무슨 일인가요?"

그때 마차 안에서 소민의 목소리가 들렸다.

"누, 누군가가 마차를 가로막았습니다."

류씨가 떨리는 목소리로 겨우 대답했다.

"어느 고인들이시기에 저희들을 막으셨습니까?"

소민의 청아한 목소리가 울렸다.

"흥. 이 상황에서도 침착함을 유지하는 것이 제법 대단하다만 소용없다. 썩 나오너라."

손철야가 살기를 풍기며 말했다.

점창파에서부터 그간의 고생이 생각난 것이다. 사실 고생이랄 것도 없었다. 하지만 머리 쓰는 것을 무척이나 싫어하는 그가 머리를 써 추적하는 일을 했다는 것은 상당히 곤혹스러운 경험이었다. 물론 대부분 천옥심이 하고 그저 그 뒤를 따랐다는 사실은 안중에도 없었다.

그가 풍긴 살기에 말들이 경직됐다. 도망을 갈 생각도 못하게 아예 엄청난 살기로 찍어누른 것이다.

류씨는 숨도 제대로 못 쉬고 있었다.

그때 마차의 문이 열리며 소민이 모습을 드러냈다.

"응?"

목소리에서 여자인 줄은 알았지만 설마 이런 어린 여자아
이인 줄은 몰랐다.

"대단하구나. 그 나이에 이런 심기라니."

손철야는 순수하게 감탄했다. 하지만 그뿐이다.

"내놓아라."

"무엇을 말인가요?"

소민이 태연한 얼굴로 되물었다.

"네년이 점창에서 가지고 온 것 말이다."

손철야가 사나운 얼굴로 그녀를 노려보며 말했다.

"갑자기 그게 무슨 말씀이시죠? 저희는 점창과는 아무런
연관도 없는 사람입니다."

소민의 얼굴은 너무나 당당했다. 절대 거짓말을 하는 사람
의 얼굴이 아니었다. 그 당당함에 손철야는 설마하는 생각이
들어 천옥심을 돌아보았다.

그의 시선에 천옥심은 단호한 얼굴로 고개를 끄덕였다. 상
대가 맞다는 의미다.

"네년이 어디서 감히 거짓을 말하느냐!"

"제가 만일 거짓을 말했다면 하늘이 노해 제게 벼락이 떨

어져 당장 죽는다 해도 받아들이겠어요.”

절대 거짓말을 하고 있지 않다는 너무나 당당한 얼굴이다.

“후우.”

그때 천옥심이 나섰다. 손철야가 계속해서 상대의 수에 말려들어 가고 있음을 느꼈기 때문이다.

“아이야, 네가 아무리 그렇게 말해도 소용없단다. 나는 네 품에서 은은히 새어 나오는 뇌기를 너무나 잘 느낄 수 있거든. 품에 있는 것을 내놓거라.”

그랬다.

천옥심은 마차를 멈추게 한 순간부터 마차 안에서 미약하게 나오는 뇌기를 느꼈던 것이다. 자신의 추측이 틀리지 않았음을 마차를 마주한 순간 확인했다.

“후우.”

그녀의 말에 이번에는 소민이 한숨을 쉬었다.

이미 상대가 알고 있음을 인정한 것이다.

'하지만 점창이라니? 점창에 무슨 일이 있는 것인가?

소민은 그것만은 알 수 없었다.

“줄 수 없는 물건이라는 것은 아시겠군요? 누군지 모를 마교의 두 어른?'

이미 물건을 맡을 때 들은 이야기다. 마교에서 노리고 있는 물건이라는 것과 추적자가 따라붙어 위험할 것이라 했다.

이미 각오했던 일이 닥친 것뿐이다.

소민은 그렇게 생각했다.

그리고 마차에서 자신의 무기를 꺼냈다. 세 개로 나뉘어진 봉이었다. 그중 하나의 끝에는 한 척 길이의 예리한 날이 달려 있었다.

손철야와 천옥심은 그녀가 자신의 병기를 꺼내는 모습을 가만히 지켜보았다.

*　　*　　*

"헉헉헉."

임충은 거친 숨을 몰아쉬었다. 벌써 며칠 때 쉬지도 않고 달렸는지 모른다. 지금 타고 있는 말이 네 마리째다. 귀주의 성도인 귀양을 지난 것이 어제다.

앞으로 호남성을 거쳐 호북성 무창까지 가야 한다.

아직도 많은 길이 남았다.

몸도 마음도 지쳤지만 지금 그에게 쉴 여유 따위는 없었다. 자신은 전해야 할 것이 두 가지나 있었다.

그나마 다행인 것은 마교에서 자신을 쫓지 않는다는 것이다. 점창파가 멸문지화를 당했을 때는 자신에게도 추적이 붙을 것이라 생각했다. 하지만 아무도 쫓지 않았다.

적어도 지금까지는 그랬다.

'그렇다면 대체 왜 점창을 공격한 것이지?

머릿속에 의문이 떠올랐지만 그 답을 구할 여유는 없었다. 임충은 그저 온 힘을 다해 달릴 뿐이다. 정신없이 달리는 와중에도 가슴을 한 번 쓰다듬었다 내려왔다. 마치 소중한 무언가를 만지는 듯했다.

임충이 이렇게 열심히 무창을 향해 달려갈 때 중원 무림은 갑작스러운 소식에 진동을 하고 있었다.

한창 결맹 선언으로 바쁜 천의맹을 일대 충격으로 몰아가는 사건이 터진 것이다.

마교의 중원 총단 건립 선언.

그것도 중원 한가운데에서 벌어진 일이다.

그야말로 순식간에 하룻밤 사이에 벌어진 일이라 모두들 정신이 없었다.

하남성 낙양.

구조고도(九朝古都)로 유명한 낙양에 마교의 중원 총단이 들어선 것이다.

누구도 몰랐다. 아니, 알아차리지 못했다.

낙양 인근에 세워진 거대한 장원. 장원이라기에는 너무나 거대한 곳이었다. 고루거각까지 세워진 그곳은 얼마간 주인이 없는 채 있었다.

사람들은 어느 왕족의 왕부나 거상의 장원이 세워지는 것이라 그냥 그렇게 생각하고 지나쳤다.

하지만 어느 날 아침.

전날까지는 분명 아무것도 없던 정문에 하나의 현판이 걸려 있었다.

날아갈 듯한 필체로 적힌 네 글자.

천마신교(天魔神敎).

사람들은 처음에는 몰랐다. 그리고 혹시 본 사람들은 어느 미친놈의 장난이라 생각했다.

그러나 마기가 풀풀 풍기는 무사들이 정문을 지키고 사방으로 마기를 지닌 무사들이 경계를 서기 시작하면서 달라졌다. 저런 마기를 풍길 수 있는 인물들은 오직 마교의 인물들이다.

중원의 무림이 방심하는 사이 마교도들은 어느새 중원의 심장에 검을 박아 넣은 것이다.

그 소식은 중원을 뒤흔들기에 충분했다.

낙양이라면 소림이 있는 숭산과도 지척거리다. 그래서 전통적으로 정파의 힘이 강맹한 고도다. 그 누구도 그곳에 마교가 자리를 잡을 것이라 생각지 못한 것이다.

총단의 건설도 무척이나 은밀히 진행되었다. 그곳이 왕부나 거대 상단의 장원이라는 소문도 마교의 공작원들에 의해 퍼진 것이었다.

마교의 군사인 귀연수는 참으로 은밀하게 일을 진행시켰다. 귀연수의 수완에 정파의 무림인들은 두 눈 멀쩡히 뜨고 자신들의 심장을 내주게 된 것이다.

마교의 무사들이, 그렇게 만들어진 총단이 아주 쉽게 입성할 수 있었던 것도 천의맹의 결맹식으로 중원의 시선이 모두 무창에 집중되었던 때문이다.

쾅!

원탁을 거세게 내려치는 소리가 회의실에 울렸다.

"대체 이게 어떻게 된 일입니까? 우리 정파의 목 아래에 마교가 자리를 잡다니요!"

분노 가득한 목소리로 탕마 사태가 외쳤다. 그녀는 그 별호다운 성격을 가지고 있었다.

"일단 진정하시지요. 아미타불."

불요 대사의 말에 탕마 사태는 자리에 앉았지만 얼굴에는 여전히 분기가 가득했다.

"면목없습니다."

개방 방주 소천걸이 말했다.

천의맹의 정보는 개방과 서문세가가 담당하고 있었다. 개방은 정보의 수집을, 서문세가는 수집된 정보의 분류와 분석을 맡았다.

하지만 개방의 정보 어디에서도 마교의 이동은 감지되지 않았었다. 소천걸은 입이 열 개라도 할 말이 없었다.

"아닙니다. 우리의 이목이 너무 용아천뢰검과 마교의 육대 호법, 그리고 해동에만 몰려 있었습니다. 설마 마교가 중원에 총단을 세우고 바로 들어올 것이라 예측 못하고 방심한 때문입니다.”

“하지만 몇 천이나 되는 인원의 이동입니다. 그들 모두 옥문관을 넘어왔을 터, 갑작스러운 대이동인데 어찌 놓쳤단 말입니까?”

곽상이 말도 안 된다는 얼굴로 말했다.

“비단길을 이용하는 대상들을 이용한 것 같습니다.”

비단길을 이용해 서역과 교역을 하는 대상들의 상단은 그 규모가 굉장히 컸다. 상단 하나당 짐꾼들만 백여 명에 이르렀다. 큰 상단은 이삼백 명의 인원을 동원하기도 한다.

거지들이 그런 상단의 얼굴까지 일일이 확인할 수도 없는 것이다.

“하지만 이런 일은 없었습니다. 어찌 마교가 중원 한가운데 자리를 잡는단 말입니까?”

무극 진인이 허탈한 얼굴로 말했다.

그랬다.

마교는 항상 옥문을 넘어 피의 길을 만들며 중원으로 쳐들어왔었다. 그런데 이번에는 너무도 조용히 자리를 잡았다.

지금까지는 절대 있을 수 없는 일이었다.

“아무래도 마교에 무척이나 뛰어난 책사가 있는 모양입니다. 설마 이런 방식으로 이목을 속이고 자리를 잡다니요. 이 것은 지금까지의 마교의 방식과는 너무 다릅니다.”

서문황이 믿을 수 없다는 얼굴로 중얼거렸다. 피를 갈구하는 마인들이 모인 마교다. 당연히 전격적인 침공이 있을 것이라 예상하며 천의맹을 결성해 힘을 모으는 중이었다.

그런데 도둑고양이처럼 중원 한가운데 슬그머니 자리를 잡다니 혼란스러웠다.

"하지만 어떻게 보면 무모하군요."

사천당가의 가주인 당서헌이 말했다.

"그게 무슨 말이지요?"

탕마 사태의 물음에 당서헌이 고개를 갸웃거리면서 말을 이었다.

"지금까지 마교가 옥문에서부터 들어온 것은 그들이 피를 갈구하는 마인이기 때문만은 아닙니다. 확실한 세력권을 만들기 위해 옥문에서부터 근처의 정파들을 차례차례 공략하면서 들어온 것이지요. 그런데 지금처럼 갑자기 중원 한가운데 턱 하니 나타나면 그들은 완전히 고립되어 버립니다. 아무리 몇천의 인원이 들어왔다 하나 중원 정파의 힘을 합친다면 능히 무너뜨릴 수 있습니다. 아니, 오히려 옥문을 넘어오는 놈들을 막는 것보다 더욱 쉬울 수 있습니다."

당서헌의 말대로였다.

서문황이 그의 말에 고개를 끄덕였다.

"분명 그렇습니다만… 만일 성동격서(聲東擊西)의 계를 사용한 것이라 하면 오히려 곤란해질 수 있습니다."

"그게 무슨 말이지요?"

팽가의 가주인 팽가섭이 물었다.

"그러니까 중원의 마교 총단은 미끼이고 우리가 그곳에 전력을 집중하는 사이 옥문에서 또 다른 전력이 넘어올 수도 있다는 것이지요. 그렇다면 청해, 감숙, 사천, 운남이 놈들의 손에 떨어지는 것은 순식간입니다."

서문황의 말에 사람들의 얼굴은 심각하게 변했다.

특히 청해, 감숙, 사천, 운남이 근거지인 청성, 아미, 공동, 점창, 당가의 장문인과 가주들의 얼굴에는 근심이 어렸다.

"지금까지 마교를 막을 수 있었던 것은 그들이 그저 한 길을 뚫으려 했기에 우리가 길목만 막으면 되었기 때문입니다. 하지만 지금처럼 전력을 분산시켜 우리를 혼란시키는 계책을 사용하면 상대하기가 더욱 까다로워집니다."

서문황은 근심 가득한 얼굴로 말했다. 그의 말에 좌중의 분위기는 무겁게 가라앉았다.

"그러면 우리는 어찌해야 한단 말입니까?"

불요 대사가 염주알을 만지작거리며 물었다. 그의 얼굴에도 깊은 걱정이 어려 있었다.

"저도 모르겠습니다. 대체 마교에서 어떤 일을 벌이려는지 추측할 수가 없습니다."

서문황의 대답에 분위기는 더욱 깊게 가라앉았다.

"지금 우리가 할 수 있는 일은 지금까지 준비하던 것을 더욱 탄탄히, 그리고 빠르게 준비하는 것입니다. 그러니 최대한 중원 각지의 정보를 모아야 할 것입니다."

서문황의 말에 구파일방의 장문인과 오대세가의 가주들은 고개를 끄덕였다.

"알겠습니다. 앞으로는 이전과 같은 일이 없도록 만전을 기하겠습니다. 쥐새끼 하나의 움직임도 놓치지 않겠습니다."

소천걸이 결연한 눈빛으로 말했다. 그의 태도로 보아 아마도 당분간 개방은 비상경계 체제로 움직일 것 같았다. 물론 그 과정에서 그의 주먹에 상당히 고통을 당하게 될 개방도들도 있을 것이다.

"이번 일은 그렇게 처리하는 것으로 해야 하겠군요. 참으로 큰일입니다만 여러 분들께서 동요없는 모습을 보여주셔야 할 것입니다."

불요 대사의 말에 모두들 비장한 얼굴로 고개를 끄덕였다. 마교가 낙양에 자리 잡음으로 해서 이제 무림은 일촉즉발의 긴장 상태에 돌입하게 된 것이다.

"그리고 소 방주, 그 일은 어떻게 되고 있습니까?"

마교가 낙양에 자리 잡은 이상 더욱더 그 사람의 존재가 간절했다. 그래서 지난번 회의 때 결정이 난 사항의 진행 상황에 대해 묻는 것이다.

"네. 일단 점창과 공동에 두 분 장문인께서 기별을 넣었습니다."

사람들의 시선이 두 사람에게로 옮겨졌다.

“출발했다는 연락이 얼마 전 도착했습니다.”

“저도 전서구를 받았습니다.”

감숙과 운남은 먼 땅이다.

아무리 전서구를 이용했다 하더라도 상당한 시일이 걸린다. 아직 점창에서 벌어진 참변에 대한 소식은 들어오지 않고 있었다. 그것은 개방의 소식통 역시 마찬가지였다.

“어서 빨리 도착해야 해동으로 길을 떠날 터인데… 이제 한시가 급하게 되었습니다.”

곽상이 안타까운 듯 중얼거렸다. 이 자리에 모인 이들의 얼굴은 모두 그와 다르지 않았다.

“소 방주님, 개방의 만취개 장로께서 급히 찾으십니다.”

회의실을 지키던 위사가 조심스레 말을 전했다. 보통은 회의가 끝날 때까지 아무런 말도 전하지 않지만 굳이 위사가 소식을 전한 것을 보면 무척이나 다급한 것 같았다.

“들어오시라 하게.”

그 정도 소식이라면 여기 모인 이들에게도 중요할 거란 생각에 불요 대사는 만취개를 회의실로 불러들였다.

“여러 문파의 장문인들을 뵙습니다.”

다급하게 들어온 만취개는 간단히 인사를 했다. 그리고 즉시 자신이 가지고 온 소식을 전했다.

“점창이……..”

하지만 막상 입을 열려고 하고서는 말을 잇지 못했다. 그의

태도에서 사람들은 가히 좋은 소식이 아니라는 사실을 직감
했다.

특히 점창의 장문인인 임도욱의 얼굴이 좋지 않았다. 자파
의 이름을 말한 후 저리 망설이니 큰일이 있어도 보통 큰일이
아닌 모양이었다.

"뜸들이지 말고 어서 말씀하십시오. 모두들 답답해하십니
다."

보다 못한 소천걸이 재촉했다.

"네, 방주. 조금 전에 들어온 소식입니다만… 점창이… 점
창이… 무너졌다 합니다."

쾅!

"그게 무슨 소리입니까?"

만취개의 말이 끝나자마자 원탁을 거세게 치며 임도욱이
자리에서 일어났다. 그의 두 눈은 활활 타오르고 있었다. 그
는 만취개를 잡아먹을 듯 노려보았다.

자신이 이곳에 온 지 얼마나 됐다고, 자파의 전서구를 받은
지 얼마나 됐다고 갑자기 자파가 무너진단 말인가.

말도 안 되는 소리다.

만취개는 차마 임도욱과 눈을 마주치지 못했다.

"어찌 점창이 무너진단 말이오!"

"임 장문인 진정하십시오. 일단 자초지종을 들어봐야 하지
않겠습니까?"

소천걸이 나서서 임도욱을 자리에 앉혔다. 임도욱의 몸이 부들부들 떨리고 있었다.

"급전으로 들어온 소식입니다. 그러니까 지금으로부터 엿새 전, 점창파로 일단의 무리들이 들어갔습니다. 본 방의 제자가 기이하게 여겨 따라 들어가 보니……."

만취개는 거기까지 말을 한 후 차마 말을 잇지 못했다. 그 다음 말을 어떻게 해야 할지 막막한 것이다.

"어서 말씀하시지요."

불요 대사가 재촉했다. 이 자리에 있는 모든 이들의 이목의 그의 이야기에 집중되어 있었다.

"모두 죽어 있었다 합니다."

쿠쿵.

임도욱은 머릿속에 벼락이 치는 느낌을 받았다. 아니, 어찌 그게 가능하단 말인가. 물론 자신이 주 전력을 이끌고 천의맹으로 왔다. 하지만 본 파에도 칠 할에 이르는 이들이 남아 있었다. 그런데 모두 죽다니!

임도욱의 몸이 격하게 떨렸다. 그는 입술을 꼭 깨물었다. 당장에 말도 안 되는 소리라고 소리치고 싶었지만 그럴 수 없었다.

"그게 말이 되는 소리입니까?"

서문황이 말도 안 된다는 얼굴로 물었다. 꼭 임도욱이 하고 싶었던 말이다.

“저도 처음에는 믿을 수가 없었습니다. 그때 들어갔던 무리들은 누군가의 부탁으로 시신을 수습하기 위해 들어간 것이라 합니다. 그들을 따라 들어간 제자가 어찌 된 일인지 살피다가 바닥에 죽어 있는 전서구를 발견했습니다. 보자마자 은밀히 모든 전서구들을 수거해 나왔다고 합니다. 그 수가 모두 서른이라 하더군요.”

만취개의 말에 임도욱은 더욱 격심하게 몸을 떨었다.

비상시를 대비해 점창에 준비된 모든 전서구다. 그게 모두 죽어 있으니 소식이 올려야 올 수가 없었던 것이다.

“전서구에 묶인 전통 중 하나만 열려 있었다 하더군요. 그리고 나머지 전통에 든 소식은 모두 같았다 합니다.”

사람들은 그 내용이 흉수에 관한 것임을 추측할 수 있었다.

“마교. 도귀. 소수마녀. 급습. 이게 전부였습니다.”

침묵이 감돌았다. 모두의 얼굴에는 짙은 어둠이 내려앉았고 그 누구도 말하지 않았다. 임도욱은 입술을 꼭 깨문 채 온몸을 부들부들 떨고 있었다. 그의 두 눈에는 핏발이 가득했다.

만취개도 더 이상 아무 말을 하지 않았다. 그가 전해야 할 소식은 모두 전했다. 이제 자신의 일은 끝이 났다.

만취개는 조용히 있었다.

“괴물이 되었구려⋯⋯.”

불요 대사가 어두운 목소리로 천천히 말했다.

그의 말대로다. 괴물이 되었다.

아무리 마교의 육대호법이지만 한 개의 문파를 두 사람이서 무너뜨리다니 있을 수 없는 일이다.

임도욱은 가슴이 무너지는 느낌이다.

자신이 너무 많은 전력을 데리고 왔다.

일대제자들 중 본 파에 남았던 이는 겨우 넷. 나머지는 모두 이대제자 이하의 이들이다. 좀 더 본 파를 신경 썼어야 했다. 설마 이런 일이 벌어질 줄이야.

욕심이 과했다.

이번 기회에 천의맹에서 점창의 위치를 확고히 하고 점창의 이름을 천하에 떨치려는 욕심에 본 파의 방비를 허술히 할 정도로 비워 버렸다.

장로들 중 셋만 남아 있었더라도 이렇게 허무하지는 않았을 것이다.

"말도 안 되는 일이 벌어졌군요. 아무리 도귀가 강하다 한들 그 많은 이들 중 한 명도 점창을 벗어나지 못하다니……."

서문황은 믿을 수 없다는 얼굴로 중얼거렸다.

"그 아이들은 바보들이니까요."

임도욱은 피눈물을 흘리며 말했다.

보지 않아도 알 수 있었다, 전서구를 날리고 도귀와 소수마녀에게 달려들었을 제자들의 모습을. 그들은 결코 마교를 앞에 두고 등을 보이며 도망갈 이들이 아니었다.

당당히 맞서고 장렬히 산화되었으리라.

임도욱의 말에 엄숙한 기운이 회의실을 아울렀다.

"점점 더 일이 커지는군요. 아미타불."

불요 대사가 어두운 얼굴로 불호를 외었다.

"속히 해동에 사람을 보내야 할 것 같습니다."

서문황 역시 어두운 얼굴로 말했다.

"그래도 용아천뢰검은 무사한 듯 보입니다. 도귀와 소수마녀가 혈겁을 일으킨 것이 용아천뢰검이 본 파를 떠난 다음날이니까요."

불행 중 다행이랄까. 용아천뢰검은 그들의 손에 떨어지지 않았다.

"그 이후 도귀와 소수마녀의 행적은 어떻습니까?"

"지금 탐문 중이라는 연락도 함께 왔습니다. 최종적으로 발견된 흔적은 성도 쪽이라 합니다."

소천걸의 물음에 만취개가 대답했다.

"육대호법 중 세 사람이 나타났습니다. 나머지 세 사람 역시 모습을 드러냈을 수 있으니 좀 더 철저히 정보를 모아야 할 것 같군요. 나가보십시오."

"알겠습니다, 방주."

소천걸의 말에 만취개는 허리를 숙여 예를 표하고 회의실을 벗어났다.

"참으로 큰일입니다. 점점 마교에서 쓸 패가 늘어나고 있습니다."

그랬다.

설마 육대호법의 위력이 그 정도일 줄은 예상도 못했었다.

"이렇게 손 놓고 있을 수만은 없겠군요. 각파의 전대 선인들의 힘을 빌려야 할 것 같습니다."

오십여 년 전의 정마대전 때 이미 핵심 고수였던 이들. 그들 중 일부가 여전히 건재했다. 그중 한 사람이 바로 무당의 청로 진인이다. 그런 이가 무당에만 있는 것이 아니다. 구파일방과 오대세가 모두에 있었다. 단지 조용히 은거하며 지낼 뿐이다.

불요 대사의 말에 모두들 어두운 얼굴로 고개를 끄덕였다.

"그러면 우리도 어서 빨리 움직여야겠습니다. 벌써 두 번이나 마교에게 당했으니 갚아줘야지요."

그 말을 마지막으로 회의는 끝났다. 모두들 바쁜 걸음으로 회의장을 벗어났다. 지금부터 무척이나 바쁜 하루하루가 이어지리라.

*   *   *

위청운이 무척이나 흡족한 얼굴로 귀연수의 보고를 듣고 있었다.

아주 오랜 시간을 준비해 온 일답게 너무나 쉽게 중원에 자리를 잡았다. 이것은 모두 귀연수의 공이었다.

천의맹의 예상과 달리 몇 년에 걸쳐 마교의 주력 중 절반이 조금씩 중원에 들어와 있었다. 이제 그들이 소리없이 낙양으로 모이면 끝이다. 옥문을 넘은 수천의 마인들은 시선을 돌리기 위한 미끼일 뿐이다.

이미 위청운 자신도 벌써 다른 길로 몇 번이나 중원을 들락거리지 않았던가.

"지금쯤 천의맹은 정신이 없을 겁니다. 게다가 얼마 전 들어온 소식에 의하면 점창이 무너졌다 합니다."

"점창이?"

"네. 도귀 호법의 솜씨인 것 같습니다."

"그러면 뇌룡아는?"

"그에 대한 소식이 없는 것을 보면 아마 점창에는 뇌룡아가 없었던 것 같습니다. 아마도 임도욱이 천의맹으로 가지고 간 것 같습니다."

"흐음……."

귀연수의 대답에 위청운의 이마에 주름이 어렸다.

좋은 소식 속의 안 좋은 소식이었다.

"천의맹에 흘러들어 갔으면 가져오기 힘들겠군."

지금 천의맹은 용담호혈이다. 곧 있을 결맹식을 대비해 전력이 최고조에 이르렀다.

"그래서 천영비마(千影飛魔) 장로를 불러들였습니다."

귀연수의 말에 위청운은 고개를 끄덕였다.

천영비마는 오십여 년 전 교의 구장로 중 한 명인 천리비마의 직전제자로 오히려 스승보다는 낫다는 평가를 듣는 인물이다. 스승의 장로 자리를 이어 현재 마교의 구장로 중 한 명이다. 중원 각 문파의 정보를 얻기 위해 현재 교 밖으로 나가 있는 상태다.

"그라면 천의맹에서 뇌룡아를 가지고 올 수 있을지도 모르겠군. 이미 그의 손에 회수된 뇌룡아가 네 자루이니 말이야. 하지만 천의맹이라니, 무척이나 힘든 일이야."

귀연수의 말에 위청운이 턱을 괸 채 말했다.

"그 혼자라면 무리일 수도 있으나 우리가 밖에서 조금만 흔들어준다면 가능할 수 있습니다."

그럴 듯한 말이다. 외부에 우환이 생기면 내부의 일에 소홀해지는 법이다.

"나쁘지 않은 방법이군. 즉시 천영비마 장로를 무창으로 보내도록."

"네."

"그리고 앞으로 천의맹 녀석들의 움직임은 어떨 것 같은가?"

"그들로서는 아무런 수가 없습니다. 일단 우리 쪽의 의도를 모르니 혼란스러워할 것입니다. 그리고 세울 수 있는 대책이라고는 겨우 방비를 튼튼히 하고 지켜본다 정도이겠지요."

　귀연수는 서문황의 머릿속을 들여다보기라도 한 듯 천의맹의 대책을 거의 정확히 예측하고 있었다. 하지만 그도 생각지 못한 것이 하나 있으니 천의맹에서 해동으로 사람을 보내려 한다는 것이다.

"그렇다면 우리의 움직임은?"

"계획대로 진행하면 됩니다. 교주님의 말씀은 없으셨는지요?"

　귀연수가 조심스레 물었다.

　지금 그의 계획에 있어 최대의 변수는 어디에 있는지 모를 교주였다. 교주의 명령 한마디면 그는 자신이 심혈을 기울여 만든 계획을 변경해야 하기 때문이다.

"아무 말씀 없으시다."

"그렇다면 계획대로 진행하겠습니다. 일단은 천의맹에서 예상하는 대로 움직여줘야겠지요."

"옥문을 두드린단 말인가?"

"그렇습니다. 일단 그래야만 합니다. 그들이 쉽게 예상할 수 있는 것도 그래서입니다. 그렇지 않다면 그들은 이곳 낙양으로 전력을 집중할 수 있을 테니까요. 물론 이미 삼 할의 전력이 낙양 총단에 집결했고 나머지 전력들도 중원에 고르게 퍼져 있습니다. 이 정도면 쉽게 놈들에게 당하지는 않습니다만 옥문에서 흔들어준다면 좀 더 확실히 이곳의 기반을 다질 수 있습니다."

"좋을 대로 해."

귀연수의 설명에 위청운은 고개를 끄덕이며 말했다. 그는 중원에서의 기반을 다지는 것에는 큰 관심이 없는 듯했다.

그런 소교주의 태도에 귀연수는 크게 실망했다.

처음 이 계획을 세울 때는 소교주도 무척이나 열의를 보였었다.

그때부터였다, 소교주가 변한 것은.

해동에서 뇌룡아를 지닌 그 애송이가 들어온 순간부터였다. 그리고 그 애송이가 혈사자 구양천에게 심대한 타격을 입힌 후부터는 더욱 상태가 심해졌다.

"별다른 보고 사항 없으면 군사가 알아서 진행하도록 해. 그럼 나가봐."

위청운의 말에 귀연수는 허리를 숙이고 대전을 물러났다. 소교주가 말하는 보고 사항은 뻔했다. 뇌룡아. 그뿐이다.

"아, 놈은 찾았나?"

물러나는 귀연수의 등 뒤로 소교주의 목소리가 들렸다.

"열심히 흔적을 쫓는 중입니다. 아무래도 사천 쪽으로 향한 것 같습니다."

"사천이라… 근처에 호법 중 네 명이 있군."

"호법들께 부탁드릴까요?"

"아니야. 그분들을 더 번거롭게 만들 수야 없지. 일단 정확한 소재부터 파악하도록 해."

“알겠습니다.”

*　　　*　　　*

짙은 어둠이 내린 깊은 밤이다.

천의맹 한 곳의 정원. 공동의 장문인인 군자검 편수일이 깊은 밤에도 잠을 못 이루고 정원 주변을 서성이고 있었다.

“장문 사형 어찌 그리 근심이 크십니까?”

그때 그 뒤로 그의 사제인 공지극이 다가왔다.

“공 사제인가? 마교의 기세가 천하를 뒤엎으려 하니 어찌 정파의 무인으로서 걱정이 없겠는가?”

“사형의 얼굴에 드리운 근심은 그것말고도 더 있는 것 같습니다.”

“허허. 자네는 언제나 나의 마음속에 있는 것들을 속속들이 보고 있는 것 같으이.”

편수일이 씁쓸한 웃음을 지으며 말했다.

“무엇이 그리 걱정이신 겝니까?”

“그 물건 때문이지.”

“아!”

편수일의 대답에 공지극은 알겠다는 듯 고개를 끄덕였다.

“오늘 점창이 마교의 손에 무너졌다는 소식이 들어왔네.”

“네, 그 소식 때문에 오늘 하루 종일 맹이 어수선했지요.”

"그래서 걱정인 거네. 과연 나의 선택이 옳았는가 불안하네."

"그 아이에게 부탁한 것 말입니까?"

"그래."

용아천뢰검을 무림맹으로 가지고 오는 일은 편수일과 공지극 두 사람이 의논을 해서 일을 진행했다. 그랬기에 편수일의 짧은 말에도 공지극은 모든 상황을 파악할 수 있었던 것이다.

"오히려 잘된 일일지도 모릅니다. 점창이 마교 호법의 손에 무너졌다면 우리 공동도 무사하란 법이 없지요."

공지극이 어두운 얼굴로 말했다. 그랬다. 그들이 만약 용아천뢰검을 노린 것이라면 공동도 무사할 수 없었다.

"자네는 그런 섬뜩한 말을 잘도 하는구만."

"죄송합니다, 사형."

"아니야. 자신의 일도 그렇게 객관적으로 볼 수 있어야지. 그래야 일을 진행함에 있어 한 치의 오차라도 줄일 수 있는 법 아니겠는가."

"우리가 설마 그런 경로로 이곳으로 검을 가지고 올 것이라 생각 못할 것입니다. 그러니 오히려 우리에게는 나은 일일지도 모릅니다."

"하지만 본 파가 걱정이로구만."

편수일이 어두운 얼굴로 말했다. 하지만 공지극의 신색은 태연했다.

"어쩌면 본 파는 무사할 수 있을지도 모릅니다."

"그게 무슨 말인가?"

편수일이 의아한 얼굴로 물었다.

"점창을 친 것은 도귀와 소수마녀입니다. 마교의 정확한 근거지는 모르지만 일단 신강 어딘가에 있다고 알려져 있지요. 그렇다면 신강에서 점창으로 가는 길목에는 반드시 감숙을 지나야 합니다. 공동산을 지나 사천으로 들어가 운남으로 내려가야 하지요."

"그렇지."

"즉, 그들이 점창을 찾는 길목에 공동이 있음에도 그들은 그냥 지나쳐 갔습니다."

"그러고 보니 그렇군. 왜 그랬을까? 기이하군."

편수일이 생각 못했다는 얼굴로 말했다.

"마교의 호법은 여섯입니다."

공지극이 담담한 얼굴로 말했다.

"그렇다면?"

"네. 나누어서 움직였다는 말이지요. 다 같은 마교의 인물이지만 도귀와 소수마녀는 특히나 마성이 강한 자들입니다. 그들이 점창으로 갔기에 점창이 그런 흉사를 당한 것입니다."

"그렇다면……."

“검마나 귀령창, 환요마 정도라면 점창처럼 무너지는 일은 없을 겁니다. 혈사자가 나선다면 달라지겠지만요.”

“허허허. 우리 꼴이 우습구만. 본 파의 안위를 마교 놈들의 자비에 기대어야 한다니.”

공지극의 말에 편수일은 허탈하게 웃었다. 그의 말에 공지극도 어두운 얼굴을 했다.

“지금 상황이 그런 것을 어쩌겠습니까. 후……..”

공지극이 깊은 한숨을 쉬었다.

“그래도 사제가 내 곁에 있어 참으로 다행일세. 자네는 공동의 큰 복이야.”

편수일이 진심을 담아 말했다. 비록 장문인은 자신이었지만 공동을 실제로 움직이는 지모는 모두 그의 머리에서 나왔다. 공동의 꾀주머니 그것이 바로 공지극이었다.

“운상, 그 아이가 잘해줘야 할 텐데.”

“다음 대 공동을 이끌어갈 아이입니다. 잘할 것입니다.”

*　　　*　　　*

“이보게, 장오. 자네 그 이야기 들었나?”

“무슨 말 말인가?”

“에이, 이 친구. 요즘 천하에 진동하고 있는 그 소식을 모른단 말인가?”

“답답하게. 무슨 일인데 그러나?”

“아무리 먹고살기가 바쁘기로서니 자네는 낙양에 그 마교 놈들이 자리 잡았다는 소문도 못 들었는가?”

“헉. 그게 정말인가? 마운 이 친구, 날 놀리려 하는 소리 아닌가?”

사내의 말에 시끄럽던 객잔이 일순 조용해졌다. 이 객잔에 있는 인물들은 누구도 몰랐던 소식이다. 그럴 수밖에 없는 것이 이곳은 사천이다. 아무래도 하남성의 소식이 늦을 수밖에 없는 것이다.

말을 하고 있던 사내 마운은 자신의 한마디에 객잔의 모든 시선이 집중된 것이 마음에 드는 듯한 얼굴이다. 그도 그럴 것이 그같이 평범한 사내가 언제 이런 주목을 받아보겠는가.

“이 친구야, 내가 설마 그런 일로 농을 하겠는가? 그러다가 당장에 사람들 손에 죽지. 자네 내 사촌 금화 녀석 알지?”

“알지.”

“그놈이 상단 일로 이번에 하남성에 다녀오지 않았겠는가. 지금 하남은 그 소식으로 난리라 하더군.”

상단이 가져온 소식이라면 믿지 않을 도리가 없었다.

곧 객잔은 소란스러워졌다.

모두 마교에 대한 걱정들이었다. 그럴 것이 마교가 발호할 때면 사천은 항상 큰 피해를 보았다. 신강에서 옥문을 넘어 들어온 마교가 세력을 공고히 하기 위해 일단은 감숙과 사천을 먼저 쳤기 때문이다. 그랬기에 사천 사람들의 마교에 대한 적개심이란 이루 말할 수 없을 정도였다.

그렇게 객잔에서 마교에 대한 이야기를 하는 이들 중에는 환우 일행도 있었다.

“마교가 중원에 자리를 잡았다라⋯ 이런 일이 가능한 거야?”

환우가 치호를 보면서 물었다.

“처음이에요. 지금까지 항상 옥문관을 통해 중원으로 밀고 들어오다가 실패를 했어요. 중원에 총단을 세운 것은 처음 있는 일이에요.”

“그래?”

환우가 의외라는 얼굴로 말했다. 너무 쉽게 세워진 총단 때문에 종종 이런 일이 있었을 것이라 추측한 때문이다.

단목휘경과 치호의 얼굴에는 근심이 가득했다. 환우와 돌쇠는 중원의 사정을 그들만큼 알지 못했기에 그저 그런 일이 있구나, 하고 생각할 뿐이다.

“잘됐네.”

“네?”

“네?”

환우의 말에 치호와 단목휘경이 놀란 얼굴로 그를 보았다. 이게 대체 무슨 말인가. 마교의 사악한 무리들이 중원 한가운데 자리를 잡았다는데 잘되었다니. 믿을 수 없는 말이다.

"그렇지 않아도 마교 총단 찾고 있었는데 낙양에 세웠다
며? 찾아가기 쉬워졌으니 잘됐지. 가서 손봐줄 놈이 하나 있
거든. 가는 길에 맡겨둔 물건도 찾아와야 하고."

환우의 말에 두 사람은 어안이 벙벙해져서 그를 바라보았
다. 어찌 저런 무서운 말을 옆집에 놀러간다는 듯이 하는 걸
까?

아무리 익숙해지려 해도 익숙해지지 않는 사람이다.

"넌 나가서 소식이나 알아와."

환우의 말에 치호는 잽싸게 객잔 밖으로 나갔다. 근처의 개
방도들에게 정보를 모으기 위해서다.

"이제 성도까지 이틀 정도 남았다고 했나? 어서 먹고 빨리
움직여야겠네."

"그래요, 오라버니. 어서 드세요."

단목휘경은 어색하게 웃으며 환우에게 음식을 권했다.

알면 알수록 모를 사람이다. 그래서 더욱 마음이 끌렸다.

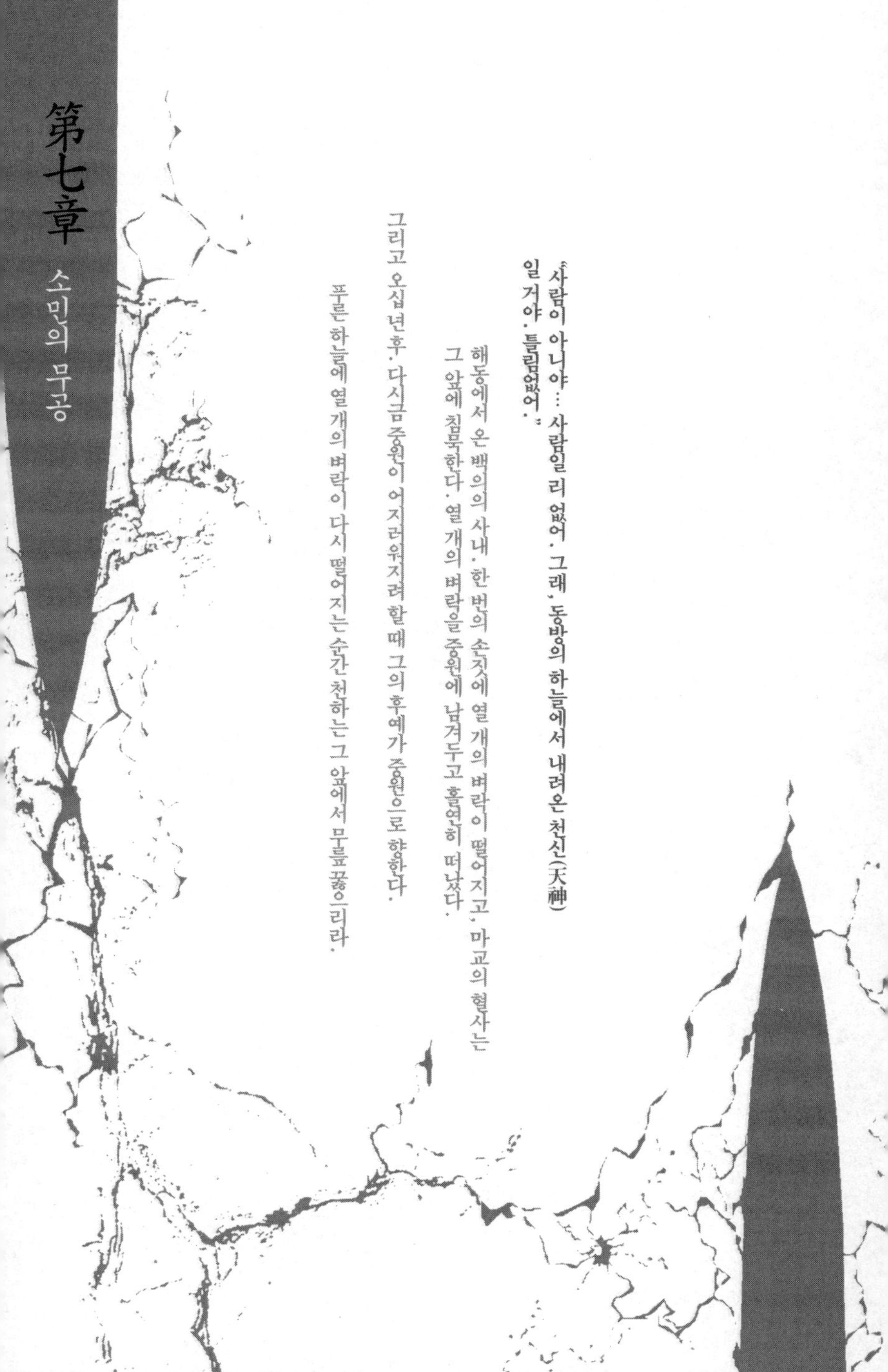

第七章

소민의 무공

"사람이 아니야… 사람일 리 없어·그래, 동방의 하늘에서 내려온 천신(天神)일 거야·틀림없어·"

해동에서 온 백의의 사내·한 번의 손짓에 열 개의 벼락이 떨어지고, 마고의 협사는 그 앞에 침묵한다·열 개의 벼락을 중원에 남겨두고 훌연히 떠났다·

그리고 오십 년 후·다시금 중원이 어지러우려 할 때 그의 후예가 중원으로 향한다·

푸른 하늘에 열 개의 벼락이 다시 떨어지는 순간 천하는 그 앞에서 무릎 꿇으리라·

"신기한 창이로군. 문호 녀석이 보았다면 좋아했을 텐데 말이야."

손철야는 소민의 손에 들린 세 개로 나누어진 창을 보면서 말했다.

"삼절창이라 해야 하나? 신기하네요."

천옥심도 소민의 병기에 관심을 보였다.

하지만 소민은 서늘한 눈으로 자신을 막아선 두 사람을 바라보았다.

일단 병기를 꺼내 들자 그녀의 분위기가 급변했다. 잘 벼려진 명검과도 같은 날카로운 기운의 그녀의 전신에서 뿜어져 나왔다.

그녀는 지금 극도로 긴장해 있었다.

'숙부의 부탁을 거절치 못해 길을 나섰지만 설마 이런 이들이 앞을 막을 줄이야…….'

소민은 온몸을 훑고 지나가는 전율에 몸을 떨어야 했다. 지금 눈앞의 두 사람 중 과연 한 사람이라도 감당할 수 있을까 하는 의문이 어렸다.

소민은 자신이 강하다는 것은 알고 있었다. 하지만 어느 정도로 강한 줄을 몰랐다. 그랬기에 한시도 자만치 않고 열심히 수련에 수련을 거듭했다.

그저 좋았다. 그렇게 몸을 움직이는 것이 좋았다.

그런데 눈앞을 막아선 두 인물은 상상을 초월했다.

도대체 얼마나 강한 이들인지 추측할 수 없었다. 지금껏 만나본 강하다고 하는 고수들이라고 하는 이들과는 비교를 불허했다.

소민의 몸이 살짝 떨렸다.

그것은 기쁨의 표현이었다. 그녀도 무인이다. 무공에 심취해 강해지는 것을 낙으로 삼은 무인인 것이다.

당연히 강한 이와의 겨룸을 즐긴다.

비록 그것이 생명이 오가는 위기 상황이라 하더라도 무인의 본능은 은연중 기쁨을 느끼고 있었다.

"호오, 그래도 무인이라 이거구나."

손철야는 그런 소민의 변화를 대번에 알아보았다.

그리고는 천옥심을 돌아보았다. 그녀는 가볍게 고개를 저었다.

"그럴 줄 알았다. 그러면 내가 상대해 주지."

손철야가 한 걸음 앞으로 나왔다.

"아이야, 네 모습이 가상하여 내 특별히 삼 초를 양보해 주마. 도귀 손철야에게서 삼 초를 양보받는 것이니 대단한 영광이라 생각해라."

그의 말에 류씨와 소민, 두 사람은 동시에 몸을 부르르 떨었다.

마교의 육대호법.

그에 대한 소문은 귀가 따갑도록 들었다. 아주 어린 시절부터 들으며 자랐다. 그런데 설마 아직도 살아 있을 줄이야.

소민의 등이 축축이 젖어들었다.

긴장, 두려움, 공포 그런 감정들 때문이다. 하지만 그것보다 더 큰 감정이 있으니, 그것은 천하에서 인정받은 강자와 겨룰 수 있다는 전율과 희열이었다.

'나도 어쩔 수 없는 무인이라는 것인가?

소민은 스스로가 느낀 감정의 정체를 깨닫는 순간 쓴웃음을 지었다.

자신은 지금 굉장히 중요한 일을 맡아서 수행하는 중이다. 비록 지금까지의 행동이 전혀 그런 것 같지 않았다 해도 마음속에서는 항시 염두에 두고 있었다.

설마 이런 거물들이 나타날 줄 몰랐기에 그런 여유를 부린 것인지도 모른다.

아니, 정말로 한가하게 유람하는 여인으로 보이기 위해 더욱 그런 행동을 했었다.

과연 자신들을 의심하는 이들은 없었다.

하지만 이 두 사람은 달랐다. 자신이 지닌 물건의 뇌기를 느끼고 왔단다. 그러면 어떤 수도 소용이 없었다.

'칫. 이건 반칙이잖아. 이런 괴물들이 온다고 말해줬으면 나도 죽어라 달렸을 거 아니야.'

소민은 천천히 세 자루의 봉을 이었다. 창인이 달린 녀석이 날의 길이까지 모두 네 척, 나머지 두 자루는 세 척이다. 모두 연결하자 무려 열 척 길이의 창이 완성되었다.

소민의 키는 다섯 척 세 치. 자신의 신장의 두 배에 이르는 창을 꼬나 쥐고 서 있는 그녀의 모습은 당당했다.

"허허. 과연 제대로 휘두르기나 하겠느냐?"

손철야는 우습다는 듯 말했지만 도병을 쥔 그의 오른손에 힘이 들어갔다. 그는 소민이 뿜어내는 기세가 심상치 않음을 느낀 것이다.

마부석에 앉아 그들을 바라보는 류씨의 얼굴에는 절망이 어렸다.

'그래서 내가 그렇게 서두르자고 했건만. 아아…….'

설마 마교의 육대호법 중 두 사람이 나설 줄은 몰랐다. 도를 쥔 이가 도귀라 했으니 분명 뒤에 있는 중년 여인은 소수마녀 천옥심일 것이다. 육대호법 중 여인은 그녀가 유일했으니.

하지만 상황은 그와는 전혀 상관 없이 흘러가고 있다.

창끝을 손철야에게 겨눈 소민이 한 걸음 한 걸음 움직이고 있었다. 그녀의 보보는 진중했으며 무거웠다.

'기세가 점점 커진다. 어찌 저 어린아이가 이 정도의 기세를……'

손철야는 믿을 수가 없었다. 저 나이에 이런 경지라니 마교에서는 그 정도의 성취를 보인 이는 위청운 한 사람밖에 없었다.

'역시 중원은 넓다는 것인가.'

천옥심 역시 무척이나 놀랐다. 설마 저런 실력을 가진 아이가 있을 줄은 몰랐던 것이다.

"월영낙성(月影落星)."

창끝이 위로 솟구쳐 오른다 싶은 순간 손철야를 양단할 기세로 떨어져 내렸다. 손철야의 오른팔이 빠르게 움직이며 그의 도가 도갑에서 빠져나왔다.

카앙!

요란한 소리가 울렸다. 그의 강맹한 발도술에 밀린 소민이 뒤로 두 걸음 물러섰다. 하지만 물러선다 싶은 순간 창이 어지러이 움직이면서 손철야를 찔러왔다.

"월영침우(月影針雨)."

날가로운 창 그림자가 손철야의 전신을 뒤덮었다.

"매섭구나."

손철야의 도가 바쁘게 움직였다. 도영이 하나둘 늘어나더니 그의 앞을 완벽하게 뒤덮었다. 소민의 창 그림자는 그의 도영에 가로막혀 모두 튕겨 나왔다.

"도막!"

류씨가 깜짝 놀라서 외쳤다.

하지만 육대호법 정도라면 아무것도 아닌 것이었다.

"월영광휘(月影光輝)."

도막에 자신의 창이 막히자 이번에는 소민은 전력을 다한 한 번의 초식을 펼쳤다.

강맹한 기운을 띤 찌르기가 손철야의 도막을 향해 짓쳐들었다.

"음."

손철야는 자신을 향해 다가오는 창의 기운이 심상치 않음을 느꼈다.

지잉.

창과 도가 부딪친 순간 울린 소리다.

두 사람의 창과 도가 딱 맞붙어 있었다.

소민의 창은 푸른 기운이 가득했고 손철야의 도는 붉은 기운이 넘실거렸다.

"창강… 도강……."

류씨는 지금 눈앞에서 펼쳐지는 대결을 도무지 믿을 수가 없었다. 도귀야 그렇다 하지만 대체 소민은 어찌 저런 절기들을 펼쳐 낼 수 있단 말인가. 이제 겨우 서른에 불과한 여인의 몸으로.

그제야 류씨는 깨달을 수 있었다, 왜 먼 길을 돌아 그녀를 찾았어야 했는지를.

육대호법이 나서 위태로워졌다지만 이 일은 누구도 예상치 못한 변수였다.

만일 다른 이들이 노렸다면 틀림없이 무사히 목적지까지 갈 수 있었을 것이다.

"삼 초 끝났죠?"

소민이 빙긋 웃으며 말했다.

"어린 녀석이 쓸데없는 자존심을 가지고 있구나. 너는 이 결정을 크게 후회할 것이다. 염왕 앞에서 말이다."

손철야의 눈이 차갑게 빛났다.

두 사람의 창과 도가 떨어졌다 싶은 순간 어지러운 창영과 도영이 공간을 뒤덮었다.

소민의 창이 요혈을 노리며 날아들자 손철야의 도가 모조리 쳐냈다. 그리고 빈 공간을 향해 짓쳐들려 했지만 소민의 창이 빨랐다.

절묘하게 손철야가 치고 들어올 공간을 막았다.

십 척에 이르는 장병의 이득 덕인지 좀처럼 손철야가 소민에게 접근하지 못하고 있었다.

자신의 신장의 두 배에 달하는 창을 자유자재로 다루는 그녀의 움직임은 참으로 아름다웠다. 생사대적을 눈앞에 두고 싸우는 모습이 아니라 마치 아름다운 창무를 추는 듯했다.

시종일관 비슷한 양상으로 싸움이 진행됨에도 손철야의 얼굴은 여전히 여유로웠다.

아니, 그의 얼굴은 희열에 차 있었다.

여태껏 이렇게 자신을 즐겁게 해주는 상대를 만나지 못했다. 세월의 힘은 그를 더욱 강하게 만들어주었고 동시에 그에게서 싸울 만한 상대를 앗아갔다.

그런데 마침내 이런 상대가 나타난 것이다.

그도 무인. 즐거웠다.

소민이 재빨리 자신의 독문보법의 방위를 밟아 손철야의 뒤로 돌았다. 그대로 놔둘 손철야가 아니었지만 그 순간 소민의 창이 그의 하체를 쓸어왔다. 재빨리 도로 막고 균형을 바로 하는 순간 어느새 소민은 그의 뒤를 점했다.

'방심할 수 없는 아이로구나.'

소민은 즉시 전력을 다해 창을 내리그었다. 창인이 번쩍이며 떨어졌다.

이번 일격은 그 위력이 지금까지와는 달랐다. 심상치 않은 기운을 담은 창의 움직임에 손철야는 처음으로 자신의 절기인 귀왕천혈도법(鬼王天血刀法)의 초식을 펼쳤다.

손철야의 도에 맺힌 도강이 더욱 붉디붉게 변하면서 소민의 창과 부딪쳤다.

쾅!

요란한 소리가 울리며 손철야는 뒤로 한 걸음 울러났다.

소민은 뒤로 열 걸음 이상 물러나 있었다. 그녀의 앞으로 발자국이 깊게 찍혀 있었다. 그녀의 얼굴은 하얗게 질려 있었다.

이번의 충돌로 상당한 타격을 받은 것이다.

"제법이야. 내 귀왕천혈도와 부딪치고도 버텨내다니."

손철야의 얼굴에 은은한 경악이 어려 있었다. 그것은 천옥심도 마찬가지였다.

강맹한 위력만 놓고 본다면 손철야의 귀왕천혈도는 육대호법의 무공 중 수위를 차지했다. 그런 도법을 저렇게 어린 여인이 막아낸 것이다.

"칭찬 감사해요. 과연 무서운 도법이로군요."

소민은 곧 혈색을 회복했다.

"그렇다면 저도 보여 드리지요, 월영천강창(月影天罡槍)의 진수를."

소민의 말에 손철야와 천옥심을 비롯해 류씨의 얼굴에도 경악이 어렸다.

"월영천강창이라 하였느냐? 과연 네 실력이 납득이 되는구나. 그렇다 하더라도 그 어린 나이에 이 정도 화후라니 대단하구나."

손철야는 진정 감탄한 듯했다.

월영천강창.

정마이대창법 중 정의 창법이다.

소위 강호에서 말하는 전설의 창법인 것이다.

마의 창은 바로 육대호법 중 한 명인 귀령창 갈문호의 절기인 귀령혈마창(鬼靈血魔槍)이다.

소민이 아무리 정마이대창법의 전수자라 하더라도 그 실력은 대단한 것이다. 마창을 익힌 갈문호도 그녀의 나이에 그런 성취는 보이지 못했다.

"월영강우(月影罡雨)."

소민의 창이 어지러운 선을 그리며 움직인다. 소민이 휘두름에 따라 창의 끝에서는 푸른 강기가 손철야를 향해 날아갔다.

"허. 강기를 날린단 말이지."

탄강기(彈罡氣)라고도 불리는 수법이다. 강기를 병기에 맺히게 할 뿐 아니라 멀리 쏘아 보내는 수법으로 강기보다 훨씬 높은 수준의 수법이다.

"귀왕마벽(鬼王魔壁)."

손철야의 도가 어지러이 움직이며 붉은 벽을 만들었다. 처음 보여준 도막과는 차원이 다른 벽이었다. 붉은 강기로 이루어진 벽.

쾅쾅쾅.

탄강기와 강기벽이 부딪치며 요란한 폭음이 울렸다. 자욱한 먼지가 주변을 뒤덮었다.

그 순간 먼지를 뚫고 소민의 창이 손철야의 목을 찔러왔다. 손철야의 도가 소민의 창을 내려쳤다. 내려치는데서 끝나지 않고 여세를 몰아 그녀의 창을 땅으로 내쳤다. 순간 소민의 몸에 빈틈이 생겼다. 소민이 재빨리 창을 회수하려 할 때 이미 손철야는 그녀를 향해 짓쳐들었다.

일단 십 척 안의 간격으로 들어가자 소민은 자신의 거리를 빼앗겼다. 이제는 손철야의 거리다.

싸움이 시작한 후 처음이다.

이제 소민의 장병은 불리하게 변했다.

그렇게 보였다.

소민과 손철야의 거리가 반 장이 되는 순간 손철야의 도가 무섭게 소민을 쓸어갔다.

절체절명의 순간.

챙.

손철야의 손에 느껴지는 감촉은 기대한 것과는 전혀 다른 것이었다.

소민의 손에 삼 척 길이의 단봉이 쥐어 있었다. 거리를 잃

었다 싶은 순간 재빨리 창의 제일 뒷부분을 분리해 손철야의
도를 막은 것이다.

이제 소민은 양손에 병기를 쥐고 있었다. 삼 척 길이의 단
봉과 칠 척 길이의 중창.

왼손에 들린 단봉이 어지러이 움직이며 손철야를 공략했
다. 하지만 지금은 손철야의 간격이다. 소민은 겨우겨우 손철
야의 도를 막을 뿐이다. 공략하는 것이 아니라 공략당하는 것
을 겨우겨우 막고 있는 것뿐이다. 오른손에 들린 중창은 좀처
럼 움직일 공간을 찾지 못하고 있었다.

그럴 수밖에 없는 것이 두 사람의 간격에 비해 창이 너무
길었다.

'치잇. 이대로는 안 돼.'

소민은 이대로 싸움이 진행되면 자신이 진다는 것을 확신
할 수 있었다. 무언가 변화가 필요했다.

"월영창룡(月影蒼龍)."

단봉 전체에 푸른 강기가 어리는가 싶더니 소민이 손철야
를 아래에서부터 위로 쓸어갔다. 손철야가 허리를 뒤로 움직
이며 도로 그녀의 공격을 흘린다 싶은 순간 소민은 공중으로
뛰어올랐다. 흡사 용이 승천하는 듯한 모습이다.

그녀는 치명적인 실수를 범했다. 고수 간의 대결에서 움직
임이 자유롭지 못한 공중으로 몸을 띄우는 것은 절대금기인
것이다. 적어도 류씨는 그렇게 생각했다.

그러나 그의 예상은 빗나갔다.

소민의 몸이 공중으로 떠오른다 싶은 순간 그녀의 왼손에 들린 중창이 주변을 휩쓸었다. 창날에는 푸른 강기가 맑은 빛을 뿌리고 있었다. 공중에 뜬 소민을 공격하려던 손철야의 도가 그녀의 창에 막혔다.

그렇게 소민은 손철야와의 간격을 삼 장으로 벌릴 수 있었다.

십 척이 일 장이다.

두 사람 사이의 거리는 이제 누구의 간격도 아니었다. 동시에 두 사람 모두의 간격이었다.

거리가 멀어진 만큼 움직일 수 있는 공간이 많아졌다. 두 사람 정도의 경지의 고수라면 그 정도 공간이면 삼 장의 거리를 자신의 간격으로 줄이는 것은 순식간이다.

먼저 움직인 것은 손철야다. 간격이 벌어졌다 싶은 순간 자신의 간격을 지키기 위해 소민을 향해 짓쳐들었다. 붉은 강기를 머금은 도가 무시무시한 소리를 내며 공간을 휩쓸었다. 소민은 어느새 하나로 합친 창으로 그를 찔렀다. 어떻게든 자신의 간격에 손철야를 두기 위함이다.

두 사람은 다시 치열한 공방을 펼쳤다.

푸르고 붉은 강기가 공간을 뒤덮는다.

류씨는 두 사람의 공방에서 눈을 떼지 못했다. 무의 길을 걷는 무인으로 이런 고수들의 대결을 직접 본다는 것은 기연이나 다름없었다.

공방이 진행될수록 소민이 조금씩 밀렸다. 눈에 띄지 않는 변화였지만 그녀는 어느새 열세에 처해 있었다.

그녀의 귀여운 얼굴이 땀에 흠뻑 젖어 있었다. 손철야 역시 땀을 흘리고 있었지만 그녀 정도는 아니었다.

"후후. 이제 가진 실력을 다 보였느냐? 제법 재미있었다. 운이 없었다 생각하거라. 이 상태로 십 년이 흐른다면 능히 나와 자웅을 결할 만하다만 너에게는 그럴 시간이 없구나."

손철야는 이제 소민의 실력을 모두 보았다 생각했다.

이제 슬슬 끝내야겠다는 생각을 하는 중이다. 참으로 오랜만에 즐겁게 도를 휘둘렀다. 즐기기 위해 상대의 실력에 맞춰서 도를 펼쳤다. 중간중간 흠칫한 순간이 있었지만 그래서 더욱 즐거웠다.

손철야의 말에 소민은 입술을 꼭 깨물었다.

그녀도 알고 있었다, 상대는 적당히 자신을 상대하고 있다는 것을. 이대로 끝낼 수는 없었다.

그녀는 마지막 초식을 펼치기로 마음먹었다.

완벽하지 않은 초식이기에 펼치지 않으려 했다. 하지만 이제 물러설 곳은 없었다.

손철야가 여유로운 표정으로 귀왕천혈도법 중 귀왕군림참(鬼王君臨斬)의 수법을 펼치려 했다.

그 순간,

“월영천강진천하(月影天罡震天下)!”

그녀의 외침과 함께 창이 현묘하게 움직였다. 창날뿐 아니라 창대에 푸른 강기가 뒤덮였다. 그리고 창이 무섭게 회전하면서 사방으로 쏘아져 나갔다. 회전하는 창의 끝에는 어김없이 손철야의 요혈이 자리하고 있었다.

“큭! 귀왕군림참.”

손철야가 다급히 초식을 마무리하려 했지만 한 발 늦은 만큼 제 위력이 나오지 않았다.

그사이 창의 푸른 강기가 손철야의 전신을 뒤덮었다.

“귀왕노혈천(鬼王怒血天)!”

손철야는 다급히 이어서 귀왕천혈도법의 후삼초 중 하나를 펼쳤다.

소민이 펼친 창의 푸른 강기가 뒤덮은 공간에 붉은 빛이 새어 나오기 시작하는가 싶더니 순식간에 사방을 뒤덮었다. 소민의 푸른 강기는 허무하게 깨져 나갔다.

소민은 충격에 형편없이 나동그라졌다.

“으윽!”

소민은 그 상태에서도 창을 꼭 쥔 채로 힘겹게 몸을 일으켰다. 창대로 몸을 지지하고 있는 그녀는 심하게 몸을 떨었다. 옷 여기저기 찢겨 나가고 곳곳에 상처가 있었다.

“쿨럭!”

파리하게 질린 안색의 소민은 결국 피를 토했다.

무리한 내공의 운용과 손철야의 공격에 의한 내상이 어우러진 결과다.

"큭!"

손철야는 다섯 걸음 뒤로 물러나 있었다. 그도 옷 여기저기가 찢겨진 것이 무사한 모습은 아니었다. 그의 입가에 한줄기 붉은 피가 흐르고 있었다. 그 역시 내상을 입은 것이다.

"마지막은 제법 무서웠다."

하지만 그가 입은 내상은 심하지 않았다. 얼마간 요양을 취하면 충분히 회복할 수 있는 정도다.

"이제 끝을 내야겠지."

손철야의 눈이 살기로 희번덕거렸다. 설마 자신이 이렇게 낭패를 볼 줄은 몰랐다.

교로 돌아갔을 때 구양천이 뭐라 할지 몰랐다. 자신이 그가 원정에 손상을 입은 것을 그렇게 놀리지 않았던가. 천옥심이 모든 것을 지켜본 이상 교로 돌아가는 순간 이 일이 보고되는 것은 뻔한 일이다.

손철야가 도를 든 채 소민을 향해 다가갔다.

소민은 그런 손철야의 모습을 가만히 바라보았다. 이제 창을 한 번 움직일 힘도 남아 있지 않았다.

그저 자신을 죽이러 오는 손철야를 지켜볼 뿐이다. 후회는 없었다. 무공을 익힌 무인으로 천하에 그 이름을 떨치지는 못했지만 전력을 다해 오십여 년 전부터 천하에 이름을 떨치고

있는 초절정고수와 대결을 펼쳤다. 비록 패했다 하나 자신이
가진 모든 것을 내보였기에 만족했다.

"누구냐!"

그때 천옥심의 하얀 손끝에서 장력이 뿜어졌다. 관도 한 곳
의 아름드리 나무를 그대로 부숴 버렸다.

그녀의 손끝에서 장력이 뿜어지는 순간 하나의 그림자가
소민의 곁에 나타났다. 여기저기 헤진 옷에 심한 악취. 나타
난 인물은 거지였다.

"네놈은……."

손철야가 갑자기 나타난 거지의 모습에 얼굴을 찌푸렸다.
움직임이 심상치가 않았던 것이다.

"허허. 이 보잘것없는 거지는 무영개라 한다오."

그의 말에 네 사람의 얼굴이 급변했다.

특히 손철야와 천옥심의 얼굴은 심각하게 변했다. 직접 만
난 것은 처음이지만 소문은 들었다. 무영개의 명성은 신강에
까지 퍼져 마교에서도 잘 알려져 있었다.

특히 그의 일절이라는 경공은 두 사람에게는 골치 아픈 부
분이다.

무영개와 청풍개.

개방의 두 거지는 경공으로 천하에 명성이 높았다. 빠르기
로 따지면 청풍개가, 은밀함으로 따지면 무영개가 높다 알려
졌으나 그 차이는 크지 않았다.

"오랜만이구나."

"오랜만이에요. 이런 몰골로 다시 뵐 줄은 몰랐군요."

소민의 말에 무영개가 웃으며 고개를 저었다.

"아니다. 천하에 누가 도귀와 싸운 후 이 모습을 몰골이라 하겠느냐. 이제 그만 가자."

무영개의 말에 손철야와 천옥심의 얼굴에 긴장이 어렸다. 지금껏 뒤쪽에서 방관만 하던 천옥심이 본격적으로 움직이기 시작했다.

"자네까지는 챙기지 못할 것 같으니 알아서 몸을 빼게나. 미안하네."

류씨는 자신의 귀에 들리는 무영개의 전음에 재빨리 말의 고삐를 움켜쥐었다.

끝장이라 생각하는 순간 한줄기 구원의 빛이 나타났다. 무영개라면 능히 그녀를 데리고 두 사람으로부터 벗어날 수 있을 것이다.

"이랴!"

무영개의 전음을 듣는 순간 류씨는 자신이 할 수 있는 바 최선을 다했다. 먼저 마차를 출발시킴으로 손철야와 천옥심의 이목을 끈 것이다.

말의 울음소리에 두 사람의 시선이 잠시 그쪽으로 옮겨가는 순간. 무영개가 사라졌다. 소민 역시 사라졌다.

무영만리풍(無影萬里風).

무영개의 독문 신법은 과연 놀라웠다, 감쪽같이 두 사람의 초절정고수의 눈을 속이고 사라졌으니.

"쫓아라!"

대경한 손철야가 즉시 무영개가 간 방향으로 몸을 날렸다. 천옥심 역시 경공을 펼쳐 그 뒤를 쫓았다. 두 사람에게 류씨는 안중에도 없었다.

그들에게 중요한 것은 뇌룡아를 지닌 소민이었다.

"허어. 공동의 장문제자인 나 류운상이 이런 찬밥이라니."

마부로서 이곳까지 소민을 태우고 온 류씨. 그는 공동의 차기 장문인으로 내정된 류운상이었다.

그는 참으로 허탈하게 웃었다. 그라면 무림 어디에서도 대접받을 인물이지만 이곳에서는 너무도 초라했다.

그럼에도 그는 마차를 몰아갔다.

일이 어떻게 되었는지 그는 가야 할 곳이 있었다.

그곳은 무창의 천의맹.

"부디 무사히 무영개 어른께서 무창으로 가셔야 할 텐데……."

허탈함 뒤에는 진한 걱정이 따라왔다.

*   *   *

"젠장! 젠장! 젠장!"

임충은 스스로를 질책하면서 말을 전력으로 몰았다. 그의 눈앞에는 나는 듯 달리고 있는 노인이 있었다. 인간의 몸으로 말보다 빨리 달릴 수 있는 사람이 있다니 그는 믿을 수 없었다.

아니, 개방의 무영개나 청풍개라면 가능할지도 모른다. 하지만 자신의 눈앞에서 달리고 있는 인물은 거지가 아니었다.

그것보다 중요한 것은 자신의 품에 있던 용아천뢰검이 이제는 저 노인의 손에 있다는 사실이다.

갑자기 나타나 자신을 덮친 노인이었다. 재빨리 두 자루의 창을 하나로 합쳐 상대하는 것까지는 좋았다. 하지만 노인의 목적은 자신의 품에 있는 용아천뢰검이라는 것을 몰랐던 사실이 뼈아팠다. 너무나 허무하게 노인이 빼갔으니 말이다.

그 후 말과 사람의 추격전이 펼쳐졌다. 거리를 줄일 수 없었으나 그나마 위안거리는 거리가 벌어지지도 않는다는 것이다.

'운이 좋았어. 설마 이렇게 쉽게 만날 줄이야.'

임충에게서 뇌룡아를 훔쳐 달리는 노인. 그는 마교의 구장로 중 한 명인 천영비마 막광도였다.

교에서 명령을 받았을 때 그가 있던 곳은 귀주성의 귀양이었다. 무창 천의맹으로 가서 뇌룡아를 빼오라 할 때는 참으로 난감했다. 아무리 그라도 현재 마교의 중원 진출로 인해 용담

호혈로 변한 천의맹에 잠입하는 것은 쉬운 일이 아니었기 때문이다.

그래도 명령은 따라야 했다.

그것도 소교주가 내린 명령이다. 현재 교주가 모처에서 마교천하를 위한 계획을 진행시키는 마당에 교의 전원은 소교주에게 있었다.

명령에 따르기 위해 귀양에서 무창으로 향하던 중 그는 관도에서 급히 말을 달려가는 청년을 볼 수 있었다. 그 역시 말을 타고 달려가는 중이었다.

무엇이 그리 급한지 그의 얼굴은 절박했다. 그 절박함에 호기심을 느낀 순간 그는 익숙한 기운을 느낄 수 있었다.

무려 네 번이나 느낀 기운이다. 아미에서 청성에서 곤륜에서 종남에서 느꼈었다.

처음에는 몰랐지만 차츰 익숙해져 이제는 거리가 제법 떨어져 있는데도 느낄 수 있었다.

뇌룡아다.

분명 뇌룡아가 뿜어내는 뇌기다. 보통 사람이라면 절대 느끼지 못할 기운을 그는 느꼈다.

그다음은 간단했다.

덮쳐서 훔친 것이다.

그에게 그 정도 일은 아주 쉬웠다. 더군다나 상대가 저런 애송이임에야.

일단 수중에 뇌룡아가 들어온 다음은 일사천리다. 그냥 총
단으로 달리면 되는 것이다. 뒤에서 쫓아오는 애송이가 귀찮
기는 했다.

'그냥 처리하고 갈까?'

아무리 자신의 장기가 경신법이라 하더라도 뒤에서 쫓는
애송이 하나 처리할 실력은 가지고 있었다. 교의 장로 자리는
달리기 시합으로 차지하는 것이 아니다. 아무리 구장로 중 제
일 말석이라도 강자존의 마교에서 그는 자신의 실력을 인정
받아 장로가 된 것이다.

잠시 고민했지만 귀찮았다.

그냥 달리면 제풀에 떨어져 나갈 놈이다. 아무리 말을 타고
달린다 하여도 자신을 잡을 수는 없다.

천영비마 막광도는 스스로의 경공에 대한 자부심이 대단
했다.

임충은 뒤를 쫓으면 쫓을수록 불안해졌다. 도둑놈의 경로
가 마음에 걸린 것이다. 자신이 가려던 길과는 방향이 틀어져
있었다. 지금 도둑놈은 북쪽으로 달리고 있었다.

'설마?'

자신의 예상이 틀리기를 바라는 임충의 가슴은 무거워졌
다. 지금 저 도둑놈이 가려는 곳이 하남이라면 큰일이다.

얼마나 달렸을까? 말이 조금씩 지쳐 가는 것 같았다. 도둑

과의 거리가 점점 벌어지고 있었다.

'저 빌어먹을 놈은 정체가 무엇이기에 저렇게 달린단 말인가. 큰일이구나. 숙부를 어떻게 뵙는단 말인가.'

임충의 얼굴이 급격히 어두워졌다.

그 순간 임충은 두 눈을 크게 떴다.

잘 달리던 도둑이 형편없이 옆으로 나동그라졌기 때문이다. 그리고 옆에서 백의 무복에 검을 든 인물이 나타났다.

그에게는 그야말로 구세주와 같은 인물이었다.

"신기하군. 마기를 풍기는 노인장이 어찌 그 물건을 가지고 있는 것이지?"

"쿨럭, 쿨럭!"

전력으로 달리던 와중 옆에서 닥쳐온 충격이 너무 컸음인가. 막광도는 몸을 일으키지도 못한 채 심하게 기침을 했다. 그의 기침에는 검붉은 피가 섞여 있었다.

검을 들고 나타난 백의의 사내.

그는 잠룡은검 이협수였다.

환우가 융중산을 떠난 다음날. 그도 융중을 떠났다. 그리고 천하를 돌아보며 자신의 검을 더욱 갈고닦았다. 그러던 와중에 마교가 중원에 자리를 잡았다는 소식에 무창으로 향하던 차다.

무창에 천의맹이라는 정파 무림맹이 세워진다는 소식 때문이다.

지금 강호는 마교의 발호와 무림맹의 결성이 가장 큰 화제였다.

이제 자신의 검으로 가문의 옛 명예를 되찾을 때가 왔다 생각했다. 그래서 천의맹으로 향했다.

그러던 중 익숙한 기운을 느꼈다. 그것은 분명 환우가 사용하던 용아천뢰검의 기운이었다. 하지만 환우가 지니고 있던 두 자루와는 미묘하게 달랐다. 열 자루가 있다 했으니 그중 하나이려니 생각했다.

하지만 문제는 용아천뢰검이 있는 곳에 마기도 같이 느껴진다는 것이었다. 게다가 굉장히 빠른 속도로 움직이고 있었다. 무슨 일이 있다 생각한 이협수가 황급히 앞질러 가 일격을 날린 것이다.

이 모든 것이 기감에 민감한 이협수였기에 가능한 일이었다. 다른 사람이라면 절대로 불가능한 일이다.

과연 그 뒤로 정파의 인물로 보이는 젊은 무사가 헐레벌떡 달려오고 있었다.

"감, 감사합니다, 대협. 덕분에 살았습니다."

임충은 포권을 취해 인사를 한 후 황급히 막광도를 향해 달려갔다. 어서 그놈의 품에 있는 용아천뢰검은 회수해야 했다.

하지만 이협수가 그 앞을 막았다.

"대체 왜?"

"저놈은 아직 멀쩡합니다."

이협수가 차가운 눈을 빛내며 말했다.

임충은 이협수의 말에 멈칫했다. 그리고 심하게 떨던 노인의 움직임이 멎었다. 그리고 서서히 몸을 일으켰다.

과연 이협수의 말대로 멀쩡한가 싶었지만 얼굴이 하얗게 질려 있는 것이 상당한 내상을 입은 것 같았다.

막광도는 낭패한 기색을 억지로 숨겼다. 사실 적지 않은 내상을 입은 터라 방심하고 자신을 향해 다가오는 놈을 처리하고 잽싸게 도망칠 생각이었다. 그런데 자신에게 검격을 날린 놈은 아직 자신이 그런 여력을 가지고 있음을 눈치 챈 것이다.

"당신은 너무 빠르더군요. 그래서 기회를 주면 안 될 것 같아서요."

막광도가 도망갈 길목을 막은 이협수가 심유한 눈으로 그를 보며 말했다.

막광도는 참으로 미칠 노릇이다.

갑자기 어디서 이런 놈이 튀어나왔단 말인가. 계속해서 달리기만 하던 차에 갑자기 나타난 복병에 그의 등이 땀으로 축축이 젖어들었다.

내상도 내상이지만 눈앞의 놈은 젊은 나이답지 않게 풍기는 기도가 심상치 않았다. 자신이 멀쩡한 몸이라도 감히 승리를 장담할 수 없었다.

"노인장의 몸에서 짙은 마기가 느껴집니다. 지금같이 어수

선한 때에 그렇게 마기를 풍기며 달릴 수 있는 인물이란 마교의 사람들밖에 없겠지요."

이협수의 말에 임충이 몸을 흠칫 떨었다. 자신의 불길한 예감이 맞아떨어진 것이다.

그야말로 눈앞의 저 백의검객은 자신의 은인이었다. 만일 그가 나타나지 않았다면 자신이 책임지고 있던 점창의 용아천뢰검이 마교로 흘러들어 가버렸을 것이다.

"그리고 노인장의 품에서 아주 익숙한 기운이 느껴집니다. 그 기운을 지닌 물건은 아마도 제 의동생이 찾는 그것 같군요. 그래서 가져다주려 하니 저에게 넘겨주시지요. 그렇게만 해주면 아무 상관 않겠습니다."

이협수의 말에 막광도의 얼굴이 험악하게 일그러졌다. 자신의 품에 있는 물건이 무엇이란 말인가. 바로 교에서 그렇게 찾으라 하는 뇌룡아다. 그것을 저리 태연한 얼굴로 넘겨달라 하다니 자신이 미치지 않고서야 그럴 수는 없었다.

"홍. 그게 가능할 것 같으냐?"

막광도는 입가의 피를 닦으며 이협수를 사나운 얼굴로 노려보았다.

"그렇다면 힘으로 빼앗을 수밖에 없습니다. 노인장이 마교의 인물인 이상 제 검에서 인정을 바라지는 마십시오."

이협수의 가문이 무너진 것도 오십여 년 전의 마교의 발호 때문이다. 마교를 대하는 그의 감정이 좋을 리 없었다.

"할 수 있다면 해보거라. 마교의 장로 자리는 허투루 차고 있는 게 아니다."

그의 말에 이협수와 임충의 얼굴이 변했다.

마교의 인물이라 생각은 했지만 설마 장로 정도의 거물일 줄은 몰랐다.

임충의 얼굴에 긴장이 어렸다.

장로라면 그 실력이 만만치 않을 것이다. 과연 둘이서 저자를 상대하고 용아천뢰검을 찾을 수 있을지 걱정이었다.

이협수의 표정도 변했지만 그것은 임충과는 다른 의미였다. 그의 얼굴에는 기대감이 어려 있었다.

"마교의 장로라… 그렇다면 무척이나 강하시겠구려."

이협수가 눈을 반짝이며 물었다.

"흐흐흐. 그렇다. 내 비록 네놈의 불의의 일격에 당하기는 했다만 그것은 내가 전력으로 경공을 펼쳤기에 그랬던 것이다. 그때와 같은 운이 두 번이나 있을 것이라고는 생각지 마라."

천영비마 막광도가 두 손을 곧추세웠다.

"그렇게 대단한 인물이시라면 명호를 알 수 있겠소?"

"흐흐. 마교의 구장로 중 한 명인 천영비마 막광도가 바로 나다."

그의 말에 이협수는 고개를 끄덕였다.

"과연. 무척이나 요직에 있는 인물이구려. 그렇다면 당신을 생포해 천의맹으로 데려가는 것이 낫겠군요.”

“흥. 애송이가 겁이 없구나.”

스르룽.

이협수는 막광도의 말에 아무런 대답 없이 검을 뽑았다.

알고 싶은 것은 모두 알았으니 더 이상의 대화는 필요없었다. 다행이었다. 눈앞의 상대가 스스로의 신분을 말했기에 죽이지 않을 수 있었다. 아무것도 모르고 죽였다가 그가 마교의 장로라는 사실을 알았다면 무척이나 안타까웠을 것이다.

“가오.”

마교의 인물에게 굳이 선수를 양보할 필요는 없었다. 이협수의 검이 빠르게 움직였다.

그의 두 눈에는 기대감이 가득했다.

강호에 나와서 처음으로 검을 뽑았다.

지금껏 자신이 상대한 인물은 단둘이었다. 무영개와 환우. 그래서는 자신의 진정한 실력을 알 수가 없다.

눈앞의 상대가 마교의 장로라 했으니 이제 자신의 실력을 좀 더 정확히 알 수 있으리라.

다짜고짜 공격하는 이협수의 모습에 임충은 깜짝 놀랐다. 합공을 해도 모자랄 판에 먼저 공격해 들어가다니. 게다가 그의 등은 이번 싸움에 상관하지 말라고 말하고 있었다.

임충은 이러지도 못하고 저러지도 못한 채 발만 동동 굴렀다.

“어림없다.”

천영비마는 즉시 자신의 독문무공인 천환수(千幻手)를 펼쳤다.

서격.

눈 깜짝 할 사이에 소름 끼치는 소리가 울렸다.

턱.

천영비마의 왼팔이 이협수의 검에 잘려 바닥에 떨어졌다.

단 일 초.

일초였다. 이협수가 검을 휘두르고 막광도가 손을 뻗은 단 한 번의 초식. 그 한 번에 막광도는 자신의 왼팔을 잃었다.

자신의 왼팔을 보며 믿지 못할 눈을 하고 있을 때 이협수의 검이 재차 막광도를 향해 날아들었다. 지혈할 시간조차 없었다. 막광도는 재빨리 몸을 날렸다.

하지만 이협수의 검은 집요하게 그 뒤를 쫓았다.

“윽!”

이협수의 검이 그의 오른 발목을 훑고 지나갔다.

막광도는 그대로 앞으로 고꾸라졌다. 그러면서도 그는 믿을 수 없다는 눈을 했다.

마교의 장로다. 천하의 천영비마 막광도가 자신이다. 그런데 단 이 초에 한 팔을 잃고 한 다리를 못 쓰게 되었다. 믿을 수가 없었다. 이것이 현실일 리 없다.

하지만 왼팔과 오른발에서 올라오는 통증은 이것이 현실

이라 말해주고 있었다.

"어, 어떻게 이럴 수가……!"

믿을 수 없다는 얼굴을 하고 있는 그에게 이협수가 천천히 다가와 혈을 제압했다. 그리고 팔과 발목의 상처에 대한 지혈도 했다.

막광도는 제압당해 꼼짝 못하는 상황에서도 믿을 수 없다는 눈으로 이협수를 바라보았다.

"네, 네놈은 대체 누구냐?"

그의 목소리가 심하게 떨리고 있었다. 이렇게 젊은 무인 중에 이렇게 강한 인물이 있다는 말은 들은 적이 없었다. 후기지수 중 그 이름이 높다는 신주오룡이라 해도 이런 실력은 가질 수 없었다. 그들은 그저 어린아이들 사이에 실력 좀 있다고 이름을 얻은 애송이들일 뿐이다.

하지만 이놈은 진짜 고수였다. 그것도 절정을 넘어선 수준이다.

"이협수라 하오."

이협수는 담담하게 대답을 하며 막광도의 품에서 용아천뢰검을 꺼내 자신의 품으로 가져갔다.

임충은 그저 그 모습을 멍하니 바라볼 뿐이다. 당한 막광도도 믿지 못하고 있는데 곁에서 그 모습을 지켜본 임충이 눈앞에 펼쳐진 사실을 쉬이 믿을 수 없는 것은 당연한 일이다.

'대체 어디서 저런 고수가 나타났단 말인가. 들은 적이 없

는 이름이다.’

"처음 듣는 이름이다. 네놈 같은 녀석이 하늘에서 뚝 떨어졌을 리는 없을 터. 정체를 밝혀라."

막광도가 분하다는 얼굴로 이협수를 노려보며 말했다.

그 말에 이협수는 잠시 생각에 잠겼다.

당연히 자신의 이름을 아는 이들은 얼마 없을 것이다. 이제 강호초출의 무인이 자신이니까.

"뭐, 당연한 일이오. 나는 강호에 나온 것은 이번이 처음이니까."

그 말에 막광도와 임충 두 사람은 경악 가득한 얼굴로 그를 보았다.

강호초출의 애송이가 이런 실력을 지니고 있다니 말도 안 되는 일이다. 하지만 그의 말대로라면 그런 인간이 지금 눈앞에 있는 것이다.

"음……."

이협수는 임충과 막광도의 반응에 잠시 고민했다. 환우와 치호에게 들은 자신의 명호를 밝혀야 하는가 말아야 하는가 고민한 것이다.

하지만 고민은 길지 않았다.

이미 명성을 가지고 시작하는 것과 처음부터 명성을 쌓는 것은 커다란 차이가 있었다.

더군다나 지금처럼 강호가 혼란에 빠져들려 할 때는 가지고 있는 명성을 십분 활용하는 것이 나을 터다.

"내 의동생이 그러더구려, 내가 바로 잠룡은검이라고."

그 말에 막광도와 임충은 동시에 몸을 부르르 떨었다.

잠룡은검.

그 명호가 가지는 힘은 컸다.

일존 쌍마 쌍은 오성으로 대표되는 천하십대고수.

그중 다섯 손가락 안에 드는 고수가 바로 쌍은의 하나인 잠룡은검 아니던가.

그런데 그가 이렇게 젊은 인물이라니 믿을 수 없는 일이었다.

게다가 지금까지 어디에 숨어 있는지도 모를 인물이 이렇게 갑자기 나타나다니 믿을 수 있겠는가.

쌍은의 위명이 강호에 떠돌기 시작한 것이 십 년 정도 전이다. 이자의 나이는 아무리 많게 보아도 서른 전후. 그렇다면 불과 약관의 나이에 오성을 능가했다니 쉬이 믿을 수 없었다.

"놈, 나보고 지금 그 거짓말을 믿으란 말이냐! 어찌 너같이 어린 놈이 쌍은이 될 수 있단 말이냐!"

막광도의 말에 임충은 고개를 끄덕였다, 그의 생각도 그랬으니까. 하지만 이협수는 믿든 말든 상관없다는 태도다.

"뭐, 안 믿어도 할 수 없는 일이지요. 난 그저 당신을 천의맹으로 데려가면 되니."

그러면서 막광도를 일으켰다.

외팔이가 된 그는 한쪽 발을 절었다. 이협수의 검이 그의 오른발의 힘줄을 자르고 지나갔기 때문이다. 그는 이제 더 이상 그의 성명절기나 다름없는 경공을 펼치지 못할 것이다.

막광도 그도 참 재수가 없는 인물이었다.

하필이면 뇌룡아를 손에 넣어 기쁜 마음으로 교로 돌아가는 자신의 앞을 가로막은 인물이 강호에 처음 모습을 드러낸 잠룡은검이란 말인가.

第八章

조우

「사람이 아니야… 사람일 리 없어. 그래, 동방의 하늘에서 내려온 천신(天神)일 거야. 틀림없어.」

해동에서 온 백의의 사내. 한 번의 손짓에 열 개의 벼락이 떨어지고, 마교의 혈사는 그 앞에 침묵한다. 열 개의 벼락을 중원에 남겨두고 홀연히 떠났다.

그리고 오십 년 후. 다시금 중원이 어지러워지려 할 때 그의 후예가 중원으로 향한다.

푸른 하늘에 열 개의 벼락이 다시 떨어지는 순간 천하는 그 앞에서 무릎 꿇으리라.

구름이 무척이나 빠르게 흘러간다. 나무도 휙휙 지나간다.

나무의 잔영이 겹쳐져 마치 나무가 둘러싼 길을 달리는 것 같은 착각이 일었다.

무영개에게 안긴 소민은 그렇게 생각했다.

과연 무영개는 무영개였다. 그의 경공은 놀라울 정도로 빨랐다.

"그렇게 멀뚱멀뚱 있지 말고 어서 내상을 다스리거라."

무영개의 말에 그제야 정신을 차린 소민은 눈을 감고 천천히 운공을 시작했다.

다른 사람에게 안겨 이동하는 중에 운공이라니 말도 안 되는 일이다. 그러다간 오히려 기혈이 얽혀 주화입마에 빠지기 십상이다.

하지만 소민은 당연하다는 듯 내상을 다스리기 시작했다.

그녀가 익힌 심법은 어떤 불안정한 상황에서도 안정적으로 운공할 수 있었다. 대신 약점이 있으니, 그것은 그렇게 심법을 운용하는 순간 외부에 대한 감각이 완전히 차단된다는 것이다.

언제 적에게 당할지 알 수 없는 상황에 처하는 것이다. 감각을 열어두려면 안정된 상황에서 운용을 해야 하고 불안정한 상황에서 운용을 하게 되면 감각이 닫힌다.

하지만 지금은 상관없었다. 무영개라는 믿음직한 인물이 지켜주고 있지 않은가.

“과연 무영개는 무영개야.”

열심히 경공을 펼쳐 눈앞의 흔적을 쫓는 손철야가 중얼거렸다. 자신들의 경공이 특별히 느린 것은 아니다. 아니, 그 정도의 고수가 되면 기본적으로 어느 정도 수준의 경공을 펼칠 수 있다.

한데 도무지 그림자조차 보이지 않는다. 전력으로 경공을 펼치고 있는데도 말이다.

“이렇게 빠른 경공이 존재한다니 믿을 수 없어요.”

그 뒤를 따르는 천옥심이 말했다.

“그래도 순식간에 우리 눈앞에서 사라졌으니……."

“아마 짧은 시간 동안 폭발적인 속도로만 달릴 수 있는 경공일 거예요. 천영비마 장로의 경공도 이렇게 빠르지는 않아요.”

정파에 무영개와 청풍개가 있다면 마교에는 천영비마가 있었다. 그녀는 실제로 천영비마의 경공을 본 적이 있었다. 과연이라는 소리가 절로 나올 정도로 빨랐다. 그런데 무영개의 경공은 그보다 더 빨랐다.

그렇다면 장시간 펼치는 것은 무리다. 이런 속도의 경공을 쉬지 않고 펼칠 수 있다면 그것은 인간이 아니라 괴물이다.

이미 괴물의 반열에 든 천옥심이 그렇게 생각하는 것은 어폐가 있지만 말이다.

“그런가?"

“그래요. 그러니 흔적만 놓치지 않고 계속 쫓으면 돼요. 그도 인간인 이상 계속해서 달릴 수는 없을 테니까요.”

맞는 말이다.

게다가 그들 둘은 인간이지만 계속해서 달릴 수 있었다. 몸에 지니고 있는 무궁무진한 내공이 그것을 가능하게 해주고 있었다. 익히고 있는 경공은 무영개보다 느리나 엄청난 내공으로 인해 지속적으로 달릴 수 있었다.

천옥심의 예상대로 무영개는 조금씩 달리는 것이 힘에 부치는 것을 느꼈다. 그 순간 무영개는 지체없이 속도를 줄였다. 그도 인간인 이상 계속해서 그 속도를 유지할 수는 없었던 것이다.

멈춰서 운공을 하는 것이 가장 좋은데 지금은 소민이 운공 중이다. 그녀는 감각을 차단한 채 운공에 빠져들었으니 운공이 끝날 때까지 그녀를 지켜줘야 했다.

결국 무영개는 계속 달릴 수밖에 없는 상황인 것이다.

"참으로 대단하구나. 내 처음 만났을 때부터 오성(五星)보다 윗줄의 실력을 지녔을 것이라 생각은 했지만 설마 도귀를 그 정도까지 몰아붙일 수 있었다니. 과연 내 눈은 틀리지 않았다. 진정 복호비창이라는 명호가 아깝지 않구나."

무영개는 달리는 와중에 경탄한 얼굴로 소민의 얼굴을 내려다보았다.

복호비창 임소민.

그것이 무영개가 안고 달리는 소민의 진정한 신분이다. 물론 천하에 그 사실을 알고 있는 사람은 오직 무영개 혼자였지만 말이다.

"한 시진이에요."

서서히 해가 저물어 가고 있었다.

천옥심이 잠시 멈춰서 주변을 살피며 말했다.

"한 시진이라고? 그렇게 차이가 벌어졌단 말이냐?"

무영개가 사라지고 곧바로 쫓아 달리기 시작했다. 그런데 무영개가 이곳을 지나간 것이 한 시진 전이라니 과연 제대로 쫓을 수 있을까 하는 걱정이 은은히 어리기 시작했다.

하지만 천옥심의 얼굴에는 은은한 미소가 어려 있었다. 평소에는 좀처럼 표정의 변화를 보여주지 않는 그녀로서는 참으로 이례적인 일이다. 그만큼 지금의 결과에 만족한다는 뜻이다.

"그도 결국은 인간이에요."

"뭐?"

"여기서부터 속도가 급격히 줄었어요. 이 정도면 조금씩 차이를 줄일 수 있을 거예요."

천옥심이 몸을 일으키며 말했다.

"그렇다면 빨리 가야겠구나. 곧 날이 저물 테니."

"그도 밤새 달릴 순 없을 거예요. 같이 간 아이가 내상을 입었으니 내일 정오쯤엔 따라잡을 수 있을 거예요."

두 사람은 다시 전력을 다해 경공을 펼쳤다. 과연 잡을 수 있을까란 의문을 가지고 달릴 때랑은 속도가 비교가 되지 않았다.

잡을 수 있다는 확신이 두 사람의 다리에 더욱 강한 힘을 불어넣어 주고 있었다.

밤이 깊었다. 무영개의 얼굴은 땀으로 흠뻑 젖어 있었다.

그도 이제 한계였다. 소민이 깨어나지 않았기에 어떻게든 달리고 있었다. 조금이라도 거리를 벌여야 한다는 생각에 그는 가진바 힘을 모두 썼다.

그 자신이 오성의 일인이라 해도 감히 도귀와 소수마녀의 상대는 되지 못한다. 당장 자신이 안고 있는 소민의 적수도 되지 않는다.

그가 할 수 있는 일은 자신의 장기인 경공을 펼쳐 최대한 도주하는 것이다.

그들의 행동으로 보아 분명 그 물건은 소민이 지니고 있었다.

"힘드시죠?"

그때 자신의 품에서 맑은 목소리가 들렸다.

소민이 정신을 차린 것이다. 소민의 갈색 눈동자가 자신을 바라보고 있었다.

"드디어 끝난 것이냐?"

"급한 위기는 넘겼어요."

그녀의 목소리에는 한결 여유가 넘쳤다.

"그렇다면 이제 함께 달리자꾸나."

무영개는 달리면서 소민을 내려주었다. 소민은 즉시 경공을 펼쳐 그의 곁에 따라붙었다.

"여기 있다."

무영개가 건네주는 자신의 창을 받아드는 소민의 얼굴에

미안한 기색이 역력했다.

"죄송해요. 이렇게 큰 도움을 받다니……."

"아니다. 너는 무림 정파의 큰 인물이다. 너를 잃는 것은 그야말로 큰 손실이니 난 해야 할 일을 했을 뿐이다."

"그래도… 저 때문에 몹시 무리하신 듯한데 잠시 쉬어가는 게 어떨까요? 제가 호법을 서드릴게요."

소민의 말에 무영개는 고개를 끄덕였다. 이미 한계를 넘어선 상황이었다.

두 사람은 근처 적당한 자리를 찾았다.

곧 무영개는 가부좌를 틀고 운공에 빠져들었다. 소민은 두 눈을 빛내며 주변을 경계했다.

감각을 차단하고 운공을 하게 되면 내상을 다스리는 속도가 상당히 늦어진다. 때문에 무영개를 무리하게 만들어 버렸다. 그래도 그 덕에 그녀는 몸 상태를 정상적일 때의 팔 할 정도의 상태로 회복시킬 수 있었다.

얼마의 시간이 흐른 후 무영개가 운공을 마쳤다. 그의 얼굴은 한결 밝아져 있었다.

"이곳에서 오늘 밤을 보내고 가자꾸나. 그들과의 거리도 상당히 벌어졌을 테니."

"네, 어르신."

내공이 만능의 힘은 아니다. 아무리 내공을 사용한다 해도 피로는 조금씩 쌓이게 마련이다. 내공의 힘으로 억지로 억누르고 있을 뿐인 것이다.

지금처럼 쫓고 쫓기는 상황에서 그렇게 누적된 피로가 터져 버리면 그야말로 큰일이다. 그래서 여유가 있을 때 적당히 피로를 풀려는 것이다.

두 사람은 그곳에서 적당히 노숙을 했다. 제대로 된 도구도 없어 상당히 불편했지만 그렇게라도 잠을 자두는 것이 훨씬 나았다.

다음날 아침.

이른 시간부터 두 사람은 달렸다.

일단 긴박한 순간은 넘겼으니 두 사람은 장시간 달리는 것을 염두에 두고 무창 쪽으로 달렸다.

시간은 어느새 정오를 향해 흘러가고 있었다.

열심히 경공을 펼쳐 달리던 소민의 안색이 딱딱하게 굳었다. 무영개가 그 기색을 느꼈다.

"왜 그러느냐?"

"벌써 쫓아왔어요."

소민의 말에 무영개의 얼굴이 딱딱하게 굳었다.

그렇다면 큰일이다. 어제와 같은 속도로 경공을 펼치기에는 시간이 모자랐다. 아직 만 하루가 지나지 않은 것이다.

어제 소민을 구하면서 사용한 경공은 자신의 절기인 무영만리풍 중 섬전비(閃電飛)의 수법이었다.

이름 그대로 섬전과도 같은 속도를 발휘할 수 있으나 두 가지 제약이 있었다. 펼칠 수 있는 시간이 한 시진으로 제한되어 있고 또 한 번 펼치면 하루 동안 사용할 수 없다는 것이다.

그야말로 급박한 상황에서 몸을 빼기 위한 구명 절기라 할 수 있었다.

그로서는 이렇게 빨리 따라잡힐 것이라 생각을 하지 않았다. 간밤에 피로를 풀기 위한 여유가 뼈아프게 다가왔다.

"어쩔 수 없다. 최대한 경공을 펼쳐라."

"네."

두 사람은 경공을 극성으로 펼쳤다. 모든 내공을 달리는데 쏟아 부었다.

하지만 손철야와 천옥심과의 거리는 조금씩 줄어들고 있었다. 무영개에 비해 경공에 손색이 있는 소민의 속도에 맞춰 달린 때문이다.

"안 되겠어요. 어르신께서 물건을 가지고 가세요. 제가 어떻게든 시간을 끌어볼게요."

소민의 말에 무영개는 고개를 가로저었다.

"육대호법 중 한 사람이라면 몰라도 두 사람이니 그래 봐야 소용없다. 하나가 널 상대하고 다른 하나가 날 쫓아올 테니."

아무리 생각해도 저들은 간밤 내 자신들을 쫓아온 것 같다. 그렇지 않다면 이렇게 빨리 꼬리를 잡힐 리 없었다.

과연 육대호법.

무서웠다. 밤새 최고의 속도로 달릴 수 있는 내공을 가졌다니 그야말로 괴물이었다.

그렇다면 아무리 자신이라도 도망갈 수 없었다. 어젯밤 소민을 남겨두고 자신 혼자 달렸으면 모르되 이렇게 뒤를 잡힌 이상은 소용없었다.

다시 한 번 섬전비의 수법을 펼칠 수 있는 시간이 되기 전에 잡힐 것이다.

"젠장!"

무영개의 입에서 거친 욕설이 튀어나왔다. 자신의 경공을 너무 믿었고 육대호법의 실력을 너무 과소평가했다.

자신이 이런 실수를 범하다니 너무나 한심스러웠다.

하지만 이미 벌어진 일. 지금은 그저 최선을 다해 달릴 뿐이다.

치호가 모는 마차는 한가롭게 움직였다.

편안함에 중점을 두고 몰았기에 그렇게 빠른 속도로 움직이지 않았다.

마차의 풍경은 평소와 같았다.

눈을 감고 있는 환우, 창밖의 풍경과 그를 번갈아 바라보는 단목휘경, 고삐에 온 정신을 집중한 치호, 그저 마부석 옆에 앉아 있는 돌쇠.

무엇 하나 변한 것이 없었다.

그때 갑자기 마차에 변화가 생겼다.

환우가 두 눈을 번쩍 뜬 것이다. 그리고 그의 가슴에 있는 세 자루의 용아천뢰검이 은은히 떨리기 시작했다.

"치호야."

"네."

"최대한 빨리 달려라."

"이럇!"

환우의 말에 치호는 대답보다 빨리 말에 채찍질을 시작했다. 대답하는 시간도 아까웠던 것이다. 지금 마차 안에서 느껴지는 사숙의 분위기는 정말로 급했다.

점점 더 환우에게 익숙해지는 치호다.

환우는 용아천뢰검이 떨림과 동시에 느낄 수 있었다.

누군가가 자신들이 있는 쪽으로 빠르게 달려오며, 그보다 뒤에서 그들보다 좀 더 빠른 속도로 달려오고 있었다.

분명 쫓고 쫓기는 추격이리라. 그런 것은 환우와 상관없었다. 중요한 것은 용아천뢰검이 떨었다는 것이다. 분명 둘 중 한 곳에 용아천뢰검이 있다.

환우는 그렇게 확신했다.

점창이 무너졌다는 소식에 가슴 한곳이 무거워져 있던 차에 용아천뢰검을 만나게 된 것이다.

치호가 잽싸게 모아온 정보에 의하면 점창이 무너지기 전에 용아천뢰검이 점창을 빠져나갔다 했다. 그리고 그것이 지금 천의맹을 향해 이동 중이라는 소식도 접했다.

그러나 누가 어떤 경로로 가지고 가는지를 몰랐기에 일단
사천 쪽으로 나가던 중이다.

두 집단의 거리가 점점 가까워지고 있었다.

"치호야, 더 빨리!"

환우의 목소리가 커졌다.

그에 비례에 채찍질을 하는 치호의 손도 빨라졌다.

"크크크. 거기까지다."

손철야는 눈앞에 보이는 두 사람의 등을 보면서 웃음을 흘
렸다. 이제 곧이다. 곧 저들을 잡을 수 있을 것이다.

천옥심의 입가에도 은은한 미소가 걸려 있었다.

소민과 무영개는 참으로 다급했다. 하지만 방법이 없었다.
더 이상 빨리 달릴 수 없었다. 그것은 쫓는 이들도 마찬가지였
지만 추적자와의 거리는 계속해서 조금씩 줄어들고 있었다.

소민은 열심히 달리던 중 무언가 결심을 한 듯 입술을 꼭
깨물었다.

"어르신, 부탁드려요."

그 말과 동시에 무영개의 품으로 용아천뢰검이 들어왔다. 그
리고 소민은 순식간에 창을 조립해 뒤를 돌아보며 멈춰 섰다.

소민의 행동에 천옥심은 대번에 용아천뢰검이 무영개에게
로 넘어갔음을 알아차렸다. 뇌기를 느끼고 할 것도 없었다.
이 상황에서 저런 행동이라면 뻔한 것이다.

"제가 무영개를 쫓겠어요."

천옥심의 말에 손철야는 고개를 끄덕였다.

하지만 그녀는 그럴 수 없었다.

"월영천강진천하!"

월영천강창법의 최후 초식이 두 사람을 동시에 짓쳐들었다. 소민은 두 사람의 걸음을 동시에 멈추기 위해 자신이 쓸 수 있는 최강의 수법을 최대한의 범위로 펼친 것이다.

월영천강진천하의 위력은 둘 모두 잘 알고 있었다. 잠시지만 손철야를 상당히 곤란하게 했던 수법이 아니던가.

게다가 지금 두 사람은 최고의 속도로 경공을 펼치는 중이다. 다급히 각자 최고의 절기를 펼쳐 자신을 향해 다가오는 푸른색의 강기를 막아갔다.

손철야의 도가 붉은 강기를 띠었고 천옥심의 손이 새하얗게 변했다.

콰콰쾅쾅!!

요란한 폭음이 울리며 자욱한 먼지가 일었다.

"크윽!"

"으음!"

손철야와 천옥심은 내부를 뒤흔드는 충격에 신음을 흘렸다. 내상을 입을 정도는 아니지만 상당한 충격이었다.

"월영천강진천하!"

그때 다시 한 번 울리는 낭랑한 소민의 목소리와 함께 푸른 강기가 덮쳤다.

"독한 것!"

"어찌……!"

두 사람은 황급히 다시 한 번 각자의 절초를 펼쳐 푸른 강기를 막아갔다.

자욱히 일어난 먼지는 그들에게 아무런 영향도 미치지 못한다.

콰콰콰쾅!!

다시 한 번 요란한 폭음이 울려 퍼졌다.

자욱한 먼지로 인해 한 치 앞도 제대로 분간할 수 없었다.

무영개는 뒤에서 울리는 폭음에도 아랑곳 않고 계속해서 달렸다. 가슴이 찢어지는 것 같지만 어떻게든 벗어나야 했다.

'섬전비를 펼치려면 아직 두 시진은 남았다. 어떻게든 두 시진만 버티면 된다.'

무영개를 이를 악물고 열심히 달렸다. 그런 그의 눈에 마차가 한 대 들어왔다. 자신이 있는 쪽으로 전력으로 달리는 마차다.

이대로 간다면 곧 소민이 손철야와 천옥심을 막고 있는 곳에 도달할 것이다. 저런 마차가 그곳으로 간다는 것은 위험하기 짝이 없는 일이다.

정파의 협객으로 당연히 말려야 할 것이다. 하지만 그에 따라 소모되는 시간이 문제다.

소민이 스스로를 희생해 만들어준 천금과도 같은 시간이
다. 촌각이라도 허투루 할 수 없었다.

그가 자신의 가슴을 무겁게 짖누르는 양심의 가책을 외면
하며 계속 달리기로 결정했을 때 마차를 모는 마부의 모습이
눈에 들어왔다.

익숙한 모습이다. 아직 약관이 좀 안 된 청년의 모습은 너
무나 익숙했다. 말쑥하게 차려입어서 그렇지 거지 옷을 입혀
놓는다면 영락없는 자신의 사질의 모습이다.

"멈춰!"

그때 마차 안에서 거친 사내의 음성이 터져 나왔다.

"워!"

즉시 치호가 말을 세웠다. 치호 역시 무영개 사숙을 확인한
터다. 계속 달려야 하나 말아야 하나 고민하던 차에 환우의
목소리가 터져 나온 것이다.

엉겁결에 무영개도 멈춰 서고 말았다. 마차에서 터져 나온
목소리에는 그만한 힘이 서려 있었다.

마차가 채 완전히 멈추기도 전에 마차의 문이 벌컥 열리면
서 한 인영이 쏜살같이 쏟아져 나왔다.

무영개의 앞에 순식간에 이른 환우는 손부터 내밀었다.

무영개는 정신을 차릴 수가 없었다.

이건 도대체 무슨 일인지 알 수가 없었다.

"빨리 주시지요."

“무, 무엇을 말이오?”

너무나 갑작스러운 상황에 무영개는 말을 더듬거렸다.

“품 안에 있는 용아천뢰검.”

“헉!”

무영개는 깜짝 놀랐다. 대체 이 낯선 청년은 어떻게 그 사실을 알고 있단 말인가.

“빨리 줘요. 안 그러면 당신과 같이 왔던 일행이 죽는다고요. 그놈들 무서운 놈들이에요!”

환우가 급하게 다그쳤다.

사실 세 자루의 용아천뢰검만으로도 상대할 수 있지만 보다 확실한 것이 좋았다. 한 자루가 더 있다면 그것을 찾아가야 했다.

“내, 내가 소협의 어디를 보고 그것을 준단 말이오. 그것은 무림의 소중한 보물이오.”

무영개는 환우의 기세에 말려 더듬더듬 대답을 했다. 평소의 그라면 없다고 딱 잡아뗐을 상황이었다. 그만큼 환우의 기세가 거셌던 것이다.

“지랄! 주인이 맡겨뒀던 물건 돌려달라는데 무슨 무림의 보물 타령이야!”

더 이상 기다릴 수 없었다는 듯 환우의 손이 무영개의 품을 파고들었다.

“엇?!”

보았으나 반응할 수 없었다.

어느새 용아천뢰검은 환우의 손에 들려 있었다. 환우는 쏜살같이 달렸다. 그곳은 소민이 있는 곳이다.

"헉! 그, 그것은……. 서, 서라!"

대경한 무영개가 환우가 달려간 곳이 어느 곳이란 사실도 잊은 채로 뒤쫓으려 했다.

그때,

"사숙!"

그의 발을 붙잡는 외침, 치호였다.

"너, 넌?"

자신을 사숙이라 부르다니. 꼭 같은 얼굴에도 이곳에 있을 리가 없어 무시했었는데 목소리까지 똑같다.

그렇다. 자신의 사실이 맞았다.

"네가 어떻게?"

"사정이 있어서요. 그리고 그냥 계세요. 저분은 동방신협의 제자에요."

치호가 간결하게 설명했다.

일일이 설명하려면 긴 이야기다. 하지만 환우의 행동으로 보아 무척이나 긴박한 상황이다. 그렇다면 짧고 간결하게 끝내는 것이 좋았다.

"치호야, 마차 돌려놔라!"

멀리서 환우의 외침이 들렸다. 치호는 즉시 말을 몰아 마차를 돌렸다.

"동방신협의 제자라니 어찌 된 일이냐? 그는 죽었다 하지 않았느냐?"

무영개가 즉시 마부석 쪽으로 뛰어올라 다그쳤다. 하지만 치호는 아무런 대답도 없이 마차를 돌렸다.

"나중에 천천히 설명해 드릴 게요. 지금은 그럴 상황이 아닌 걸 사숙도 아시잖아요."

계속된 다그침에 치호가 대답했다. 지금까지 무영개의 행동으로 보아 그도 무척 급박한 상황에 처한 것이리라.

"그, 그렇지."

치호의 말에 무영개는 그제야 손철야와 천옥심을 떠올렸다.

"어, 어서 그 아이를 구해야 한다. 빨리 가자꾸나."

"사숙이 이곳에서 마차 돌리고 기다리라고 했잖아요. 분명 무슨 수가 있을 거예요."

"응? 사, 사숙?"

영문을 알 수 없는 치호의 말에 무영개는 어리둥절해했다.

자욱하게 공간을 지배했던 먼지가 서서히 가라앉았다.

"참으로 독한 년이로고."

소민은 얼굴이 하얗게 질린 채 창대에 의지해 겨우겨우 서 있었다.

지금 그녀는 서 있는 것이 할 수 있는 모든 것이었다.

월영천강진천하의 초식.

두 번이나 연속해서 펼칠 수 있는 것이 아니다. 게다가 지금 그녀는 몸 상태가 평소에 비해 팔 할 정도에 불과했다.

분명 무리했다.

무영개가 도주할 시간을 벌기 위해 터무니없는 짓을 해버린 것이다.

어쩔 수 없었다, 그 물건이 어떤 것인지 잘 알았기에.

일이 이렇게 된 것에는 자신이 여유를 부린 탓도 있었다.

"네년 때문에 상황이 더욱 피곤하게 되었구나."

손철야와 천옥심의 두 눈에는 짙은 살기가 흘러넘쳤다. 두 사람 모두 소민에게 크게 분노한 상태다. 눈앞에서 뇌룡아를 놓쳤으니 당연한 일이다.

"네년도 이렇게 하면 남는 것은 죽음밖에 없다는 것을 알고 했겠지? 그렇다면 후회는 없겠구나."

손철야의 도에 붉은 강기가 어렸다.

그가 도를 높이 치켜들었다. 단번에 목숨을 앗는 것도 싫었다. 이년은 최대한 고통을 준 후 목숨을 앗으리라.

"시간없어요."

그런 그의 심정을 짐작한 천옥심이 짧게 말했다.

눈앞의 년을 갈기갈기 찢어 죽이고 싶은 마음은 그녀도 마찬가지다. 하지만 그렇게 시간을 보낼수록 무영개는 멀리 도망칠 것이다.

게다가 어제 보였던 그 경공법으로 도망친다면 완벽하게 놓치게 된다. 어떤 제약이 있어 펼치지 못하는 것 같지만 그 제약이 언제 풀릴 지도 몰랐다.

그런 마당에 사실 이곳에서 자신들을 방해한 년을 죽이겠다고 지체하는 것도 불안했다.

하지만 죽이지 않고 그냥 가기에는 가슴에 치밀어 오르는 살기가 너무 컸다.

"네년, 운 좋은 줄 알아라. 갈기갈기 찢어도 시원찮을 판에 바빠서 단번에 죽여주마."

손철야의 도가 소민의 목을 노리며 움직이려 했다.

아니, 손철야는 분명 움직였다. 그랬다.

하지만 중간에 방향을 바꿀 수밖에 없었다.

하늘에서 두 줄기의 벼락이 떨어졌다. 정확히 자신을 노리고 떨어진 것이다.

어찌 푸른 하늘에 벼락이 갑작스레 떨어진단 말인가.

이유를 생각하는 것은 다음이다. 일단 피하고 봐야 했다. 손철야는 도를 어지러이 휘두르며 재빨리 몸을 피했다.

콰콰쾅!

요란한 소리가 울리며 바닥이 움푹 파였다.

두 개의 커다란 구덩이가 생긴 자리. 그 가운데 검병만 땅 위로 솟은 두 자루의 단검이 있었다.

그 모습에 손철야와 천옥심은 두 눈을 부릅떴다.

“뇌, 뇌룡아.”

“뇌룡아……..”

두 사람이 동시에 말했다.

그것은 분명 뇌룡아였다.

그리고 청의를 입은 환우가 뇌정비의 경공으로 소민의 앞을 막아서며 나타났다.

그의 두 눈은 차갑게 가라앉아 있었다.

*　　　*　　　*

“꿀꺽.”

마른침을 삼켰다. 입 안에 침이 바짝 말라 그저 소리만 울렸을 뿐 실제 목구멍으로 넘어간 것은 아무것도 없었다. 목이 탔다.

온몸은 공포에 부들부들 떨린다.

동택은 비단 자신만이 그런 것은 아니라고 확신할 수 있었다. 자신들이 가운데 두고 둘러싼 두 인물은 능히 그만한 기세를 뿜어내고 있었다.

어느 날 갑자기 공동파를 방문한 두 인물.

예고도 없이 홀연히 나타났다. 태연한 얼굴로 문파의 심장부에 이르렀다.

지금 공동파는 장문인을 비롯한 주전력이 무창으로 빠져

나간 상태다. 그나마 장로의 신분으로 동택이 혼자 남아 문파의 대소사를 관장하던 차다.

그런데 저 두 사람이 나타났다.

검마 백리장호.

환요마 사도명.

마교의 육대호법 중 두 사람이다.

혈사자 구양천이 살아 있었다는 말에 다른 이들도 살아 있을 것이라 생각했지만 이렇게 눈앞에 나타날 것이라고는 상상도 못했다.

"그러니까 지금은 없다?"

백리장호가 담담한 얼굴로 물었다.

"그, 그렇습니다. 이미 무창으로 보냈습니다."

동택은 자신이 마교의 인물에게 존칭을 사용하고 있다는 사실도 깨닫지 못했다. 그 정도로 그는 공포에 질려 있었다.

"흐음……."

동택의 대답에 백리장호가 잠시 생각에 잠겼다.

"어찌하지요?"

사도명이 곁에서 물었다.

"자세히 말해봐."

동택은 다리가 후덜덜 떨렸다.

갑자기 나타난 이들은 참으로 간결히 행동했다.

"나 검마다. 뇌룡아를 찾으러 왔으니 내놔라."

그 한마디였다.
그 한마디로 그는 공동을 지배했다.
검마가 나타난 순간을 회상하던 동택은 그의 말에 퍼뜩 정신을 차렸다.
"무창 천의맹에서 장문인의 전갈이 왔습니다, 속히 용아천뢰검을 무창으로 보내라는."
동택은 마교에서 말하는 뇌룡아와 용아천뢰검이 같은 물건임을 알 수 있었다.
"용아천뢰검?"
"정파 놈들이 뇌룡아를 그리 부르는 모양입니다."
고개를 갸웃거리는 백리장호에게 사도명이 말했다.
"그래서 우리는 서둘러서 떠나보냈습니다. 그것이 전부입니다."
정말로 그것이 전부였다.
사실은 좀 더 안전하게 가지고 가기 위해 장문제자인 류운상이 점창으로 향했지만 그것까지 말할 필요는 없었다. 아니, 동택은 겁에 질려 거기까지 생각도 못했다. 그저 입에서 나오는 대로 말할 뿐이다.
"설마 그 아이들이었나?"
검마는 성도의 등용객잔에서 잠시 뇌기를 느꼈었다. 설마

하는 생각에 지나쳤지만 왠지 그 뇌기가 공동에서 떠난 뇌룡
아의 그것 같다는 생각이 들었다.

"공동에서 무창으로 가려면 사천을 거칠 필요가 없지?"

백리장호는 이미 알고 있는 사실이지만 확인차 물었다.

"그렇습니다."

사도명이 고개를 끄덕이며 대답했다.

그렇다면 아닐 수도 있었다.

하지만 백리장호는 그것이 맞다는 확신에 가까운 예감이
들었다.

"그러면 이제 어떻게 하지? 그때 성도였으면 지금은 어디
에 있는지 알 수가 없는데."

백리장호는 고개를 갸웃거리면서 말했다.

"너는 어찌했으면 좋겠느냐? 내가 성도에서 뇌룡아를 지닌
이들을 스쳐 지나간 것 같은데 그 아이들을 쫓을까? 아니면
교로 돌아갈까?"

사도명은 대형의 의도를 알 수 있었다. 이제 충분히 바깥바
람을 쐬었으니 그만 돌아가자는 말이다.

공동을 치러 왔는데 뇌룡아는 없었다. 그게 전부다. 없는
것을 구해올 수는 없는 것이다.

애초에 잘못된 정보를 준 군사의 탓이다.

자신들은 공동파에 있는 뇌룡아를 찾아다 주겠다고 했지
공동파를 떠난 뇌룡아를 찾아주겠다고 한 적은 없었다.

체면 깎일 일도 없다. 성의는 이제 보였다. 간만에 바람도
잘 쐬었으니 이제 돌아가서 쉬면 그뿐이다.

대형은 그리 말하고 있었다.

"돌아가는 것이 좋을 것 같습니다."

사도명의 말에 백리장호는 고개를 끄덕이며 몸을 돌렸다.
사도명은 조용히 그 뒤를 따랐다.

그렇게 두 사람이 떠났다.

"후우……."

동택은 깊은 한숨을 내쉬었다.

참으로 십년감수했다.

공동파의 모든 인물은 지금 막 황천 입구까지 갔다가 돌아
온 셈이다.

설마 저들이 저리 순순히 떠날 줄은 몰랐으나 어쨌든 살았
다.

"그래도 신기하군. 천하의 검마에게서 마기가 느껴지지 않
다니……."

동택은 알 수 없다는 듯 고개를 갸웃거렸다.

그뿐이다.

그는 감히 탈마의 경지라는 것에 대해서는 생각지도 못하
고 있었다.

"어서 천의맹에 소식을 전해라."

동택의 명령에 공동파에서 전서구가 날아 올랐다.

정오의 햇볕이 따갑게 내리쬐고 있었다.

수많은 사람들이 강렬한 햇빛에도 아랑곳하지 않고 엄숙한 얼굴로 서 있었다.

그들의 시선은 모두 한곳을 향해 있었다.

높은 단이 쌓여 있고 그 위에 한 명의 승려가 올라서 있었다. 모두들 그 승려를 존경 어린 시선으로 바라보고 있었다.

"마교의 마기가 하늘에 닿아 천하를 어지럽히려 하는 이때. 천하의 안위를 걱정하여 구파일방과 오대세가를 비롯한 중원 정파가 힘을 모아 이곳에 터를 닦았습니다. 이제 마교를 물리치기 위해 우리가 맹을 결성하였음을 선언하니 그 이름은 천의맹입니다. 천의맹의 이름 앞에 우리는 천하를 어지럽히려 하는 마교의 집단을 응징할 것입니다!"

와아아아!

와아아아아!

불요 대사의 결맹 선언과 함께 장내에는 거대한 함성이 터져 나왔다.

드디어 모든 준비를 마치고 천의맹이 정식으로 무림에 그 모습을 드러낸 것이다.

참으로 긴 준비였다.

마교의 갑작스러운 중원 진출로 급박하게 준비에 박차를 가했다. 그 결과가 오늘 드러난 것이다.

천의맹.

마교와 싸울 모든 준비를 마치고 오늘 천하에 모습을 드러 냈다.

천의맹의 정식 결맹과 함께 가장 바쁜 곳은 비각(秘閣)이었다. 비각은 군사 직속의 정보 기관으로 군사인 서문황이 각주로 있는 기관이다.

결맹식을 하는 이때에도 중원 각지에서 속속들이 정보가 들어오고 있었다. 비각의 정보원 대부분이 개방도였기에 개방주 소천걸이 부각주를 맡았다.

천의맹은 맹주 휘하 십오장로를 두었는데 그들은 구파일방의 장문인과 오대세가의 가주들이었다. 소림의 장문인인 불요 대사가 맹주 직을 맡았기에 불요 대사의 사제인 불진 대사가 천의맹의 장로를 맡았고 서문황과 소천걸은 두 가지 직책을 겸하고 있다.

결맹식으로 인해 각주와 부각주가 자리를 비운 상태에서도 비각의 정보원들은 정신없이 정보를 취합, 분류했다.

마교가 중원에 자리 잡은 이후 천하는 거세게 요동치고 있었다.

第九章 환우의 신위

「사람이 아니야… 사람일 리 없어. 그래, 동방의 하늘에서 내려온 천신(天神)일 거야. 틀림없어.」

해동에서 온 백의의 사내. 한 번의 손짓에 열 개의 벼락이 떨어지고, 마교의 혈사는 그 앞에 침묵한다. 열 개의 벼락을 중원에 남겨두고 홀연히 떠났다.

그리고 오십 년 후. 다시금 중원이 어지러워지려 할 때 그의 후예가 중원으로 향한다.

푸른 하늘에 열 개의 벼락이 다시 떨어지는 순간 천하는 그 앞에서 무릎 꿇으리라.

스산한 바람이 분다.

때맞지 않은 바람이 환우와 손철야 사이를 가르고 지나갔다.

"네놈은 뭐냐?"

손철야가 살기 가득한 눈으로 환우를 바라보았다. 당장 눈앞에 떨어진 뇌룡아를 가지러 몸을 날리고 싶었지만 눈앞의 녀석이 풍기는 기세가 심상치 않았다.

제법 재미있게 놀아주었던 계집보다도 더욱 강렬한 기세다.

"네놈들, 아니, 놈들은 아닌가. 아무튼 마교의 호법들이지?"

환우의 목소리가 차갑게 울린다.

"호오, 알고 있단 말이냐? 그런데도 그렇게 뻣뻣할 수 있다니 무얼 믿고 있는지 모르겠구나."

"훗. 난 항상 나를 믿지. 뺨을 맞은 것은 다른 놈한테지만 화는 너희들에게 풀어야겠구나."

환우는 손을 뻗었다. 그러자 바닥에 박혀 있던 용아천뢰검이 스르르 날아올라 그의 손으로 빨려 들어갔다.

"헉!"

"음."

그 모습에 손철야와 천옥심 모두 깜짝 놀랐다. 그리고 곧 눈앞의 사내의 정체를 알 수 있었다.

"크크. 그렇군. 네놈이 그 빌어먹을 놈의 제자였군."

손철야의 말에 환우의 눈썹이 꿈틀했다. 그가 말한 빌어먹을 놈이 누구인지 너무도 잘 알기 때문이다.

"네놈, 방금 그 말로 인해 네 운명은 결정되었다."

환우의 목소리에서 은은한 살기가 울렸다.

"재주가 있을까?"

"글쎄. 그건 죽은 다음에 확인해 봐라."

환우의 몸에서 점차 살기가 넘실거리면서 일기 시작했다.

소민은 그 모습을 걱정스러운 얼굴로 지켜보았다. 누구인지는 모르지만 무모했다.

상대는 마교의 호법들이다. 자신도 최강의 절기를 두 번이나 펼쳤음에도 당하지 못했다.

무영개는 자신이 능히 천하십대고수의 반열에 들 수 있다 말해주었음에도 저들을 당하지 못했다. 그런데 저리 어려 보이는 사내가 어찌 상대한단 말인가.

물론 몸에서 풍기는 기세가 심상치 않은 것이 상당히 강한 듯했다. 하지만 그래도 지금 눈앞의 상대는 인간이 아닌 괴물이었다.

그녀는 결코 알지 못했다, 자신의 앞을 막아선 인물도 서서히 괴물의 반열에 들고 있는 인물임을.

"크크. 곧 죽을 줄 모르고 까부는구나."

손철야의 도에 맺힌 붉은 강기가 더욱 진해졌다. 손철야가 환우를 향해 한 걸음 옮겼다. 그리고 천옥심은 옆으로 움직였다. 무영개를 쫓으려는 심산이다.

"너희가 찾는 것도 여기 있어."

환우가 품에서 다시 두 자루의 용아천뢰검을 꺼냈다.

두 사람의 눈이 빛났다.

그들이 들은 정보로도 환우의 수중에는 세 자루의 뇌룡아만 있었다.

그런데 네 자루로 늘었다는 것은 중간에 무영개를 만나 그에게서 받은 것이리라.

천옥심이 몸을 돌렸다.

그렇다면 이제 무영개를 쫓을 필요가 없으니 손철야에게

맡긴다는 행동이다.

'비희라… 무거운 짐을 지기를 좋아한다고?'

환우는 이곳으로 달려오면서 시명공을 운용해 알게 된 네 번째 용아천뢰검의 이름을 떠올렸다.

아홉 용의 자식 중 첫째로 무거운 것을 지기를 좋아한다는 비희. 이 녀석은 또 어떤 모습으로 자신을 즐겁게 해줄 것인지 기대되었다.

"귀왕일보(鬼王一步)."

손철야는 귀왕천혈도법의 첫 초식으로 환우를 베어갔다. 이미 구양천에게 들은 것이 있는지라 신중히 공격해 갔다. 환우를 도발하던 말과는 전혀 다른 행동이다.

환우 역시 침착하게 상대의 공격을 지켜봤다.

안하무인격으로 말은 했지만 솔직히 육대호법은 강했다. 자신이 새로운 경지로 발을 들였다 하더라도 과연 이길 수 있을지 장담할 수 없었다. 게다가 둘이다.

"일뢰난무."

애자가 어지러운 곡선을 그리며 손철야를 향해 날아갔다.

챙챙챙.

애자는 이리저리 움직이며 손철야의 도강에 부딪쳤다. 몇 차례나 부딪쳤음에도 움직임에 변화는 없었다.

나머지 세 자루의 용아천뢰검은 환우 주변에 떠서 호시탐탐 기회만 노리고 있었다.

"이익! 귀왕혈우(鬼王血雨)."

순식간에 도가 늘어난 듯한 착각이 들었다. 빠르게 움직이는 도는 사방을 박으며 베어왔다.

애자 한 자루로 막기에는 역부족이다.

"일뢰파천."

어지러이 변화를 일으키며 다가온다면 강한 힘으로 부수면 된다.

폐안이 날아갔다.

쾅!

커다란 폭음이 울렸다. 손철야의 도가 멈췄다.

기회를 놓칠 환우가 아니다.

"이뢰경혼."

세 종류의 초식이 동시에 펼쳐지는 순간이다. 남아 있던 용아와 비희가 빛살 같은 속도로 손철야를 향해 쏘아져 갔다.

그야말로 시의적절한 공격이다.

하지만 순식간에 손철야의 앞에 붉은 벽이 나타났다.

귀왕마벽의 초식이 펼쳐진 것이다.

두 자루의 용아천뢰검은 붉은 강기벽을 뚫지 못하고 튕겨나왔다.

하지만 환우는 여전히 계속해서 공격했다.

일단 기세는 자신 쪽에 있었다. 이 기세를 잃을 수 없었다. 상대가 얼마나 강한지 잘 알고 있었다. 아차 하는 순간 기세를 빼앗긴다면 어찌 될지 모른다. 게다가 저쪽에는 한 명 더 있지 않은가. 그리고 이쪽에는 지켜야 할 사람도 있었다. 사실 절대적으로 환우가 불리한 상황이다.

"사뢰진천!"

튕겨 나온 용아천뢰검들이 다시 손철야를 향해 날아들었다.

"흥!"

하지만 이번에는 손철야는 부딪치지 않고 발을 놀려 피했다.

쾅!

두 자루는 그대로 바닥에 꽂혔지만 다른 두 자루는 손철야의 뒤를 따랐다.

그는 아랑곳하지 않았다. 뒤를 쫓는 뇌룡아보다 자신이 빨랐다. 그는 곧장 환우를 향해 쇄도해 갔다. 수중의 무기를 모두 날려 버린 상대는 더 이상 자신의 적수가 아니다.

"네놈만 죽이면 끝이다!"

붉은 도강을 머금은 손철야의 도가 귀왕멸천의 초식으로 환우를 베어왔다. 여덟 곳의 방위를 차단하고 동시에 베어드는 그야말로 무서운 초식이었다.

환우는 두 눈을 차갑게 빛내며 손철야를 향해 달려들었다. 그의 두 발은 뇌운보의 방위를 밟고 양손은 선무도의 움직임에 따라 움직였다.

손철야의 도는 모두 허공을 베었다. 그의 두 눈에 경악이 어렸다. 설마 이렇게 깔끔하게 피해 버릴 줄은 몰랐던 것이다.

"큭!"

동시에 복부에 둔중한 충격을 느꼈다.

환우의 주먹이 그의 명치에 깊숙이 박혔으며 등 뒤로 두 자루의 용아천뢰검이 날아들고 있었다.

절체절명의 순간이다.

"뭐야? 혈사자 구양천이란 노인네보다 약하잖아."

그때 손철야의 자존심을 긁은 말 한마디까지.

"이익! 네놈! 귀왕천혈우(鬼王天血雨)!"

분노에 가득찬 그의 도가 어지러이 움직이기 시작했다. 사방으로 붉기 강기가 날아갔다.

소민이 보여줬던 것과 같은 탄강기의 수법이다.

귀왕천혈도법의 후삼초 중 두 번째 초식이 그의 손에서 펼쳐진 것이다.

천하가 붉은 강기에 뒤덮인 듯했다.

환우는 손철야와 몸이 닿을 정도로 근접해 그의 도의 간격에서 벗어나 있었음에도 강기의 폭풍에 몸이 휘말렸다.

"큭!"

무서웠다.

엄청난 휘력이 사방을 쓸어왔다. 환우는 빠른 움직임으로 소민의 앞을 막았다.

현재 그녀의 몸 상태로 이런 강기 폭풍을 맞게 된다면 필사다.

"이뢰방건!"

땅에 박혔던 두 자루의 용아천뢰검이 어느새 환우에게 날아와 환우의 앞을 막았다. 두 개의 벼락이 휘돌려 만들어낸 거대한 벽에 강기의 폭풍이 감히 범접치 못했다.

환우의 얼굴이 점차 일그러지고 있었다.

강기가 벼락에 부딪칠 때마다 그 충격이 느껴졌다.

과연 강했다.

'구양천 늙은이보다 강하다.'

환우는 온몸으로 느낄 수 있었다.

구양천과 다시 만난다면 이제는 이길 자신이 있었다. 물론 자신도 온몸이 만신창이가 되겠지만 확실히 이길 자신은 있었다.

그런데 이 괴물은 그 구양천보다 강하다.

"젠장! 같은 육대호법이면 수준도 비슷하란 말이야."

핏빛 강기를 막으며 환우가 투덜거렸다.

"풋."

그때 뒤에서 작은 웃음소리를 들었다.

이 급박한 상황에 환우의 투덜거림이 소민으로 하여금 웃음을 터뜨리게 만든 것이다.

“쳇! 누구는 지금 피똥 싸게 싸우는데 누구는 웃을 여유도 있고 좋겠네.”

누군지도 모르는 여인이다. 그럼에도 환우는 마치 오랜 세월 알아온 친구에게 말하듯 투덜거렸다.

“어머. 무척 여유있어 보이는데? 이 누님은 지금 당장 한 걸음 옮기기도 힘들어.”

그것은 소민 역시 마찬가지였다. 기이한 친근감이다.

“칫! 나이도 어려 보이는데 누님은 무슨. 몸은 힘든데 입은 멀쩡하구만.”

“어머! 동생, 고마워. 어려 보인다니.”

소민은 환우의 나이가 이제 갓 약관을 넘었으리라 생각했다. 올해 서른인 그녀의 입에서 동생이란 말이 나오는 것은 너무 자연스러웠다.

“일단 저것들 치운 다음에 마저 이야기하자고.”

손철야의 강기 폭풍이 가라앉자 마자 환우는 용수철처럼 튀어나갔다. 그의 양 어깨에는 네 자루의 용아천뢰검이 같이 날아가고 있었다.

손철야의 등을 노리고 날아가다 그의 귀왕천혈우에 튕겨 나온 두 자루도 어느새 돌아와 있었던 것이다.

“다시 간다. 사뢰파천!”

네 자루의 용아천뢰검이 벼락으로 화해 손철야를 향해 날아갔다.

“홍! 어림없다. 귀왕노혈천!”

시뻘건 도강이 줄기줄기 뿜어져 나왔다.

네 자루의 용아천뢰검과 붉은 도가 어우러질 때 환우는 멈춰 섰다. 품에서 꺼낸 열 자루의 벽조목검.

환우는 참착한 얼굴로 그 열 자루의 벽조목검을 내려다보았다.

지금 이 초식을 펼치면 분명 이 열 자루는 버티지 못할 것이다. 열 자루의 벽조목검은 더 이상 자신의 힘을 감당할 수 없었다.

활용편을 익힘으로써 또 한 꺼풀 벗은 자신의 힘은 융중산을 내려올 때에 비해 훨씬 더 강해져 있었다.

“그동안 고마웠다.”

알지만 어쩔 수 없었다.

위력을 조절한다면 열 자루의 벽조목검은 무사하겠지만 도를 든 저 노인네를 어찌할 수는 없었다. 용아천뢰검이 아닌 벽조목검으로 타격을 주려면 전력을 다해야 한다.

지금 사뢰파천의 수법으로 움직이는 용아천뢰검이 저 노인네의 움직임을 봉쇄할 때가 기회다.

“가라!”

환우가 양손을 휘두르자 열 자루의 벽조목검이 하늘 높이 날아올랐다.

손철야는 그 모습을 모두 지켜보고 있었다.

처음에는 저게 무슨 미친 짓인가 하고 생각도 했었다. 하지만 구양천과의 대화가 떠올랐다.

"하늘에서 벼락이 떨어졌다."

어쩌다 원정에 손상까지 입었느냐는 자신의 놀림에 분명 구양천은 그렇게 말했었다. 그렇게 말하는 그의 얼굴은 담담했다.

분명 뇌룡아는 무서웠다. 저 애송이가 어떤 수로 마치 이기어검술과 같이 뇌룡아를 움직이는지는 모르겠지만 그때마다 뇌룡아는 그야말로 벼락이 되어 자신을 덮쳤다.

하지만 하늘에서 떨어진 벼락은 없었다.

저놈이 하늘로 목단검을 던지는 것을 본 순간 왜 갑자기 구양천의 말이 떠오른 것일까?

불안했다.

"십뢰파곤!"

처음이다, 파곤의 수법을 익힌 후 열 줄기의 벼락을 떨어뜨리는 것은.

비록 벽조목검으로 펼치는 것이라 하지만 그 위력은 환우조차 몰랐다.

환우는 자신이 가진 모든 의지력을 쥐어짜 벽조목검에 실었다. 이 한 수로 벽조목검은 그야말로 완벽하게 벼락으로 산

화할 것이다.

우르릉!

푸른 하늘이다.

한데 갑자기 하늘에서 뇌성이 울린다.

이것은 환우도 처음 겪은 일이다.

우르릉!

한 번 더 울리는 뇌성.

뇌성에 손철야의 손이 어지러워진다 싶은 순간 열 줄기의 벼락이 손철야를 향해 떨어졌다.

그것은 환상이었다.

푸른 하늘에서 떨어지는 열 줄기의 벼락.

그야말로 벽천십뢰라는 말이 어울리는 그런 벼락이다.

하지만 환우는 알고 있었다, 저것은 십뢰파곤일 뿐 절대 벽천십뢰는 될 수 없다는 것을.

그 모습에 손철야와 천옥심은 대경했다.

인간이 어떻게 이런 일을 가능하게 만드는지 믿을 수 없었다.

게다가 저놈이 저 무공을 펼친 것은 뇌룡아가 아니었다. 평범한 목단검임을 분명히 확인하지 않았던가.

"아아!"

소민도 온몸에 전율을 느끼며 하늘에서 떨어지는 벼락을 바라보았다.

비단 그 벼락을 본 것은 그 자리에 있는 그들만이 아니었
다.

마차를 돌리고 환우를 기다리고 있는 치호와 돌쇠, 단목휘
경과 무영개까지 모두 그 모습을 지켜보았다.

치호의 눈이 몽롱하게 변했다.

그때 보았던 그 환상과도 같은 무공이 다시 펼쳐진 것이다.
치호도 열 줄기나 되는 벼락은 처음이다.

돌쇠의 눈에도 은은한 경탄이 서려 있었다.

중원으로 오기 전 망아 스님이 은밀히 불러 보여준 그 벼락
이다. 물론 느껴지는 위력에서 차이는 있었지만 그래도 절로
황홀경에 빠져들게 만드는 모습이다.

"아, 역시 오라버니는 대단해."

단목휘경의 눈이 몽롱하게 변해 있었다.

"동, 동방신협……."

무영개는 오십여 년 전의 그 벼락을 다시 보는 듯한 착각에
빠져들었다.

콰콰콰콰쾅! 우르릉— 쾅!

열 줄기의 벼락은 요란한 소리를 내며 손철야를 때렸다.

"귀왕현신참(鬼王現身斬)!"

손철야는 이를 악물고 귀왕천혈도법의 최후 초식을 펼쳤
다. 이것이 아니면 저 벼락을 막을 수 있을 것 같지가 않았다.

핏빛 도강이 더욱 검붉게 변하며 사방으로 퍼졌다. 그리고

손철야의 휘두름에 따라 사방을 지배하며 뻗었다. 도강은 서서히 악귀의 형상을 하며 날아갔다.

세상을 멸하노라, 하며 지옥에서 뛰쳐나온 악귀의 모습. 그것이 손철야의 도가 만들어낸 강기 속에 있었다.

쿠아아앙!

악귀와 벼락이 부딪쳤다.

요란한 폭음이 천지에 진동을 한다.

벼락과 강기의 충돌에 의한 충격파가 주변 숲을 뒤흔든다.

소민도 충격파를 이기지 못하고 뒤로 굴렀다. 그럼에도 창은 놓지 않았다.

후드드드득.

갑자기 터진 폭음과 충격파에 산새들이 거칠게 날아올랐다.

손철야를 중심으로 깊은 웅덩이가 파였다.

도를 들고 서 있는 손철야의 모습은 형편없었다.

머리는 봉두난발에 옷은 다 헤졌으며 여기저기 상처가 보였다. 두 다리로 서 있는 것이 신기할 지경이었다.

환우는 그런 손철야를 가만히 보았다.

"확실히 무리였군."

새하얗게 질린 얼굴로 환우가 중얼거렸다.

구양천에게 펼쳤던 삼뢰파곤. 그것에 비해 조금 손색이 있는 위력이었다. 용아천뢰검 세 자루로 펼친 십뢰파곤으론 구양천을 쓰러뜨리지 못했다. 아무리 열 자루라지만 벽조목검과 용아천뢰검에는 분명 차이가 있었다.

전력을 다했음에도 구양천에게 펼쳤던 그것에 비해 손색이 좀 있었다.

그랬기에 손철야가 당당히 두 발로 서 있는 것이다.

벽조목검의 흔적은 어디에서도 찾을 수 없었다. 한줄기 벼락이 되어 사라진 것이다.

환우의 손에 네 자루의 용아천뢰검이 돌아왔다.

환우는 담담한 눈으로 손철야를 바라보았다.

"네놈."

그때 손철야의 입이 열렸다.

"이럴 수가… 인간이 아냐, 괴물이야."

힘겹게 몸을 일으키던 소민이 경악에 차 중얼거렸다. 그녀는 손철야의 모습을 확인하고는 그가 죽었다고 확신하던 차였다. 그런데 저리 당당한 모습으로 말을 하다니.

"조금 전에는 분명 죽는 줄 알았다. 내가 죽음을 느끼다니 이게 얼마만인지 모르겠군. 이것이 구양천, 그 녀석의 원정을 손상시킨 벼락이겠지."

"쳇! 늙은이, 명줄이 길어."

"홍! 내가 어딜 봐서 늙은이라는 것이냐?"

그랬다. 분명 손철야는 중년의 모습이다. 그럼에도 환우는 계속해서 늙은이라 불렀다.

"겉모습이 어떻든 다들 백 년 넘게 묶은 노괴들이잖아."

환우가 손철야를 노려보며 말했다.

"푸하하하! 역시나 대단한 놈이군. 난 마교의 육대호법 중 둘째인 도귀 손철야다."

손철야가 정식으로 자신을 밝혔다.

"신환우."

환우는 짤막하게 자신의 이름을 밝혔다.

사실 자신도 멋들어지게 별호라는 것을 말하고 싶었다. 하지만 동방탕아라니. 마음에 안 드는 별호요, 쪽팔리는 별호다. 세상에 탕아라니.

'역시 멋들어진 별호가 필요하겠어.'

환우가 그렇게 생각하는 순간 무영개가 어느새 근처에 와서 그들을 지켜보고 있었다. 무영개는 믿을 수가 없었다. 도귀 손철야를 저렇게 몰아세우다니 과연 그것이 저 약관의 청년에게 가능한 일이란 말이가.

'허어. 강호의 소문은 믿을 수가 없구나. 저 대단한 청년에게 동방탕아라니, 모든 강호인의 눈이 썩었구나.'

무영개는 한탄했다.

저런 무림의 신성을 탕아라 매도한 무림인들에게 진심으로 실망했다.

"저쪽은 다섯 째인 소수마녀 천옥심이라 한다."

손철야가 천옥심을 가리키며 소개했다.

"그럼 구양천은 몇 째야?"

"둘째다."

"그게 뭐야?"

환우는 인상을 찡그렸다. 둘째가 두 명이라니 무슨 말인가.

육대호법의 서열이 마지막으로 정해진 것이 오십 년 전이다.

그때는 분명 손철야와 구양천의 실력이 막상막하였다. 그랬기에 두 사람 사이에 서열은 없었다.

오십 년이 지난 지금 손철야가 구양천을 앞서 있었다. 두 사람과 직접 싸워본 환우가 그것은 가장 잘 알았다.

하지만 육대호법 중 누구도 그것에 대해 무어라 하지 않았다. 이미 오십 년 간 정해져 내려온 서열을 깰 생각이 없었던 것이다.

그들은 이미 친형제 이상의 정으로 묶여 있었으니.

"설명하기 귀찮다. 분명한 것은 천은 나의 둘도 없는 형제요, 친구라는 것이다. 비록 제 손자의 복수도 제대로 못한 멍청이라 하더라도 말이지."

"그 복수는 거의 성공했다 전해주슈. 난 거의 죽다 살았거든."

환우가 기분 나쁜 얼굴로 말했다. 그때의 그 고통이 떠오른 때문이다.

"홋! 아니, 내가 대신 해줬다고 전해주마."

손철야가 도를 곧추세웠다.

다시 그의 도에 붉은 도강이 넘실거리며 일어났다.

"쳇! 진짜 괴물이군."

천옥심은 경악한 얼굴로 환우를 바라보았다. 그녀는 알 수 있었다. 이미 손철야는 한계다. 계속해서 저렇게 싸운다면 분명 구양천처럼 원정에 손상을 입는다.

그렇게 둘 수는 없었다.

손철야가 불같이 화를 내겠지만 이제 자신이 나설 때다. 환우라는 저 애송이도 이미 한계에 이른 얼굴이다.

그 증거가 그의 손에 쥐어진 네 자루의 뇌룡아다. 더 이상 공중에 띄워둘 여력이 없는 것이다.

사박사박.

천옥심이 걸음을 옮겨 손철야의 앞을 막아섰다.

"비켜라!"

천옥심의 행동에 손철야가 분노해 외쳤다.

하지만 천옥심은 고개를 가로저을 뿐 그 자리에서 꼼짝도 하지 않았다.

"이게 무슨 짓이냐!"

손철야가 더욱 분노해 외쳤다.

"이제 교는 천하를 위한 첫발을 딛었어요. 그런데 겨우 이런 곳에서 오라버니마저 몸을 망칠 수는 없지요. 구양 오라버니만으로 우리는 큰 손실을 입었어요.”

천옥심의 그 말에 손철야는 아무 말도 하지 못했다. 자신이 원정을 깨뜨리려 한 것을 그녀가 알아차린 것이다.

“저놈도 이젠 한계예요. 그러니 물러서세요. 마무리는 제가 할게요.”

천옥심의 양손이 새하얗게 변했다. 하얀 손 위를 눈같이 새하얀 강기가 뒤덮었다. 순백색의 수강(手罡).

그녀의 절기인 소수마공이 펼쳐지려 하고 있었다.

그녀의 결심을 본 손철야는 어쩔 수 없다는 듯 도를 도갑에 꽂고 물러났다.

“그래도 기분은 나쁘군.”

팔짱을 낀 그는 가만히 천옥심과 환우를 바라보았다.

“후우.”

예상은 했지만 막상 닥치고 보니 난감했다.

환우는 그야말로 십뢰파곤에 모든 힘을 다했다. 이제 뒤에 있는 여인을 데리고 도망칠 정도의 기운이 전부다.

그런 마당에 천옥심이 두 눈 가득 살기를 띄고 나섰다. 참으로 난감했다.

예상을 했음에도 이럴 수밖에 없었다.

한 명이라도 전투불능으로 만들어야 했다.

“꼬마야, 그럼 이제 이 누나와 놀아보자꾸나.”

“닥쳐, 할망구! 역겨워!”

환우의 말에 천옥심의 눈썹이 하늘을 향해 치솟았다.

"어디 계속 그 잘난 주둥아리를 놀릴 수 있는지 지켜보겠다."

천옥심이 살기가 줄줄 흐르는 목소리로 말하곤 천천히 환우를 향해 다가갔다.

'칫!'

환우의 손에서 서서히 네 자루의 용아천뢰검이 떠올랐다. 어쩔 수 없었다. 남은 힘을 쥐어짜서라도 저 노괴를 상대해야 했다.

그다음은?

그때 가서 봐야 할 것이다.

환우는 미칠 노릇이다. 중원에 들어와 어찌 이렇게 뒷일 생각 않고 나서야 할 때가 많아졌단 말인가.

"신 소협."

그때 환우의 귀에 전음성이 들렸다. 근처까지 찾아온 무영개였다.

"가진바 모든 힘으로 소수마녀의 발을 묶게. 그다음은 내가 알아서 하겠네."

'어떻게?'

자신이 보기에 무영개는 그다지 강하지 않았다. 오성의 한 사람이라 하나 그 실력은 이 자리에서는 손색이 많았다. 천옥심은 커녕 창을 든 여인도 제대로 상대하지 못할 정도였다.

그래도 어쩔 수 없었다. 환우는 지푸라기라도 잡는 심정으로 그의 말을 따르기로 했다.

자신에게는 아무 수도 없었기에 뭔가 있는 듯한 사람의 말을 믿기로 한 것이다.

그 순간 천옥심이 양손을 날카롭게 휘두르며 환우를 쓸어왔다.

"쳇! 사뢰방건."

네 줄기의 벼락이 벽을 만들었다. 천옥심의 순백의 수강은 뇌벽(雷壁)에 막혀 튀어나갔다.

그때 환우는 재빨리 천옥심을 향해 달려들었다. 결정적인 순간에 모든 힘을 쏟기 위해 일단 선무도를 사용한 박투로 끌고간 것이다.

환우의 손발이 어지러운 움직임을 보이며 천옥심의 요혈을 공격했다. 하지만 어느 곳 하나 쉬운 곳이 없었다. 천옥심의 새하얀 손이 날아들기 무섭게 피하기에 급급했다.

박투를 펼침에 있어 분명 천옥심은 상극의 상대다. 하지만 환우는 포기하지 않았다. 구양천과도 박투를 펼쳤던 자신이다. 환우는 포기하지 않고 손발을 움직여 천옥심의 머리, 허리, 다리를 공격했다.

두 사람은 치열하게 얽혀들었다.

하지만 누가 보더라도 명백한 환우의 열세다.

소민은 조마조마한 심정으로 두 사람의 박투를 지켜보았다.

‘허. 참으로 대단하군.’

잔뜩 긴장한 채 환우를 바라보는 무영개는 진심으로 감탄했다.

환우는 집요하게 천옥심을 공략했다. 도무지 틈이 보이지 않지만 쉬지 않고 공격을 하며 틈을 만들려고 했다. 하지만 천옥심은 철벽과도 같았다.

‘어쩔 수 없군.’

환우는 박투만으로는 천옥심을 어찌할 수 없다는 것을 인정했다.

비희가 날아들었다.

환우의 의지에 반응해 비희가 땅에 파고들었다. 무거운 것을 들기를 좋아한다는 비희.

땅을 파고든 비희는 그대로 천옥심이 딛고 있는 땅을 들어 올렸다. 땅을 들어 올리며 위로 튀어 오르는 비희의 움직임.

갑작스러운 땅의 폭발에 천옥심의 손발이 엉켰다.

극히 순간적인 틈이 만들어졌다.

환우는 놓치지 않았다.

“삼뢰경혼!”

공중으로 들어 올려지며 노출된 천옥심의 두 다리.

그중 오른발만을 노렸다.

발만 묶어 달라했다.

환우는 정말로 전력을 다했다.

대체 몇 번인지 모르겠다, 완전히 뻗어버릴 정도로 모든 힘을 쏟는 것이.

환우는 몰랐다, 그러면서 자신의 의지력이 조금씩 커지고 있다는 것을.

쾅!

천옥심의 소수가 두 개의 벼락은 쳐냈지만 한 개의 벼락은 정확히 그녀의 오른발을 두드렸다. 강하게 일으킨 호신강기에 의해 발이 잘리는 것은 막았지만 커다란 충격을 입었다.

환우는 확실하게 천옥심의 발을 묶었다.

지금 손철야 역시 경공을 펼칠 수 있는 상황이 아니었다.

환우가 재빨리 용아천뢰검을 모두 회수하자 숲에서 무영개가 번개같이 튀어나왔다.

환우와 소민을 잽싸게 잡아챈 무영개는 그야말로 섬전처럼 달렸다.

섬전비에 걸린 하루의 제약.

그사이 무영개가 섬전비를 펼치고 열두 시진이 지나 있었다.

봉인이 풀린 것이다.

무영개가 마차가 있는 곳까지 온 것은 그야말로 순식간이다.

"전력으로 달려라!"

환우와 소민을 마차에 태운 무영개의 외침에 치호는 거칠

게 채찍을 휘둘렀다. 두 마리의 말은 전력을 다해 달리기 시
작했다. 마차가 지나간 자리에 자욱한 먼지가 일었다.

치호는 정신없이 채찍질을 했다.

창을 세 부분으로 나눈 소민은 마차에 타자마자 정신을 잃
었다.

환우도 곧 정신을 잃었다.

위기를 벗어났다는 안도감이 그들의 정신을 유지시켜 주
던 긴장의 끈을 끊은 것이다.

대체 어찌 된 영문인지 모르는 단목휘경만이 어안벙벙한
얼굴로 세 사람을 바라볼 뿐이다.

손철야와 천옥심은 멍한 얼굴로 무영개가 사라진 곳을 바
라보고 있었다.

"쥐새끼 같은 놈들."

하지만 쫓지는 않았다.

아니, 쫓지 못했다.

그것은 천옥심도 마찬가지다.

그녀는 옷을 찢어 발목을 동여맨 후 절뚝거리면서 걸었다.

"설마 이런 수로 나올 줄은 몰랐어요."

"발은 괜찮아?"

"운이 좋았어요. 하마터면 잘릴 뻔했네요."

환우의 기력이 거의 다했기에 호신강기로 막을 수 있었다.

그렇지 않았다면 여지없이 발 하나가 날아갔을 것이다.

"이제 어쩌지?"

"쫓기에는 우리 손실이 너무 크네요. 안타깝지만 실패예요."

천옥심의 말에 손철야의 얼굴이 처참하게 일그러졌다.

하지만 분명 지금은 몸을 추스르는 게 먼저다.

"저들은 보나마나 천의맹으로 갈 거예요. 오늘의 이 빚을 갚을 기회는 분명히 있어요."

천옥심의 두 눈도 살기로 번들거렸다.

"그래. 다음에 만나면 반드시 잘근잘근 씹어주겠어."

손철야의 두 눈이 무섭게 빛났다.

"일단 교에 소식을 전해야지요. 설마 그놈이 살아 있을 줄은 아무도 모를 테니까요."

천옥심의 말에 손철야가 고개를 끄덕였다.

두 사람은 가까운 마교 분타로 향했다.

"쳇. 재수가 없으려니."

막광도는 입을 쉬지 않았다.

이협수가 그런 그를 노려보더니 손을 썼다.

결국 참지 못하고 그의 아혈을 짚은 것이다. 그리고 시선을 임충에게 돌렸다.

일이 어떻게 된 것인지 그 사정을 듣고 있었다.

“그러니까 신 아우가 죽었단 말인가?”

“해동에서 온 신 소협을 말씀하시는 것이라면 그렇습니다. 마교의 육대호법 중 한 명인 혈사자 구양천의 손에 명을 달리했다 들었습니다.”

검을 쥔 이협수의 손이 부들부들 떨렸다.

이건 말도 안 된다.

어찌 그리 허망하게 갈 수 있단 말인가. 자신의 가슴에는 자신의 의동생이 그토록 찾던 그것이 있는데 전해줄 사람이 없다니 이 무슨 애꿎은 일이란 말인가.

“그래서 천의맹에서는 남은 두 자루의 용아천뢰검을 회수해 동방신협께 보내려 한 것입니다. 제가 그중 점창에서 보관 중이던 용아천뢰검을 가지고 가는 길이었습니다.”

“흥. 주인이 찾으러 왔을 때 곱게 주었으면 되었을 것을. 다들 제 욕심만 챙기다가 일을 더욱 어렵게 만드는군.”

환우가 죽었다는 소식에 이협수의 심사가 좋지 않았기에 말이 곱게 나오지 않았다.

“이 대협, 말씀이 지나치십니다.”

임충은 이협수가 잠룡은검이라는 사실을 믿었다. 그가 보여준 실력이 그 말을 믿게 만든 것이다.

“사실이 그런 것을.”

이협수의 얼굴에는 불쾌함이 가득했다.

“후우. 무림의 어른들이 결정하신 일이니 제가 뭐 어쩌겠습니까."

"점창의 제자라 하였는데 창을 쓰는군."

이협수가 임충의 등을 힐끗 보며 화제를 돌렸다. 서로 기분 상할 이야기를 계속해서 좋을 것이 없다 판단한 것이다.

"네. 저는 점창의 제자가 아닙니다. 단지 숙부께서 점창의 장문인이시죠."

임충의 말에 이협수의 얼굴에 호기심이 어렸다.

"저희 가문은 본디 창을 사용하는 무가입니다. 숙부께서는 창보다 검을 익히고 싶다 하시어 점창에 입문하셔 장문인의 자리에까지 오르신 것이고요."

"대단한 분이시군."

이협수가 고개를 끄덕이며 말했다.

그의 말에 임충의 얼굴에는 자부심이 가득했다.

"숙부께서는 오히려 점창의 인물이 아닌 이가 용아천뢰검을 가지고 가는 것이 저들의 이목을 속일 수 있다 생각하셔 제게 중임을 맡기신 겁니다. 저자를 만나기 전까지는 그런 숙부의 의도가 적중했지요, 비록 점창은 그런 화를 당하였지만."

점창의 혈사를 입에 담자 임충의 얼굴은 급격히 어두워졌다.

점창의 문도는 아니었으나 점창산에서 수련을 하는 동안 점창파의 인물들과 많은 친분을 나눌 수 있었다.

자신의 누이는 그저 묵묵히 창을 휘둘렀지만 자신은 점창 파의 사람들과 사귀는 것이 정말로 좋았다. 기련산에서 누이 와 둘이서 수련을 하던 것은 너무 외로웠던 것이다.

"으음. 참으로 안 되었네."

이협수가 어두운 얼굴로 위로했다.

"그런데 네놈은 어떻게 용아천뢰검을 알고 훔친 것이지?"

이협수가 막도광의 아혈을 풀어주며 물었다.

"흥! 내가 말해줄 것 같은가?"

"네놈들의 손에 죽은 내 아우가 네놈들 일당을 다루는 방 법을 내게 말해준 적이 있었지."

이협수의 얼굴에 스산한 살기가 어렸다. 그렇지 않아도 환 우의 죽음 때문에 가뜩이나 가슴이 답답하던 차다.

말이 끝나기가 무섭게 이협수의 주먹이 막도광의 명치에 틀어박혔다.

"끄윽!"

모든 내공이 금제된 막도광은 지금 보통 사람이나 다름없 었다. 아니, 내공의 힘이 사라진 지금 오히려 보통 사람만 못 했다. 내공의 힘을 빌어 외력의 사용이 줄어든 때문에 오히려 보통 사람보다 약한 몸이 되어버린 것이다.

당연히 고통은 엄청났다.

뒤이어 이협수의 주먹이 날아들었다.

이협수는 쉬지 않고 막도광을 두들겼다. 이제는 그가 자신

의 물음에 대답을 하든 안 하든 상관없었다. 그저 마음속의
이 웅어리가 풀릴 때가지 두들겨 패고 싶을 뿐이다.

요란한 구타음이 울리며 막도광은 그야말로 처참하게 두
들겨 맞았다.

마교 장로의 체면이 말이 아니었다.

하지만 이협수는 손을 멈추지 않았다.

임충이 차마 더 보지 못하고 고개를 돌렸을 정도다.

"헉헉헉!"

얼마나 팼을까. 이협수가 거친 숨을 몰아쉬며 주먹질을 멈
췄다.

"컥! 헉헉! 말, 말할게……."

막도광이 가는 목소리로 말했다. 더 이상 두들겨 맞는 것은
사양이다. 진작 말하고 싶었지만 이협수는 말할 틈도 안 주고
팼던 것이다.

"내, 내가 곤륜, 아미 그런 곳의 뇌룡아를 훔쳤어……. 그
래서 뇌룡아의 기운을 잘 알아. 나는 무창 천의맹에 뇌룡아가
있는 줄 알고 훔치러 가다가… 헉헉… 저놈의 품에서 그 기운
을 느끼고 훔친 것뿐이야. 헉헉."

막도광은 더 이상 말할 기운도 없다는 듯 거기까지 말하고
쓰러졌다. 그리고 거친 숨만 몰아쉴 뿐이었다.

"헉헉. 그런 건가? 자네가 운이 없었을 뿐이군. 자네 숙부
의 혜안은 참으로 놀랍네."

"아니, 운이 좋았을 뿐입니다."

이협수의 말에 임충은 웃으며 고개를 가로저었다.

"그게 무슨 말인가?"

"덕분에 이 대협을 뵙고 이렇게 마교의 장로를 사로잡았으니까요."

"그런가?"

임충의 말에 이협수도 마주 웃었다.

"그럼 어서 천의맹으로 가도록 하지."

"네."

막도광은 처참한 구타 후 두 사람의 재촉에 억지로 걸음을 옮겨야 했다. 그야말로 죽을 맛이었다.

그들이 걷는 길 하늘 위로 한 마리의 비둘기가 날아갔으나 둘은 전혀 몰랐다.

*   *   *

위청운이 불만 가득한 얼굴로 태사의에 앉아 있었다. 신강의 총단에서 온 소식 때문이다.

"검마 어르신과 환요마 어르신이 실패하셨다고?"

"네."

"흐음."

"공동에서 이미 뇌룡아를 빼돌린 후라 합니다."

귀연수의 말에 위청운은 태사의의 팔걸이를 톡톡 두드렸다.

마음에 들지 않았다, 자신들보다 정파 놈들이 한발 빠르게 움직인다는 것이.

"그런데 공동파는 멀쩡하고?"

위청운은 내심 검마와 환요마도 도귀처럼 한바탕 혈겁을 일으켜 주기를 바랐었다. 그런데 그런 소식은 없었다.

"네. 뇌룡아가 없다는 사실을 확인하시고는 그대로 물러나셨다 합니다."

귀연수도 알 수 없다는 얼굴로 대답했다. 그들이 알고 있는 검마는 그렇지 않았다.

"그래? 변하신 것 같군."

검마의 별호에 '마(魔)' 자가 그냥 들어간 것이 아니다. 도귀에게 '귀(鬼)'라는 글자가 들어간 것과 비슷했다.

그런데 장시간의 폐관 수련 후 변했다.

이해할 수 없었다.

'설마?'

위청운은 한 가지 가정을 떠올렸으나 곧 고개를 흔들어 떨쳐 버렸다. 그곳에 발을 디딜 수 있는 사람은 오직 교주뿐이다. 아무리 오십여 년 전부터 있어 온 호법이라 하나 그것은 불가능한 일이다.

"그러면 막 장로가 가져와야 할 뇌룡아가 두 자루인가?"

“네.”

두 사람은 공동의 용아천뢰검도 천의맹에 무사히 흘러들
어 갔을 것이라 생각했다.

“막 장로가 힘들겠군. 확실히 지원해 주도록.”

“알겠습니다. 그리고 얼마 전 천의맹이 정식으로 결맹을
선언했습니다.”

“알아. 우리에게는 아직 아무런 영향이 없겠지?”

“그렇습니다. 하지만 개방 놈들의 움직임이 활발해진 통에
조금 더 은밀히 일을 진행시켜야 할 것 같습니다.”

“거지 놈들이 귀찮게 구는군.”

위청운은 불쾌한 얼굴을 했다.

“소교주님.”

그때 대전 밖을 지키는 위사의 목소리가 울렸다.

“무슨 일이냐?”

“잠영대주가 급전을 가지고 왔다 합니다.”

위사의 대답에 위청운의 시선이 귀연수를 향했다. 잠영대
는 군사인 귀연수 휘하의 조직이었다.

귀연수가 이곳에 올 때는 당연히 모든 정보를 취합한 후 온
다. 그런데 급전이라니?

“아무래도 제가 떠나온 후 무슨 일이 터진 모양입니다.”

“들여보네.”

위청운의 허락이 떨어지자 대전의 문이 열렸다.

잠영대주가 헐레벌떡 안으로 들어왔다.

"무슨 일이냐?"

"그, 그것이 천영비마 막 장로께서… 정파 놈들의 손에 붙잡혔다 합니다."

"뭐야?"

"뭐라?"

그의 보고에 위청운과 귀연수 둘 다 소리를 질렀다. 너무나 놀라운 소식에 귀연수는 소교주의 앞이란 사실도 잊고 소리를 지른 것이다.

"어찌 된 일인지 소상히 말해라!"

"네. 막 장로를 돕기 위해 잠영사호가 찾아갔습니다만 이미 정파놈들의 손에 생포된 후라 합니다. 막 장로를 잡은 인물은 잠룡은검 이협수라 합니다."

"잠룡은검……."

위청운은 이협수의 명호를 나직이 뇌까렸다.

천하십대고수에 이름이 올라 있는 인물이니 천영비마 막광도로서는 속수무책이었을 것이다.

"어쩌다가 그와 부딪친 것이냐?"

"막 장로가 무창으로 향하던 중 뇌룡아를 발견한 모양입니다."

"뭐?"

"점창에서 빼돌린 뇌룡아를 지닌 놈을 만난 모양입니다.

그래서 그것을 탈취하여 이곳으로 오던 중 그만 잠룡은검이 앞을 막은 모양입니다.”

“허어⋯⋯.”

위청운은 허탈하게 한숨을 내쉬었다.

어떻게 일이 꼬여도 이렇게 꼬인단 말인가.

뇌룡아를 손에 넣은 것까지는 좋았으나 하필이면 잠룡은검을 만나서 다시 빼앗기다니 참으로 운이 없었다. 귀연수도 그리 생각했다. 차마 입 밖에 내지 못할 뿐이다.

“지금 잠영사호가 은밀히 쫓고 있습니다만 잠룡은검의 기감이 워낙 예민하여 감히 근접 거리에 접근하지 못하는 모양입니다.”

위청운의 얼굴에 주름이 생겼다.

“천의맹으로 가고 있겠지?”

“네.”

“어찌해야 할까?”

위청운의 시선이 귀연수를 향했다.

귀연수는 냉혹한 얼굴로 말했다.

“죽여야지요.”

“그렇지?”

“네.”

귀연수가 단호하게 대답했다.

“잠영사호에게 전해. 기회를 봐서 막 장로를 죽여라.”

"네?"

잠영대주가 놀라서 되물었다.

정파 놈이 아닌 교의 장로라니.

"막 장로는 너무 많은 것을 알고 있어. 그가 천의맹에 넘겨진다면 그야말로 큰일이다."

귀연수가 보충해서 설명했다.

"알겠습니다."

잠영대주가 허리를 숙여 예를 표하고 대전을 물러났다. 몸을 돌린 그의 얼굴에 탐탁지 않은 표정이 어렸으나 위청운도 귀연수도 그러한 사실을 알지 못했다.

"계속해서 일이 꼬이는 것 같아."

위청운의 말에 귀연수는 고개를 숙였다.

그도 할 말이 없었다, 완벽하다 생각했었으나 계속해서 변수가 튀어나오고 있으니.

과연 중원은 넓었다.

그때 사천에서 또 하나의 전서구가 낙양으로 날아들고 있었다.

전서구의 전통에는 금색 띠가 둘러져 있었다.

급전이라는 표식이다. 전서구가 내려앉자마자 전통은 즉시 잠영대주의 손으로 넘어갔다.

귀연수가 없는 지금 잠영대주의 직책이 가장 높았기 때문이다. 급전의 내용을 확인한 잠영대주의 손이 부들부들 떨렸다. 소교주의 대전을 다녀온 지 얼마나 됐다고 이번에는 이런 소식이란 말인가.

"큰, 큰일이다!"

잠영대주는 황급히 다시 소교주의 대전으로 향했다.

대전을 지키는 위사는 다시 찾아온 잠영대주를 보고 고개를 갸웃거리며 소교주에게 알렸다.

"응? 무슨 일이야? 일단 들라 해."

위청운의 얼굴에 언짢은 기색이 살짝 어렸다.

문이 열리자 잠영대주는 허겁지겁 뛰어들었다.

"큰, 큰일입니다."

그는 말도 제대로 잇지 못했다.

『5권으로 이어집니다』

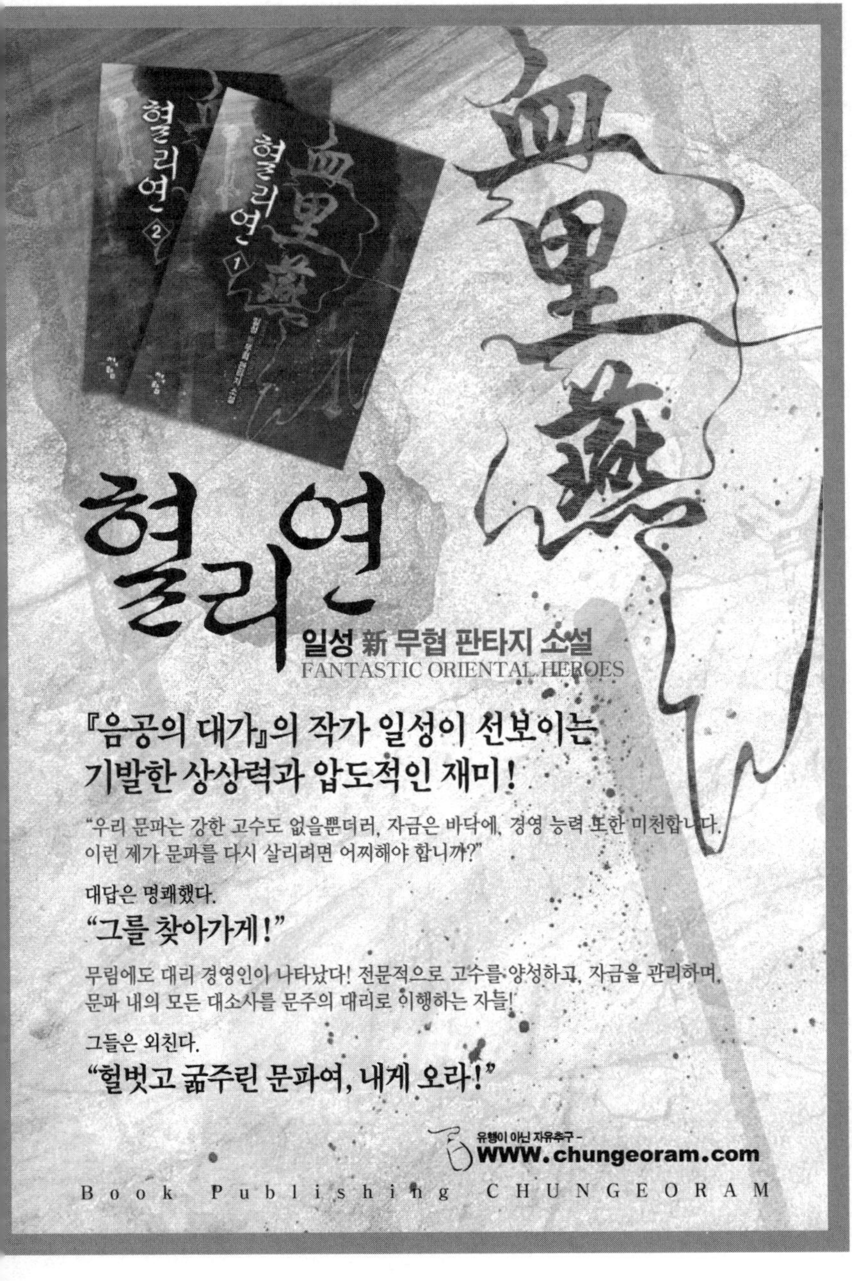

입소문을 통해 아는 분은 다 알고 계십니다!
올 한해 공인중개사 최고의 화제작!

1~2권 합본 | 이용훈 지음
3~4권 합본 | 이용훈 지음
5~6권 합본 | 이용훈 지음
용어해설 | 이용훈 지음

수험생 기본 필독서
만화 공인중개사

제목 : 만화공인중개사 쓰신 분에게 감사드립니다.

학원을 두 달 다녔어요. 근데 과연 그 숫자 외우기 그런 게 몇 문제나 나올까 생각을 했어요.
아니라는 생각이 드네요. 학원강의를 뒤로하고 서점을 갔어요. 내 머리에 가장 이해될 수 있는
책이 없나 하구요. 거기서 만화를 발견했어요. 무조건 세 번 봤어요. 3개월 걸렸어요. 문제집을 보라고
했는데 그건 시행을 못했어요. 근데 합격을 했네요.
어떻게 감사의 말을 해야 될지……
도서관에서 만화책 들고 다니니까 사람들이 비웃더라구요. 만화책으로 공인중개사를 공부한다고
미친 사람처럼 보더라구요. 근데 그거 다 감수하고 했던 내가 자랑스럽습니다.
어떻게 감사의 말을 해야 할지… 정말 감사합니다.
부디 행복하세요. 제 나이 41살에 좋은 스승을 만난 것 같습니다.
엎드려 감사드립니다.

－본사 홈페이지에 독자분이 올린 메일 中 에서 발췌－